世界就是這樣結束的。

NEVIL SHUTE
內佛・舒特——著
陳婉容——譯

ON THE BEACH

國際好評

「《世界就是這樣結束的》扮演了重要角色，讓讀者感知核戰帶來的威脅。我們凝視著無底深淵，得以自邊緣退後一步。」——《衛報》

「半個世紀後閱讀，依舊深深感動。」——《經濟學人》

「對於核戰後人們因輻射塵染病而死的景象，最為逼真的召喚。」——《紐約時報》

「適時、諷刺。難以抹滅的傷痛結局，將令你淚流滿面，深受撼動。」
——《洛杉磯時報》

「近年來我讀過最為震撼的小說。令人震撼處有二，一是主題，二是舒特先生發揮出來的天才創意。」
——《舊金山紀事報》

「《世界就是這樣結束的》是舒特最為細膩的作品。」
——英國《每日電訊報》

「探討核戰餘波的類型小說中，最令人感同身受的一本。」
——《泰晤士報》

目次

編輯室報告：「冷戰」是這本經典小說與當代世界產生連結的關鍵概念，請別錯過導讀喔。若擔心被爆雷，歡迎閱畢故事後再回頭讀！

導讀

在冷戰天空下

——翁稷安（暨南國際大學歷史系助系助理教授）

《世界就是這結束的》是一本成書於一九五〇年代的末日小說，或許，再也沒有比身處在疫情年代的我們，更能了解所謂的末日感。

在二次世界大戰戰後的人們，雖然不像今日，體驗著病毒帶來的危機，然而對末世的恐懼可能比起二十一世紀來得更為強烈。接連兩次的世界大戰，戰火從歐洲擴及全球，從只有軍事人員參與的局部戰役變成全民動員的整體戰，並以慘無人道的原爆畫上句號。

三十年不到的時間，從工業革命以來的樂觀氣氛，早已徹底摧毀殆盡。

即使經歷了這樣慘烈的波折，換來的不是和平，而是以美國、蘇聯為中心的冷戰對立。提及「冷戰」的概念，往往會溯源至喬治．歐威爾（George Orwell）在一篇政論文章裡所預言的，美、蘇在戰後將因為意識型態而引發衝突，構成「沒有和平的和平」，最可怕的，這樣的衝突還是在核戰的陰影底下進行。

一如歐威爾對二十世紀政治運作的敏銳，戰後美蘇雙方快速依地緣切割出對峙的疆界，在各地引爆大小不一的區域戰爭，並且致力於核武的開發和擴充，發展威力更強大、搭載更容易、攻擊範圍更廣闊的核子武器，陷入一波波的軍備競賽當中。兩大陣營的其他追隨國家也在一九五〇年代前後完成了各自的核武裝建，雙方都確立了戰事一旦發生，「相互保證毀滅」（Mutually Assured Destruction）——這被嘲諷地縮寫為「瘋狂」（M.A.D）——的原則。

一九五三年上任的美國總統艾森豪（Dwight D. Eisenhower）對此感觸最深，他一方面要處理來自蘇聯威脅，增加國內武力作為反擊；另一方面戎馬出身的他，比誰都了解核武戰事的可怕。他曾悲觀地和友人表示：「戰爭意味的競爭」，然而，「如果結局是敵人的毀滅和我們的自殺」，那這樣的競爭又有什麼意義？到了一九五九年在他第二任任期時，他甚至曾沮喪地表示，如果發生戰爭，「你乾脆就走出去，見人就開槍，然後對自己開槍。」

世界末日不再遙遠，而是一道命令、一個按下按鍵就會發生的現實。

這種悲觀的氣氛也影響了一般民眾，一九五〇年代美國政府製作了許多宣傳短片，教導民眾核戰一旦爆發該如何求生。其中最有名的，應該《臥倒並掩護》（Duck and Cover），這部以卡通人物小烏龜伯特（Bert the Turtle）為開場的影片。十分鐘不到的內容，透過不同的生活場景教導民眾核彈襲來的應對，但一幕幕不自然和無力的掩蔽畫面，只是散發無底的絕望，宛如核戰末日的預示。

所以《世界就是這結束的》雖然是虛構的小說，但體現著生活在冷戰中的人們，每日最實際的恐懼。書中的第三次大戰在擦槍走火下發生，引發一系列核彈轟炸的連鎖反應，劇中角色在南半球的澳洲，雖然沒有遭到直接攻擊，但也必須迎接輻射塵隨風而來的毒害。以平凡人視角捕捉末日的風景，是全書最吸引人的特色，跳脫了歷史敘事偏重上層的習慣，改從生活的角度出發，傳達了芸芸眾生在面臨戰火的無奈，營造出感性層次的同理和共鳴，也隱隱提出深刻的警告和譴責。

這樣平淡的敘述反轉了一般對「事件」的認知，事件絕不是以充滿戲劇張力的方式進行，那是後人強加的詮釋。對身處其中的人們，事件的發生、擴散和影響，都是在日常之中一點一滴的醞釀、滲透和暈染。如同全書一開頭所引用的T・S・艾略特的詩句：「世界就是這樣結束的／非以一聲轟天巨響，而是黯然抽泣。」末日和所有重大歷史事件一樣，是逐漸在生活聚合、凝固，進而改變了所有人。

人們都是在摸索明日的過程中，才驚覺已深深陷入事件的漩渦，任其牽扯操弄自己的命運。也唯有藉由對人們誤入、感知和面對事件的觀察，才能彰顯出人性的本質。那種渺小卻真誠，進而帶有某種和解意味的人性光芒，正構成了《世界就是這結束的》，不同於其他末日書寫的獨特魅力。

由事後諸葛的角度來看，一九五〇迄今，四十年以來，美、蘇雖然數次逼進戰爭邊緣，但最後都能各退一步，核武的威脅不斷擴張，末日始終奇蹟似地未曾降臨。《世界就是這結束的》裡，許多人選擇吃下自殺藥丸，避開輻射塵的副作用，無痛且尊嚴地死去。然而他們真正吞下的，其實是有權按下發射鍵的權力者那無限膨脹的野心和欲望。冷戰看似結束，但世界大勢依舊潛伏著無數不安的因子，只希望百年後的人，回顧我們的時代，那「未曾」兩字不會被「即將」所取代。

攝影　陳藝堂

在這最終的會晤點
我們一同摸索
且互不交談
齊聚在這翻漲之河的灘上……

世界就是這樣結束的
世界就是這樣結束的
世界就是這樣結束的
非以一聲轟天巨響，而是黯然抽泣。

T·S·艾略特

第一章

天方破曉，皇家澳洲海軍少校彼德・荷姆斯就醒了。瑪麗還睡在他身旁，而她傳來的體溫舒適得令他昏昏欲睡，他便看著映在臥室印花窗簾上的澳洲曙光再賴了一下床。他從晨曦判斷出時間差不多是早上五點。片刻之後，嬰兒床裡的小珍妮佛就會讓這道光曬醒，他和瑪麗也就得起床開始一天的生活。不過在這之前，不急。他可以多躺一會兒。

他愉快地醒來，但還得等上一段時間，他的意識和思緒才能釐清並理解這份愉悅究竟從何而來。今天不是聖誕節；聖誕節已經過了。他事先將彩色燈串接上客廳壁爐旁的插座，再牽著長長的燈線纏繞自家院子裡那株矮冷杉，把它裝飾得頗像聳立在弗茅斯鎮公所一哩之外的彩光聖誕樹縮小版，然後到了聖誕節當晚，他們就和幾位友人在院子裡烤肉。聖誕節已經過了，今天——他開始慢慢細想——今天是二十七號星期四才對。他躺在床上時，背部仍因為昨天和家人去海灘郊遊被曬出了傷而微微發疼；駕帆賽也是一個原因。他今天最好老老實實套件上衣了。接著，他完全清醒過來，也想到今天當然得老老實實穿好衣服。他得北上墨爾本——他得在十一點到海軍部的第二海軍人員辦公處報到。這就表示他將接獲一道新的委派令，得到這五個月以來的第一份工作。運氣好的話，那說不定還是份出海的差事。他是如此渴望能重回艦上。

總之，就是份工作，而想到自己即將有份工作，他就能安心入睡，並且徹夜安眠。自他八月晉升為海軍少校就一直沒收到授職委派令，再看看當前局勢，他都快喪失重返職務的希望了。倒是海軍部在這段期間也按月支付全薪，讓他得以維持家計。他很感謝他們。

小寶寶醒了，咿咿呀呀低噥著哭聲。海軍軍官伸手扳起床邊放置茶具和嬰兒食品托盤上的電熱水壺開關。他身旁的瑪麗也醒了，問著現在幾點。他回答她，然後親吻她，再告訴她：「又是個美好的早晨。」

她坐起身，將髮絲往後一拂。「昨天被曬得好痛。我昨晚是有幫珍妮佛塗點爐甘石藥膏，但我真的覺得今天別再帶她去海邊了。」接著她也想起了這件事。「哦──彼德，你是今天要去墨爾本吧？」

他點點頭。「我應該留在家，在蔭涼的地方待個一天的。」

「我應該會待在家裡。」

他下床走進浴室。他再回到房間時，瑪麗也下床了。小珍妮佛正坐在自己的尿壺上，瑪麗則坐在鏡子前梳頭。他走到床邊就著陽光射入的水平光柱而坐，接著便開始泡茶。

她說：「今天墨爾本會很熱哦，彼德。我在想啊，我們可以四點左右下山去俱樂部，你就直接到那邊跟我們會合好了，還能游個泳。我銄小拖車去吧，順便幫你帶泳衣。」

他們有台小車，就停在車庫裡，只是那場短暫的戰事在一年前告終之後，這台小車也沒再發動過了。然而彼德．荷姆斯是個頭腦靈活手又巧的男人；他做了一台足以替代小車的交通工具，結果還過得去。他和瑪麗各有一台腳踏車。他先用兩輛摩托車的前輪做了一個雙輪小型拖車，又分別在自己和瑪麗的腳踏車上加裝拖鉤。如此一來，家裡兩台腳踏車都可以鉤著能充當嬰兒車或雜貨置物籃的小拖車上路。他們比較頭痛的是從弗茅斯返回住處時，不得不經過的那段長長爬坡。

他點點頭。「這主意不錯。我會騎腳踏車出門，然後把車停在車站。」

「你要搭幾點的火車？」

「九點五分的。」他啜了口茶，再看看錶上的時間。「我喝完茶就去拿牛奶。」

他穿上短褲、套上背心出門。他們的住處是間多年前由一棟俯瞰著整座城鎮的山間老舊房屋拆建而成的分層公寓，而他們就住在一樓。車庫和大半的院子都屬於他們租賃的一部分，公寓外還圍了一道迴廊可供他們停放腳踏車和小拖車。照理說，他們應該把車移到樹蔭下，空出車庫來使用，但他就是狠不下心這麼做。那部迷你莫利斯是他人生第一台車，而且他當初就是開著這台小車追到瑪麗的。他們一九六一年結婚；半年之後，戰爭爆發，他登上皇家澳洲海軍艦艇安薩克號，兩人都以為再見之日遙遙無期。那是一場短暫且令人匪夷所思的戰爭，一段乏人載述、將永不見經傳的干戈：那戰火瞬間灼燒整個北半球，卻在三十七天後伴著爆炸的最後震測記錄而逐漸降溫，終歸平息。戰後將屆三個月時，南半球的政務人士在紐西蘭威靈頓召開會議比對彼此所握資訊、評估最新情勢，他則乘著即將燒完最後一滴燃油的安薩克號回到威廉斯鎮，回到弗茅斯，回到瑪麗和迷你莫利斯的身邊。莫利斯油箱裡有油三加侖，他當時不作多想就把油耗光，接著又到油泵站買了五加侖的油。後來，這些澳洲人才意識到日常使用的所有石油都是自北半球產出的。

他將停在迴廊上的小拖車和自己那台腳踏車牽到草坪鉤好後，便跨上腳踏車出發。由於目前運輸資源短缺，無法逐一收購再統一販售他這一區酪農業者的商品，他只得騎上四哩路，親自到牧場買牛奶和奶油。當地人已經會用「攪拌大師」攪拌器製作牛油了。他在溫煦的晨光中順著下坡路段騎去，小拖車裡的空金屬罐就在他身後敲擊得啷啷咚咚。一想到自己即將有份工作，他就喜不自勝。

路上沒什麼車子。他經過一台原本是輛汽車，後來被卸下引擎、敲掉擋風玻璃，讓一頭安格斯閹牛拉著走的乘載工具，也經過兩位在柏油路面邊緣的礫石道上小心翼翼地駕馬前行的男子。他不想買馬。這種牲畜既稀少又嬌貴，一易手準是千元英鎊，甚至更高。他倒不時想為瑪麗牽一頭閹牛回來。他三兩下就能改裝好那台莫利斯，雖然這麼做會讓他心如刀絞。

他在半小時之內到達牧場後便直接往榨乳棚去。他和牧場主人相熟已久：一個說話慢條斯理，身材高瘦的男子。第二次世界大戰之後，牧場主人走起路來就一瘸一拐的了。彼德走到將牛奶和乳脂分別導進大型盛槽的分離器機房，並在裡頭看見他的身影。驅動分離器的電動馬達持續發出低沉的轟隆聲。「早安，保羅先生。」海軍軍官說。「你今天好嗎？」

「好，荷姆斯先生。」牧場主人接過他手中的金屬盛奶罐，就著大桶子盛裝牛奶。「你呢？一切都好嗎？」

「很好。我今天要北上到墨爾本的海軍部報到。我想他們總算有工作可以派給我了。」

「哎呀——」牧場主人答道。「那真是太好了。我說啊，這麼乾等也挺累人的。」

彼德點點頭。「但那如果是份出海的工作，情況就比較複雜了。不過瑪麗會來拿牛奶，一個禮拜兩次。她也會把錢準備好。一切就按老規矩。」

牧場主人說：「錢的事等你回來再說，別擔心。我這兒的牛奶多到餵豬喝都喝不完，雖然那些乳牛都沒什麼奶了，乾巴巴的。我昨晚還把二十加侖的奶倒進了溪裡——銷不掉啊。或許我該多養幾隻豬，但這麼做似乎不太划算。真傷腦筋……」他站在原地，默無一言。一會兒後，他說：「你太太會挺辛苦的吧，還得大老遠跑來。那珍妮佛要怎麼辦？」

「她應該會把珍妮佛放在小拖車裡一起載著來。」

「難為她了。這樣很辛苦吧。」牧場主人走向榨乳棚的窄道，站進溫暖的陽光中瞥了瞥彼德的腳踏車和小拖車。「那小拖車真不賴。」他說。「是我見過最棒的小拖車。你自己做的吧？」

「是啊。」

「我能打聽一下嗎？你是從哪兒弄來那些輪子的？」

「那兩顆都是摩托車的車輪。我在伊麗莎白街買的。」

「能幫我買個一組嗎？」

「我可以去找找。」彼德說。「街上應該還有得買。這種車輪比小輪子好——比較好拖。」牧場主人點點頭。「不過現在這種車輪比較少見的樣子。大家似乎還是比較喜歡摩托車。」

「我才在跟家裡那口子說——」牧場主人緩緩說道。「要是有了那種小拖車，我就可以把它改裝成座椅，繫上自行車的後端就能載她去弗茅斯逛逛晃晃了。這年頭喲，女人家難免會覺得這種地方實在是百無聊賴。」他開始說明。「現在不比戰前了。她那時候還有車可開，進城大不了花個二十分鐘。但讓閹牛拉車的話，進城三個半小時、回來三個半小時，光來回一趟就得花掉七個小時。她有試著騎摩托車，但她恐怕是永遠學不會的吧，都這把年紀了，又快要臨盆。我不想讓她學騎摩托車。所以囉，假如我有你那種小拖車，就可以每個禮拜帶她去弗茅斯兩次，順便給荷姆斯太太送送牛奶和奶油。」他稍稍停頓。「能為太太們跑跑腿也好。」他說。「畢竟從無線電廣播聽來，時間也不多了。」

海軍軍官點點頭。「我今天就去街上繞繞，看能找到什麼貨色。價格多少都沒關係？」

牧場主人搖搖頭。「只要品質好，不會出什麼問題就行了。最重要的是輪胎要好，耐得住時間的考驗。就像你小拖車那兩個輪胎。」

軍官頷首答應。「我今天會去找找。」

「那邊不順路吧？你得繞上一大段。」

「我可以坐路面電車，輕鬆又快速。不麻煩的。謝天謝地，我們還有褐煤。」

牧場主人轉向運轉中的分離器。「沒錯。少了電，我們就天下大亂了。」他信手一推，一口空的大型盛槽便滑向一股脫脂奶泉開始接奶。他拉開已滿的牛奶盛槽。「荷姆斯先生，請告訴我——」他說。「他們不是用什麼大型挖掘機挖煤嗎？像是推土機之類的？」軍官點點頭。「嗯，那麼，讓那些機器運轉的石油是打哪兒來的？」

「這問題我也打聽過一次。」彼德說。「他們挖到褐煤之後會當場從中提煉石油。一加侖石油的成本差不多兩塊英鎊。」

「真的假的！」牧場主人站在原地思考了一會兒。「我本來還想，如果他們能自己提煉自己用，說不定多少可以幫幫我們。誰曉得貴成這樣，根本不符成本……」

彼德將裝滿牛奶和奶油的金屬罐提進小拖車，然後騎車回家。他六點半到家，接著沖了個澡，套上自晉升以來就鮮少穿出門的軍裝快快吃了早餐，然後又騎著腳踏車下山趕搭八點十五分的火車。他打算在報到前先去幾間機車行找找輪子。

他把腳踏車停進昔日為他的小車檢測保養的汽車維修廠。這間汽修廠已經歇業了，曾停放汽車的地方如今則成了生意人安置馬匹的馬廄。住在城外的生意人以一副馬褲配塑料外套的裝扮騎馬而來，將馬牽進馬廄後再搭通勤電車進城。原處的油泵對他們來說，不過是栓馬的馬樁。到了傍晚，這批生意人會搭電車回來，然後為馬上鞍，將公事包繫上馬鞍再騎馬回家。商業生活的節奏慢下來——這對他們而言也是一種方便。原本五點零三分從城裡發車的特快車停駛了，取而代之的是四點十七分發車的列車。

彼德·荷姆斯邊搭車進城，邊沉浸在關於新職令的各種揣想裡。自從國家鬧紙荒，所有的日報報社皆已關門大吉，國民現在只能仰賴無線電廣播收聽新聞。如今的皇家澳洲海軍僅是一支軍備縮減的小小船隊。他們曾投注巨額資金和龐大人力將七艘小型艦艇從石油燃燒爐改裝成無比差勁的煤爐；原欲改造航空母艦墨爾本號的計劃後來也不得不停滯，因為證據顯示這艘母艦的速度太慢，除非有極度強風加持，否則根本無法飛行器安穩降落。此外，他們得兢兢業業、萬分節制地使用儲備下來的飛行燃料，甚至不惜將培訓課程縮減到幾乎不存的地步，只求外界認可並相信執行皇家海軍航空隊之計劃絕非不智之舉。他倒沒聽說那七艘任務中的掃雷艦和巡防艦有何人事上的異動。所以，可能是誰病了，需要找人補缺。可能是上頭決定調度仍在待命的軍官，讓他們輪番上艦補足出海的經驗。當然，這項委派更可能是某種駐岸的悶差，某種得坐在營房裡處理文件，或到弗林德斯海軍補給站那種狗不拉屎、鳥不生蛋的地方與當地商號共事的無聊工作。假如無法出海，他一定會大失所望，但他也明白那樣比較好。如果是駐岸的工作，他就能和這陣子一樣照顧瑪麗和小珍妮佛了，反正時間已所剩無多。

列車約莫一個小時之後抵達城市；他走出車站轉搭路面電車。路面電車一路噹噹啷啷地暢行在無車的街道中，迅速將他送達機車買賣街區。這一區的商家大多直接倒閉或是轉讓給幾間仍繼續營業的店家，店櫥窗裡則一律堆滿無用的存貨。他先在這裡繞繞，打算找兩個狀況頗佳又可以配成一組的輕量車輪，最後也在兩家不同廠牌的摩托車行買到相同尺寸的輪子，只是到時候接合車軸可能會有點麻煩。不過無妨，那把修車師傅還留在他家車庫裡的車軸應該能解決這個問題。

他提著用一小段粗繩捆牢的兩顆輪子搭上路面電車，折回海軍部。到了第二海軍人員辦公處後，他就向處室裡的祕書報到。他認識這位上尉主計官。這名年輕男子說：「長官早。你的委派令已經放在上將的辦公桌上了。他想私下和你談談。我這就去告訴他你已經到了。」

海軍少校眉頭一皺。這似乎不太尋常，不過話說回來，在這支縮編的海軍艦隊裡，事情多半都不太尋常。他將輪子靠在主計官的桌邊，然後留心檢視一下身上的軍服，掐起了夾克翻領上的一小段線頭。他把軍帽夾在腋下。

「長官，上將可以接見你了。」

他走進上將的辦公室，然後立正站挺。坐在辦公桌後的上將對他點頭示意。「早啊少校。稍息就好。坐吧。」

彼德坐在辦公桌旁的椅子上。上將從菸盒中抽出一根菸並傾身遞給他，再拿出打火機為他點火。「你待命好一段時間了吧。」

「是的，長官。」

上將自己也點了根菸來抽。「嗯，我這兒有個出海的任務要派給你。不過遺憾的是，你不會直接受命於我，我也甚至不會把你安排到我們自己人的船上。我要任命你為美國海軍軍艦蠍子號的聯絡官。」

他瞧了瞧眼前這位比自己年少的軍官。「我聽說你已經見過陶爾斯指揮官了。」

「是的，長官。」他曾經在過去幾個月裡見過蠍子號的艦長兩三回，一個不多話，說起話來則是輕聲細語、帶點新英格蘭腔，約莫三十五歲的男子。他讀過一篇描述那艘艦艇在戰爭期間值勤經過的美方報告。陶爾斯原本開著這艘原子潛艦在基斯卡島和中途島之間的海域巡邏。後來戰爭爆發，他接到那組酌情發送的信號，便立即拆開封緘密令，命蠍子號潛至水下，然後全速航向馬尼拉。四天後，他們到達硫磺島的北端。為了檢視這片無船之海，他讓潛艦爬升到潛望鏡深度，一如先前在白晝時段進行的每一次巡守，卻發現海上能見度低得異常，顯然四周布滿了某種沙塵。同時，潛望鏡頂部的探測器也偵測到大量的輻射。他試圖向珍珠港報告目前狀況，但發送訊號後沒有收到回覆。他繼續潛行。蠍子號接近菲律賓時，他們偵測到的輻射數值上升了。他隔天晚上聯繫了荷蘭港，還傳了一組編碼暗號給他的上將，卻被告知所有通訊信號皆不穩定。他沒有收到回覆。再到隔天晚上，他已無法用無線電呼叫荷蘭港。他繼續依照密令執行任務，航向呂宋島北端的海域。當蠍子號駛進吹著西風、風力四到五級的巴林塘海峽，他發現了大量沙塵，還測出遠遠高過致命等級的輻射數值。戰爭第七天，他在馬尼拉灣用潛望鏡觀察陸上城市。他仍未接獲指令。此處的空氣輻射指數低了許多，不過仍舊高於危險等級。他不想讓潛艦浮出水面，也不打算上船橋。該地的能見度適中；透過潛望鏡，他看到一層煙幕正飄往城市的上空，因此推論馬尼拉這幾天至少經歷過一次核爆。海灣五哩外的岸上不見任何人為活動。他們繼續往陸地移動，但蠍子號竟然在潛望鏡深度擱淺了，而據圖表顯示，他們當時正處於水深十二噚的主深槽之中。這點進一步證實了他先前的推論。他命蠍子號奮力衝刺，這艘潛艦便輕而易舉地脫出擱淺水域，再一個調頭，就往寬闊的外海駛去。

當天晚上，他又試圖聯絡美方各個基地台和任何一艘能為他傳信的艦艇，也再度失敗了。稍早的衝刺消耗了潛艦裡大半的壓縮空氣，但即便如此，他也不願吸入鄰近區域已遭輻射汙染的空氣。迄至目前，他們已經下潛八天。船員們的體能狀況還算不錯，只是因為久無家人音息而感到焦慮，開始出現林林總總的精神官能症。他用無線電和澳洲在新幾內亞的莫斯比港基地台通上話了；那邊聽起來一切正常，但對方無法為他轉傳任何訊號。

他認為眼下最適切的做法就是朝南走，於是他們回到呂宋島北端的海域，準備航向受美方轄制的有線電基地台——雅浦島。蠍子號三天之後到達目的地。雅浦島上的輻射數值又更低了，算是在正常範圍之內。蠍子號從中浪裡浮出來吹吹清新空氣，他也補滿油槽，讓船員分批出艙上船橋。一進入港外錨地，他就看到附近泊了艘美軍的巡洋艦。他鬆了一口氣。那艘巡洋艦先引導他上錨地，再派來一艘小艇。他下錨泊船並放全體船員上甲板後，就乘著小艇前去謁見巡洋艦艦長：蕭艦長。然後在巡洋艦上，他才首度聽說由阿爾巴尼亞挑起戰火的以阿戰爭引發了俄國和北大西洋公約組織的戰事，而這俄國與北約之戰又迅速點燃了中俄雙方的戰火。他還得知中俄兩國都投下了鈷彈，不過這道消息來源迂迴，是經肯亞轉傳、由澳洲播送的。巡洋艦為了和美軍的油輪艦隊會合而碇泊雅浦島，然而一個禮拜過去，油輪仍不見蹤影，他們和美國也在五天前失去聯繫。如果巡洋艦以最佳省油速段行駛，艦上所剩燃油是夠他們開到布里斯本，不過，也只能到此為止了。

陶爾斯指揮官在雅浦島待了六天，而這段期間的戰情就是那麼回事：每況愈下。他們始終無法成功呼叫美國或歐洲任何一個基地台，不過大概在頭兩天，他們還收聽得到墨西哥市的新聞電台，也聽出局勢真是糟糕透頂。後來墨西哥市的電台停播，他們就只接收得到巴拿馬、波哥大和瓦爾帕萊索的廣播節目，而這些地方的人對北美目前狀況可說是一無所知。他們聯絡了一些位於南太平洋的美方海軍船艦，發現絕大多數的船都和蠍子號一樣燃料不足，而這位留在雅浦島的巡洋艦艦長原來就是那些軍艦的將官。蕭決定讓所有的美方軍艦駛進澳洲海域，並將軍力移轉澳軍麾下，受其指揮。他以無線電訊號命那些美方軍艦到布里斯本與巡洋艦會合，於是兩週後，為數十一艘油槽已枯、續航無望的美國海軍艦艇聚齊了。這都是一年前的事，而事到如今，那幾艘美軍艦艇還在布里斯本。

當美國海軍軍艦蠍子號抵達澳洲，澳洲境內並沒有蠍子號必需加填的核燃料，但他們可以張羅。後經證實，蠍子號是全澳洲海域裡唯一具備有效活動半徑的海軍艦艇，因此他們決定將這艘潛艦拖至距離海軍司令部最近的港，即墨爾本海軍造船廠的所在——威廉斯鎮。事實上，蠍子號也是全澳洲戰艦中唯一值得費心修繕的一艘。在澳方備妥核燃料之前，這艘潛艦就這麼閒置著，六個月前才終於恢復作戰機動力。接下來，它載著補給燃料航向避於里約熱內盧的另一艘美軍核潛艦，再返回墨爾本的造船廠接受大規模整修。

關於這位美國海軍陶爾斯指揮官，彼德．荷姆斯知道的就這麼多。當他坐在上將的辦公桌前，這些背景知識便在他腦中迅速跑了一遍。這項新職令可說是前所未有；之前蠍子號航向南美時，艦上也沒有半個皇家澳洲海軍的聯絡官。念頭至此，他又想到瑪麗和年幼的寶貝女兒，而對她們的牽掛敦促著他問：「請問長官，這份職務的任期是多久？」

上將微微聳了聳肩。「或許是一年。我想這就是你接到的最後一份委派令了，荷姆斯。」

年輕軍官說：「我知道，長官。很感謝你願意給我這個機會。」他猶豫了一會兒，然後開口問道：「長官，船會一直待在海上嗎？我結婚了，孩子也才出生不久。現在很多事情都比以前複雜得多，國內的情勢也不大樂觀。再說，我們也沒多少時間了。」

上將點點頭。「當然，我們都在同一艘船上，所以我才會在正式發布職令前先找你談談。如果你想婉拒，我並不會怪罪於你，但我恐怕也無法提供你別的差事了。至於出海的日子，就在潛艦完成整修的四號……」他掃了一眼桌曆。「也就是一個多禮拜之後。蠍子號要前往凱恩斯、莫斯比港、達爾文港，然後回到威廉斯鎮匯報三地狀況。陶爾斯指揮官評估這趟航程會花上十一天。我們是有打算讓它接著跑跑比較遠的航程，或許會長達兩個月。」

「這兩段航程之間會有空檔嗎，長官？」

「中間應該會讓潛艦進造船廠保養，差不多兩個星期吧。」

「那請問長官，潛艦進廠維修期間就沒有其他安排了？」

「目前是沒有。」

年輕軍官坐在椅子上沉思片刻，腦中轉的盡是日常雜貨的添購、寶貝女兒的安恙和牛奶的缺補。眼下時值夏季，還不需要砍木柴。假使第二段航程在二月中的前後展開，他就會在四月中歸來，而四月也還沒冷到需要點爐燒柴。如果他比原定時間晚歸，說不定牧場主人會願意幫瑪麗打理好柴火，畢竟都幫他買到小拖車的輪子了。沒問題，他應該可以去——只要家裡沒出什麼其他狀況。但要是斷電了呢？要是輻射塵的擴散速度超出那些聰明專家所估算，一下就飄到南方了呢……別再想了。

如果他拒絕了這份工作、犧牲掉自己的事業，瑪麗想必會怒不可遏。她在英國南方的南海城出生長大，父親是位海軍軍官。他和皇家海軍於英國執行海上勤務時，在不倦號的舞會上與她邂逅。她會希望他接下這道委派令的……

他抬起頭來。「報告長官，我應該能參與這兩次的航行任務。」他說。「不過，能不能等這兩段航程結束了，再讓我評估一下整個狀況？我是說，考慮到現在發生的一切，真的不太好事先敲定太多計劃——對家裡會有點過意不去。」

上將考慮了一會兒。在目前這種情況下，一個男人做出如此請求乃是合情合理，更何況一個初獲千金的新婚男子。這事兒前所未有，畢竟現在需要下達的委派令根本少得可憐，不過他原本就不期待眼前這位軍官會願意在最後幾個月接下駛離澳洲海域的出海勤務。他點點頭。「好，荷姆斯。」他說。「我來修修內容，就改成為期五個月、迄至五月三十一號的委派令吧。你跑完這兩趟航程之後再來找我報到。」

「好的，長官。」

「你要在星期二元旦那天直接上蠍子號報到。你先到外頭等個十五分鐘，我來準備你要交給蠍子號艦長的書函。那艘艦艇正在威廉斯鎮，就停在雪梨號的旁邊。雪梨號是它的母艦。」

「知道了，長官。」

接著，上將起身。「好啦，少校。」他伸出手。「祝你任職愉快。」

彼德．荷姆斯和上將握了握手。「謝謝你的舉薦，長官。」正準備離開辦公室時，他又停下腳步。「請問長官，陶爾斯指揮官今天會在船上嗎？」他問。「既然人在這裡，我想順道過去露個臉，或許也看看潛艦的狀況。我希望能在正式報到前先打聲招呼。」

「據我所知，他現在就在船上。」上將說。「撥通電話到雪梨號吧——你跟我祕書講一下。」他掃視錶上的時間。「十一點半有台從正門發車的交通車。你可以搭那班車過去。」

二十分鐘後，彼德．荷姆斯便坐在駕駛座旁，乘著這台往返威廉斯鎮的電動載貨車快速而無聲地穿行空無一人的街。這台電動載貨車原是墨爾本昔日某間大型商店專用的送貨車，戰爭結束後，軍方就徵用了貨車，也將貨車漆成了海軍灰。電動載貨車持續以二十哩的平穩時速超越條條道上的其他交通工具，於正午時分抵達了造船廠。彼德．荷姆斯往下走至停放皇家澳洲海軍艦艇雪梨號的錨地，接著就在碼頭邊看見那艘靜置的航空母艦。他登上雪梨號，再往下進入軍官室。

這間偌大的軍官室裡只有十來位軍官，其中六人穿著美國海軍的卡其色軋別丁工作服。蠍子號的艦長也在軍官室裡。他面帶微笑地走向彼德。「嗨，少校，真高興你能過來。」

彼德・荷姆斯說：「希望你不介意，長官。若按規定，我應該星期二再上船報到，只是我人剛好在海軍部，就想過來和你吃頓午飯，或許也可以上潛艦參觀一下。希望你不介意。」

「不、不，當然不介意。」艦長說。「葛林姆威德上將說他會派你加入蠍子號的時候，我就已經很高興了。來，我介紹我們幾位軍官給你認識。」他轉向其他人。「這位是我的執行官法洛先生，以及工程官朗格倫先生。」他微微一笑。「要操控艦上的引擎，就得仰賴一群相當出色的高階工程人員。這位是班森先生，以及歐唐賀提先生、荷許先生。」幾位年輕人略略羞赧地欠欠身。艦長轉向彼德。「少校，用午餐之前，要不要先喝點東西？」

澳洲人答道：「好啊，謝謝。那我就來杯粉紅杜松子好了。」艦長摁下艙壁上的鈴。「長官，蠍子號上有幾位軍官呢？」

「共計十一名。當然啦，蠍子號是艘非常大型的潛艦，所以我們帶了四名工程官。」

「蠍子號上的軍官室一定大得可觀。」

「要我們十一個人同時坐進軍官室其實會有點擠，不過這種情況通常在潛艦裡並不多見。我們倒是為你準備了一張折疊床，少校。」

彼德笑了笑。「那是一人獨享，還是兩人輪用的？」

彼德的暗示讓這位艦長微微震驚了一下。「唔，不是的。蠍子號上每個軍官和士兵都有專屬的床位。」

軍官室的侍者出來應鈴。艦長告訴他：「麻煩送上一杯粉紅杜松子、六杯橘子汽水。」

彼德非常尷尬，並為自己的輕率感到懊悔不已。他叫住侍者。「你們停在港口時也不喝酒嗎，長官？」

艦長笑了笑。「是啊，山姆大叔會不高興的。不過你請便，這畢竟是艘英國船艦。」

「你不介意的話，就讓我入境隨俗吧。」彼德答道。「七杯橘子汽水。」

「那就七杯。」艦長神態自若地說。侍者離開了軍官室。「每個國家的海軍行事風格都不盡相同——」他評論著。「但我想大抵是殊途同歸。」

他們在雪梨號上用餐——共十二位軍官挑了其中一張長長的空桌，然後聚在這長桌的一端吃飯。吃過午飯後，他們便往下走進停靠在旁的蠍子號。這是彼德．荷姆斯有生以來見過最大的潛艦。蠍子號排水量約六千噸，原子渦輪產出的動力則超過一萬馬力。除了那十一名軍官，蠍子號還載荷共約七十名的士官與士兵。艦上所有人都在這座由各式管線交織而成的迷宮裡吃飯睡覺；這種生活在其他潛艦上當然算是司空見慣，但蠍子號還特別為了進入熱帶地區而配備精良的空調系統和極為龐大的冷藏庫。彼德．荷姆斯並非潛艦人員，自然無法從技術層面判斷這艘潛艦的優劣，不過艦長告訴他，蠍子號儘管船身極長，卻十分靈活。他們只要透過操控裝置就能輕鬆移動潛艦。

這艘潛艦進廠整修之後，內部裝載的武器和應戰軍備暫時被拆卸下來，全數的魚雷發射管也只留了兩支。被騰出的空間增加了蠍子號食堂和休閒設施的面積，已經超出一般潛艦裡該有的規格。移出原本置放在引擎室的艉管和魚雷儲貨後，工程班在裡頭走動也方便多了。彼德和工程官朗格倫少校就在蠍子號的這塊區域待了一個鐘頭。這是他第一回在原子艦上服役；艦裡有不少被列為機密等級的設備，而絕大多數都是他初次見到，覺得新奇非常。他花了一點時間吸收知識，包括為核子反應器散熱降溫的液態鈉回路大致的呈現方式、種類紛繁的熱交換器，還有為藉著巨型減速齒輪裝置——整座發電機體最大卻也最靈敏的組件——驅動整艘潛艦的高速雙渦輪所設計之閉循環氦回路。

最後，他回到艦長狹小的艙室。陶爾斯指揮官按鈴呼叫一名黑人侍者，向他點了兩杯咖啡後，再放下收起的折疊椅請彼德坐。「仔細瞧過那些引擎了？」他問。

彼德點點頭。「我不是工程人員——」他說。「好多原理都聽得我一個頭兩個大，但是很有趣。那些引擎有出過什麼問題嗎？」

艦長搖搖頭。「到目前為止，完全沒有。就算有，在海上的我們也只能兩手一攤，沒轍啦。我們只能祈求老天讓那些引擎一直運轉下去。」

咖啡來了；他們兩人默默啜著咖啡。「我接獲的命令是星期二上船報到。」彼德說。「你希望我幾點到呢，長官？」

「我們星期二要出海試航……」艦長說。「也可能是星期三，但我想應該不會拖這麼晚。我們星期一會上街採買，然後讓全體船員登船。」

「這樣的話，我最好還是星期一就登船報到。」澳洲軍官說。

「我上午到？」

「也好。」艦長說。「我想我們星期二中午之前就會出海。我跟上將說過想先讓蠍子號跑跑巴斯海峽。這個航程很短，可以當作試航，或許星期五就會返回威廉斯鎮，再向他們報告船在操作上是否都已準備就緒。你就下週一上船報到吧。中午之前到就好。」

「那我報到之前的這段期間，有什麼可以為你效勞的嗎？如果有我幫得上忙的地方，我可以星期六就登船。」

「謝謝你，少校，但我想沒這個必要。現在有一半的船員都休假去了，我明天中午之後還會放另一半船員外出度週末。這個週六週日只會有一名軍官和六位船員留在艦上值班。沒關係，你星期一中午之前到就行了。」

他看了彼德一眼。「你有聽說他們打算派蠍子號出什麼任務嗎？」

澳洲人嚇了一跳。「長官，他們沒跟你提過嗎？」

美國人哈哈大笑。「沒有，連個影兒都沒有。我看最晚獲悉出海令的，大概就是我這個艦長吧。」

「這次的委派令是第二海軍人員替我安排的——」彼德說。「上將說你們要航向凱恩斯、莫斯比港和達爾文，還說這是段為期十一天的航程。」

「你們作戰處的尼克森上校是有問我這麼走會花上多少時間。」艦長回答。「但我尚未接到正式的命令。」

「上將今天早上說蠍子號結束這項為期十一天的航行任務之後，還會跑一趟更遠的航程，得出海差不多兩個月。」

陶爾斯指揮官整個人僵在那兒，手中的咖啡杯就這麼懸在半空。

「這我倒是第一次聽說。」他表示。「他有提到路線嗎？」

彼德搖搖頭。「他只說應該會跑上兩個月。」

他倆接下來都未發一語。片晌之後，美國人提振精神，微微一笑。「那我猜如果你幾天之後在半夜來找我，大概就會看到我正埋著頭畫航海半徑了。」他低聲地說。「隔天晚上繼續畫，一晚接著一晚畫。」

澳洲人覺得換個輕鬆點的話題比較好。「你這週末不出去走走嗎？」他問。

艦長搖搖頭。「我就待在附近。或許會找一天進城看場電影。」

這就是一個離家千百里的異鄉人在異鄉安排的枯燥週末行程。彼德一時心血來潮，說了：「長官，想不想南下到弗茅斯住個兩晚？我們還有一間空臥室。現在天氣熱，所以我們三不五時就去帆船俱樂部游個泳、玩玩帆船。如果你願意來，我太太也會很開心的。」

「你太客氣了。」艦長若有所思地說。他考慮著彼德的提議，又喝上一口咖啡。在這個節骨眼上，沒幾個北半球的人有辦法和南半球的人融洽相處。兩者之間的隔閡太深，各自經驗的差異性又太大。乘興而來的同情叫人無法忍受，只會在兩者間化作一堵牆。他對此感觸良深，也相信眼前這位澳洲軍官必定熟諳這個道理。儘管如此，對方仍舊開口邀約了。不過，出於職務所需，他的確想進一步認識這位聯絡官。若他得靠這個人和澳洲海軍司令部打交道，那他最好先摸清對方的底細。這麼說來，他家是值得一訪，而這樣的改變勢必能助他減緩數月以來被這可恨的久滯狀態折磨的苦痛。不管到時候的氣氛會有多尷尬，也強過在這空空蕩蕩、冷冷清清的航空母艦裡隻身與沉思默想和袍澤之憶共度週末。

他放下咖啡杯，然後淡淡一笑。如果他真南下拜訪，好像會有點難為情，但假使他斷然回絕新進軍官用意良善的邀請，眼下這場面就更難堪了。「真的不會給你太太添麻煩嗎？」他問。「你們不是還得照顧小寶寶？」

彼德搖搖頭。「她會很開心的。」他說。「這也能稍稍改變她目前的生活啊。她現在身邊沒幾張新面孔，日子也只是一再重覆地過。當然孩子也是綁住她的原因之一。」

「我很樂意南下去打擾你們一晚。」美國人說。「明天我還走不開，不過星期六是可以下去碰碰水。好久沒游泳了。我坐星期六早上的火車下去弗茅斯吧，如何？但我星期天就得回到這兒。」

「我會去車站接你。」他們稍微討論了火車的班次，然後彼德問：「你會騎自行車嗎？」對方點點頭。「那我幫你牽一台到車站。我們家離那邊大概兩哩遠。」

陶爾斯指揮官說：「好，沒問題。」記憶中那台紅色奧斯摩比漸漸褪至夢的層面。他十五個月前才開著這台車到機場，如今卻想不起車子儀表板的樣式，也記不清調整座位的控制柄究竟在椅子的左側還右方。想必這台車仍停在他康乃迪克老家的車庫裡，或許就和他訓練自己不得心心念念的其他物事一般完好無缺。人既然要忘舊，就必須活進新的世界，然後竭盡所能。他現在應該想的是會停在澳洲火車站的那部自行車。

彼德離開碼頭區，再搭上電動載貨車回到海軍部。他收好委派書函後便提起輪子，搭乘路面電車去車站。他差不多六點到達弗茅斯。他笨拙地將輪子吊上自行車的手把，然後脫下外套，開始奮力踩著踏板爬上返家的那段長坡。半小時後，在炎熱傍晚中揮汗如雨的他到家了；瑪麗穿著輕薄的夏日連身洋裝，正在草坪上令人聞之沁涼的灑水器低吟中乘涼。

她走向他。「哇彼德，你怎麼熱成這個樣子！」她說。「你買了輪子啦？」

他點點頭。「抱歉，我沒能趕去海灘。」

「我那時候就想他們可能要你多待一會兒。我們大概五點半回來的。新職令談得怎麼樣？」

「說來話長。」他說。他將腳踏車和輪子停放在迴廊上。「我想先沖個澡，洗完再跟妳說。」

「那結果是好是壞？」她問。

「好。」他回答。「會出海，四月才回來。之後就沒有安排了。」

「噢，彼德！」她喊道。「好棒哦！去、去，快去洗澡，洗完舒服了再跟我說。我去搬躺椅出來。對了，冰箱裡有瓶啤酒。」

十五分鐘後，彼德已經換上開領衫和質料輕盈的斜紋布褲，坐在蔭涼處邊喝著冰啤酒，邊告訴她關於委派令的一切。說完之後，他問：「妳見過陶爾斯指揮官嗎？」

她搖搖頭。「珍·費里曼之前在雪梨號的派對上見過那些美國人。她說他人很好。不曉得在他手下做事的感覺怎麼樣。」

「還不錯吧，我猜。」他答道。「他能力很強。一開始應該會不太習慣，那畢竟是美軍的船。但我不得不說，我真喜歡他們。」他笑了出來。「我上船沒多久就鬧笑話了。我點了杯粉紅杜松子。」他告訴她。

她點點頭。「珍就是跟我說了這個。對他們而言，酒可以在岸上喝，但不能在船上喝。我倒覺得只要他們還穿著制服，就絕對滴酒不沾呢。他們在雪梨號的派對上喝一種類似什錦水果的飲料，超悶的。明明其他人酒喝得跟什麼一樣。」

「我邀他下來過週末。」他告訴她。「他星期六早上出發。」

她一臉驚愕地盯著他瞧。「你不是指陶爾斯指揮官吧？」

他點點頭。「我總覺得該開口邀請他。他會沒事的啦。」

「噢……彼德，他不會沒事啊。他們一直都很不好受吧。對他們來說，踏進別人家是多麼痛苦的一件事。」

「他不一樣啦。畢竟，他也有點年紀了。真的啦，他會好好的。」他再三保證。

「你之前不也以為那個皇家空軍的中隊長……」她反駁。「就那位啊——叫什麼名字去了——會好好的嗎？他還哭了欸。」

他不想被喚醒那晚的記憶。「我知道這對他們來說很煎熬。」他說。「走進別人家的家門，然後看見這戶人家的寶寶什麼的。但是我說真的，他老兄不會那樣。」

她只好接受這無可避免的來訪。「他會待多久？」

「一個晚上而已。」他告訴她。「他說星期天就得回去蠍子號。」

「只待一個晚上的話，情況應該不會太糟……」她坐在躺椅上微蹙著眉思考了一會兒。「重點是，我們要找很多事讓他做。我們要讓他從頭忙到尾、一刻不得閒。我們招待皇家空軍那個傢伙的時候就是漏了這一點。他平常喜歡做什麼？」

「游泳。」他告訴她。「他想游泳。」

「他喜歡玩帆船嗎？禮拜六有場駕帆賽。」

「這我就沒問了。應該喜歡吧。他看起來就是會玩的人。」

她喝了口啤酒。「我們還可以帶他去看電影。」她若有所思地說。

「現在有什麼片子上檔？」

「我不知道。不過沒差啦，只要能讓他有事可做，什麼片子都好啊。」

「如果那是部美國片，可能就不太好。」他指出。「我們可能好死不死挑到一部在他家鄉拍攝的電影。」

她一臉驚恐地看著他。「那就糟糕了！彼德，他是哪裡人？在美國的哪一區？」

「我不知道。」他說。「我沒問他。」

「哎呀……我們晚上得帶他去做點事情啊，彼德。我覺得英國片最安全，但電影院現在可能沒英國片可上。」

「我們可以辦個派對。」他提議道。

「我們得辦個派對──如果到時候沒英國片可看。不過無論如何，這似乎都是比較理想的辦法。」她思索著，然後問他：「他結婚了沒？你知道嗎？」

「我不知道。結婚了吧。」

「我想莫依拉．戴維森可以來幫幫我們。」她若有所思地說。「如果她沒別的事要忙。」

「如果她沒喝茫。」他強調。

「她又不是成天那副德行。」他的妻子回嘴。「她一出現，派對的氣氛就熱了。」

他考慮著。「這主意還不錯。」他說。「我得直截了當地告訴她該做什麼事。一刻不得閒。」他停頓，然後仔細推敲了一下。「不管是在床上還是床以外的地方。」

「她不來那一套的，你知道。那些都只是表象。」

他咧嘴一笑。「妳愛怎麼想就怎麼想囉。」

他們當天晚上便撥了通電話向莫依拉·戴維森說明這個想法。

「彼德就是想邀請他來。」瑪麗告訴她。「我的意思是，他是彼德的新艦長，但妳也曉得那些人的狀況，還有他們一踏進別人家裡，看到小孩、聞到臭尿布，又發現奶瓶泡在盛了溫水的燉鍋裡這類事情時心裡會作何感受。所以我們想啊，最好整理一下屋子，把那些東西全都藏起來，看能不能讓他高高興興的——整個晚上都高高興興的，妳知道。但問題是我沒辦法一手帶珍妮佛，一手做完這些事情。親愛的，妳能過來幫忙嗎？但我得委屈妳到客廳睡行軍床哦，或是妳想把行軍床搬到屋外的迴廊去睡也可以。就這個週六週日。纏著他，叫他閒不下來——這就是我們的想法。讓他一刻不得閒。我們星期六晚上應該會辦個派對，還會再找一些人過來。」

「聽起來不太妙啊。」戴維森小姐說。「告訴我，他是個纏人的傢伙嗎？他不會冷不防就鑽進我懷裡，哭著說我長得好像他死去的老婆吧？他們有些人就愛搞這種把戲。」

「有可能欸。」瑪麗無法確定。「我是沒見過他啦。給我三十秒，我去問問彼德。」片刻之後，她再拾起話筒。「莫依拉，在嗎？彼德說如果他喝到爛醉，大概會開始揍妳。」

「那還比較好。」戴維森小姐說。「好啦，我星期六早上過去。喔對，我現在不喝杜松子酒了。」

「不喝啦？」

「喝杜松子酒爛腸胃，會腸穿孔，還會潰瘍。我每天早上都得發作一次，乾脆不喝了。我現在改喝白蘭地。六瓶差不多吧，我覺得——是週末要喝的啦。白蘭地喝多也沒關係。」

星期六早晨，彼德．荷姆斯騎著腳踏車下山到弗茅斯車站。他和莫依拉．戴維森約了在車站碰頭。她身材纖瘦，有一頭金色直髮、一張白皙的臉，家裡從事畜牧業，在柏威克附近一個叫哈卡威的地方有塊小小的地。她是駕著一輛派頭十足的四輪輕便馬車來的。那車是一年前從某個廢品舊貨場搜來，再砸下一大筆錢整修而成，而挺立在車轅間的，是匹相貌堂堂、神采奕奕的灰母馬。她身著襯衫寬長褲，全身上下都是鮮艷搶眼的大紅色，連雙唇和指甲、腳趾甲的顏色也是。她向彼德揮揮手，彼德便走向馬首。她下了那台乘載工具，然後將韁繩輕綁在以往乘客就著排隊等公車的欄杆上。「早啊，彼德。」她說。「我的男朋友還沒到？」

「他搭的那班車就快到了。」他說。「妳幾點出門的？」她到弗茅斯得駕上二十哩路。

「八點。真要命。」

「妳有吃早餐嗎？」

她點點頭。「白蘭地。我上那輛木材搬運車之前還要再來一杯。」

他挺擔心她的。「妳什麼都沒吃？」

「吃？你是說培根和蛋那種垃圾？親愛的孩子啊，昨晚賽姆斯一家才開了派對，我現在看到食物就噁得要死。」

他們轉身一同走向前去迎接即將到站的列車。「妳幾點睡的？」他問。

「差不多兩點半吧。」

「真搞不懂妳怎麼過得了這種生活。我就沒辦法。」

「過得了啊。必要的話，我可以一直這樣過下去。再說，這種日子也沒多久可過了。我的意思是，何必浪費時間睡覺呢？」她大笑，笑聲有點尖。「說不通嘛。」

他沉默不語，因為她的話確實有道理，只是那並非他的生活方式。他們站在月台上等候。接著，列車駛入，陶爾斯指揮官現身了。他那身淺灰色夾克搭淺褐色斜紋布長褲的便服在剪裁上稍顯美式，讓他這個異鄉人在人群之中格外顯眼。

彼德．荷姆斯為兩人引見。當他們走下月台的斜坡，這位美國人說：「我好多年沒騎腳踏車了，待會兒大概會摔得四腳朝天吧。」

「我們為你準備了比腳踏車更棒的交通工具。」彼德說。「莫依拉的jinker[註1]。」

對方皺起了眉頭。「我不懂。你是說？」

「就是跑車。」女孩說。「捷豹XK 140，相當於你們福特的雷鳥吧。我這是最新型號，只有一馬力，平地時速可達八哩——老天，快讓我喝一杯！」

他們走到這架車轅間站著一匹灰馬的jinker前。她解著韁繩，美國人則後退幾步，迅速檢視這輛被太陽照得閃閃發亮的氣派馬車。

「哈！」他驚呼。「是buggy嘛！好一台輕型馬車！」

莫依拉也往後一站，然後放聲大笑。「Buggy！這詞兒太貼切了。輕型馬車，可不是嘛！夠了彼德，哪裡髒了？好吧，是有一點。陶爾斯指揮官，我家車庫裡還停了一台福特Customline呢，但我沒開來。這就是輛輕型馬車啊。來，上車吧，容我帶你見識見識這車的性能。」

「我是騎腳踏車來的，長官。」彼德說。「所以我就騎腳踏車回

註1 Jinker是澳洲人特別用來長途載送木材的雙輪單馬輕型馬車，即前文所述的「木材搬運車」，類似美國人說的buggy輕便馬車，只是後者為四輪馬車。為表現此地域性說法造成的溝通隔閡，此處特寫出原文。下文亦同。

去。我們家裡見。」

陶爾斯指揮官蹬進了輕型馬車，女孩也上車坐到他的身邊。她執起鞭子讓灰馬調頭，馬車便跟在腳踏車後面蹚蹚上路。「離開城鎮之前，我還有件事要辦。」她告訴同行的伙伴。「就是喝上一杯。彼德人很好，瑪麗也是，就是喝起酒來沒什麼氣魄，只是淺酌而已。瑪麗說喝太多容易生出疝氣的寶寶。請別介意。如果不想喝酒，你也可以點個可樂什麼的來喝。」

陶爾斯指揮官感到一陣微微的暈眩，卻也振奮抖擻，畢竟已經有很長一段時間都不需要和這一類型的年輕女性交際應對了。「我陪妳喝啊。」他說。「我去年吞下的可樂都夠我那艘船浮到潛望鏡深度了。我可以來一杯。」

「那我們兩個就喝酒去吧。」她說。她將這輛交通工具彎進大街，駕駛技術不算差勁。幾台遭人棄置的汽車斜停在路緣；這些車已經停在那兒一年以上了。街上停放的車輛寥寥無幾，完全不會妨礙他們通行，倒是最近也沒汽油可加，無法把這些車拖走。她駛入碼頭飯店外圍的空地，然後下車將韁繩繫上其中一輛廢棄車的保險桿，再和她的同伴走進淑女吧間[註2]。

他問：「要幫妳點什麼？」

「雙份白蘭地。」

「摻水？」

「一點點就好。我要加很多冰塊。」

他向酒保點酒，然後站在原地思考了一會兒。女孩觀察著他。店裡從沒進過黑麥威士忌，蘇格蘭威士忌也缺貨好幾個月了，而他

註2　Ladies' Lounge是澳洲人用以指飯店或酒吧在供酒的廳房之外，另闢一處讓女性酌酒的空間。為與一般酒吧區隔，特將此處譯成「淑女吧間」。

怎麼樣都覺得澳洲威士忌這種酒聽起來十分可疑。「我沒喝過妳那種白蘭地。」他說。「喝起來如何？」

「沒勁兒。」女孩說。「但白蘭地的後勁本來就衝得比較慢。這樣對腸胃好，所以我喝白蘭地。」

「我還是喝威士忌吧。」他點了酒，然後轉向她愉快地說：「妳喝蠻凶的哦？」

「他們也這麼說。」她接過他遞上的酒，然後從自己的包包裡掏出一包混捲南非和澳洲菸草的香菸。「要不要來一根？這鬼玩意兒難抽得要死，但我只弄得到這個。」

他則拿出自己同樣難抽無比的香菸請她，並為她點火。她從鼻孔呼出一道長長的菸雲。「偶爾換換口味也不錯。你的名字是？」

「杜威特。」他告訴她。「杜威特・萊歐農。」

「杜威特・萊歐農・陶爾斯。」她重述道。「我叫莫依拉・戴維森。我家有塊牧地，離這兒大約二十哩遠。而你是那艘潛艦的艦長，對吧？」

「沒錯。」

「艦長當得很高興？」她譏諷地問。

「能指揮蠍子號是我莫大的榮幸。」他平靜地說。「我至今仍深感榮耀。」

她垂下視線。「抱歉，說出了那種話。我清醒的時候還挺豬頭的。」她一口乾掉白蘭地。「再請我喝一杯吧，杜威特。」

於是他又請她喝了一杯雙份白蘭地，自己則繼續啜飲杯中的威士忌。「告訴我——」女孩說。「你休假的時候都在做什麼？打高爾夫？玩帆船？釣魚？」

「通常都在釣魚。」他說。和雪倫在加斯佩半島度假的遠久記憶浮上他心頭，但他將之拋諸腦後。人得忘掉舊事，專注於當下。

「現在天氣熱，不太適合打高爾夫。」他說。「荷姆斯少校有提到游泳。」

「那好辦啊。」她說。「俱樂部今天下午就有場駕帆賽。你玩帆船嗎？」

「當然。」他以愉悅的語氣答道。「他的帆船是哪一種？」

「叫『關12』的玩意兒。」她說。「一種類似防水箱，然後上面安了幾張帆的東西吧。我是不知道他自己想不想玩帆船。他不想的話，我就和你一組，當你的船員。」

「如果我們晚點要玩帆船——」他的語氣堅決。「最好就別再喝了。」

「少給我搬出美國海軍那一套，否則我不當你的船員了。」她回嘴。「我們船上的規矩跟你們那邊不一樣。我們這兒不禁酒。」

「好、好。」他沉穩地說。「那讓我上妳的船，當妳的船員吧。」

她瞪視著他。「有人用酒瓶砸過你的腦袋嗎？」

他笑了笑。「常常啊。」

她喝光杯中物。「嗯哼。再來一杯。」

「多謝賞臉，但不了。荷姆斯他們會納悶我們到底怎麼了。」

「他們很清楚啦。」女孩說。

「走啦，我想坐妳那輛jinker欣賞世界風光欸。」他拉著她走向吧間門口。

而她任其拖行，不予抵抗。「是buggy。」她說。

「不，不是的。既然我們在澳洲，就要叫它jinker。」

「這你就搞錯囉。」她說。「那車就是buggy，道道地地的輕型馬車——艾伯輕型馬車。車齡都超過七十年了。爹地說這車是美國製造的。」

他興味盎然地重新端詳這輛馬車。「哇——」他喊道。「難怪我先前就覺得這馬車好眼熟。我還小的時候，就看過我爺爺的柴房裡停了台跟這個一模一樣的馬車。就在緬因州。」

她可不能讓他回想起那些前塵舊事。「你去站在馬的頭旁邊，我要倒車。」她說。「這馬不太會倒退走。」她晃進駕駛座，然後毫不留情地拽著馬銜，這麼一來陶爾斯指揮官就有得忙了。母馬跳了起來，還用前腳扒他；他使勁推著馬頭讓牠繞向街道，再趁牠起步準備猛衝之際盪上女孩旁邊的空位。莫依拉說：「這匹馬還太嫩，待會兒上了坡一定立刻就跑不了。這些要命的柏油路……」母馬衝出城鎮之後，果然開始在平坦的路面上且滑且行。美國人緊抓著自己的座椅，懷疑這世上竟有如此拙於駕馬的女子。

幾分鐘後，他們終於到達荷姆斯的家，而那匹灰馬已是汗沫涔涔了。海軍少校夫婦走出來迎接他們。「不好意思，瑪麗，我們來晚了。」莫依拉一派從容地說。「陶爾斯指揮官進了酒吧就不想動了。」

彼德說：「看來你們已經混熟了。」

「我們的馬車之行真不是蓋的。」潛艦艦長評道。他下車；彼德為他介紹瑪麗。接著他轉向女孩，說：「我想牽著馬到附近走一會兒，讓牠涼快涼快。如何？」

「好。」女孩答道。「我來卸馬具，再把牠趕到小圍場——彼德會告訴你小圍場在哪兒。然後我就去幫瑪麗準備午餐。彼德，杜威特下午想駕你那艘帆船。」

「我沒這麼說啊。」美國人辯解道。

「你是這麼想啊。」她瞟了馬兒一眼，暗自慶幸父親沒在場，不會看到母馬被折磨成這副模樣。「拿個什麼幫牠擦擦身體好了——後頭燕麥堆下面有塊布。我會餵牠喝水，但得等我們自己先喝過了再說。」

當天下午，瑪麗待在家裡陪寶寶，也靜靜張羅著晚上派對所需的一切；杜威特．陶爾斯一路歪七扭八地和彼德、莫依拉騎著腳踏車去帆船俱樂部。他們三人脖子掛著毛巾，口袋塞著泳衣，到了俱樂部再一邊換裝，一邊期待來場濕透全身的駕帆行。那艘帆船船體是個由夾板密封而成的木箱；舵手座的空間不大，不過船的張帆動作快速而俐落。他們上帆具、推船下水，總算在賽前五分鐘趕上起航線。船由美國人掌舵、莫依拉隨行，彼德則留在岸邊觀賞這場賽事。

他們著泳裝駕帆：杜威特．陶爾斯穿著一條淺褐色平口泳褲，女孩則穿著一套以白色為主色的比基尼；為防曬傷，兩人都帶了件短衫放在船上。有好幾分鐘的時間，他們浸沐著溫暖的日照，在起航線後頭十幾艘等級參差的參賽船中兜來繞去、見縫就鑽。指揮官已經好幾年沒駕帆了，而這一型號的帆船他之前連摸都沒摸過。所幸這艘關12操控簡便，他沒多久也發現船的速度非常之快。比賽的槍聲響起時，他懷抱著信心駕船衝出起航線，在這場需三度繞行三角航道的駕帆賽中排名第五。

而既然駕帆賽是在菲利普港灣舉行，港內風速之強勁自是可想而知。就在他們剛跑完一輪三角航道的時候，風突然轉大，颳得他們壓著舷緣前進。陶爾斯指揮官一下收繩放繩、一下調整舵桿，又是忙著立船、又是忙著讓船返回航道，幾乎無暇顧及其他的事。第二輪展開了；他們頂著燦爛的艷陽在有如鑽石飛濺而出的粒粒水花間逆風駛向下一個轉折點。他忙到分身乏術，絲毫沒發現女孩用腳趾踢了一下主帆操控索收在繫繩栓旁的繩索圈，還將一團雜亂糾結的前帆操控索壓在上面。他們遇上了浮標，不過他機伶地上旋舵桿，再放開控帆索。繩索往上抽了兩呎便打住不動，船也就往旁邊移開了。接著，一陣強風掃來。船被吹翻了，而女孩此時故作天真地收緊前帆操控索，船也因此失去招架之力，帆都平倒在海面上。轉眼間，他倆已在船邊游起泳來。

她一副興師問罪的樣子說：「還不是因為你抓著主帆操控索不放！」然後她說：「噢該死，我胸罩快掉下來了！」

其實她在下水前就略施小計，扯了一下肩胛骨中間的蝴蝶結。現在，她那件胸罩就漂在她身邊的水面上。她伸出單手一抓，然後說：「游到另一邊，去坐在活動船板上。船等一下就會自己浮起來了啦。」她和他一齊游泳。

他們看見救生巡邏隊的白色水上摩托車從遠方調頭而來。她對同伴說：「這下好啦，水上救援隊的摩托車來了。真是禍不單行。杜威特，快趁他們趕來之前幫我打好結。」而明明只要臉朝下潛入水裡，她自己就能打個漂漂亮亮的結。「嗯，就是這樣，牢牢緊緊的蝴蝶結——不用這麼緊，我又不是日本人。對，就這樣。好了，我們把船扶起來繼續比賽吧。」

處於水平面上的部分船體露出了打橫的活動船板。莫依拉爬了上去，站穩後再抓牢船舷的上緣，他則潛到水下驚訝地欣賞她苗條的曲線和膽大的作為。他和她同時使勁踩下板子，船便從水裡撐起濕透的帆，然後停止不動，過了一會兒又倏地翻正過來。女孩試圖解開主帆操控索，卻絆到上舷摔進了舵手座，癱在那兒一動也不動。杜威特奮力爬到她的身邊。彈指之間，他們在那部水上救援摩托車趕到之前又開始行進了，只是帆面上的水太重，叫船吃不消。「你再這麼做試試看。」她厲聲說道。「我身上這套比基尼是用來做日光浴的，不是穿來當落湯雞的。」

「我不知道怎麼會變成這樣。」他陪罪。「翻船之前，一切都很順利啊。」

後來他們沒再出什麼差錯，最後以倒數第二的名次繞完了剩下的航道。他們乘著帆船返回海灘，彼德也走到深及腰部的水中和他們會合。他接住船，讓船逆風行進。「玩得盡興嗎？」他問。「我看到你們翻船了。」

「盡興，好盡興。」女孩回答。「先是杜威特弄翻船，然後是我的胸罩掉了。不管怎麼看，這場比賽都刺激非凡啊。果真是一刻不得閒。你的船表現得可圈可點呢，彼德。」

他們縱身跳入水中，然後拖船上岸、降帆，再將船扛上船台的滑輪車，將它停在沙灘上。這一行三人坐在防波堤尾端曬著溫暖的夕陽抽菸，身後的峭壁為他們阻擋了陸風。

美國人看著湛藍的海水、映紅的峭壁，還有停在水面上隨波晃動的汽艇。「你們這個地方真不錯。」他若有所思地說。「這是我見過最具規模的小型俱樂部。」

「他們只是抱著好玩的心情駕駕帆罷了。」彼德說。「這就是訣竅。」

女孩說：「也是所有事情的不二法門。彼德，我們什麼時候才能喝到酒啊？」

「他們大概八點到。」他告訴她，接著轉向他的訪客。「晚上會有幾個朋友過來。」他說。「我們可以先下山到飯店吃個晚餐。這樣家裡準備起來也比較省事。」

「好啊，沒問題。」

女孩說：「你不會又要帶陶爾斯指揮官去碼頭飯店吧？」

「我們就是這麼打算的啊。」

她黯然說道：「我覺得這打算非常不妙。」

美國人笑了。「拜妳所賜，我在這一帶的名聲可謂家喻戶曉。」

「你是自作自受。」她駁斥著。「我可是想替你粉飾太平。我才不會到處宣傳你扯掉我胸罩的事。」

他疑惑地瞧了她一眼，然後哈哈大笑，彷彿自己已經整整一年未曾放開一切過往的桎梏那般縱聲笑著。「好、好。」他終於說。「這件事我會保密，就我們兩個知道。」

「會保密的人是我。」她正經八百地說。「晚點你酒足飯飽了，就會把這件事告訴在場所有人吧。」

彼德說：「差不多該換衣服了。我跟瑪麗說我們六點前會回到家。」

他們走下防波堤，到更衣室換好衣服後便騎上腳踏車回家。他們到家時，瑪麗正在草坪澆花。他們四人討論去飯店的方法，最後決定為莫依拉的馬上齊馬具，搭乘那輛輕型馬車下山。「我們得為陶爾斯指揮官著想啊。」女孩說。「又在碼頭飯店喝上一輪的話，他回家時是絕對騎不上那段爬坡的。」

她和彼德到小圍場牽馬上馬具。她俐落地將銜鐵套在馬兒兩排牙齒中間，又從轡頭拉好馬耳，並說：「我表現得如何，彼德？」

他咧嘴一笑。「很好啊。一刻不得閒。」

「是啊，一切謹遵瑪麗吩咐。至少他還沒爆淚痛哭。」

「妳再這麼嘮嘮叨叨念個沒完，我看他會先爆血管。」

「我是不知道自己有沒有那個本事，但我渾身解數都快使盡了。」她為母馬上鞍。

「妳會越夜越有靈感的。」他說。

「或許吧。」

夜晚降臨。他們在飯店裡用餐，回程時比先前節制地駕馬爬坡，然後為馬解鞍轡、放馬回小圍場過夜休息，準備招呼八點光臨的賓客。共有四組人參加這個簡單的小派對：年輕的醫生和他的妻子、一名海軍軍官、一個被介紹為養雞農，以美國軍官無法理解的生活方式度日的爽朗年輕人，以及擁有一間小型工程工廠的年輕男子。在這三小時裡，他們聚在一起跳舞喝酒，刻意避開所有嚴肅的話題。夜間溫熱，室內的溫度也越升越高；派對開始沒多久，這些人就已脫去外套、解開領帶。留聲機不斷消化一疊堆得老高的唱片，其中一半還是彼德為了今晚的派對特地借來的。儘管紗窗外的窗戶已經大敞，屋內仍瀰漫著滿室的菸霧。彼德不時得將菸灰缸裡的菸灰菸蒂倒進字紙簍，瑪麗不時得收拾空杯，把杯子拿進廚房清洗後再拿回來。約莫十一點半的時候，瑪麗終於用托盤端來一壺茶和抹了奶油的司康跟蛋糕。這是澳洲舉國皆知的暗號：派對即將結束。那些賓客過沒多久便紛紛起身道別，騎著自己的腳踏車東搖西晃地離開。

莫依拉與杜威特走下小車道，將那對醫生夫婦安全送出門後，便轉身走向屋子。「派對很棒。」潛艦指揮官說。「參加派對的賓客也很棒。他們人都很好。」

比起屋內滿室的悶熱，院子涼快舒適多了。夜晚靜悄悄的。他們從樹間遠眺，便看見皎皎星光下的菲利普港灣自弗茅斯攀向尼爾森的海岸線。「裡頭太熱了。」女孩說。「我要在外面多待一下，涼快了再進屋睡覺。」

「我幫妳拿件披肩來吧。」

「你應該幫我拿點喝的來，杜威特。」

「不含酒精？」他提議道。

她搖搖頭。「給我倒一吋半左右的白蘭地，還要加很多冰塊——如果還有冰塊。」

他進屋幫她倒酒。當他兩手各拿著一杯飲料回到院子，她已經坐在幽暗無光的迴廊邊。她接過酒，道了聲謝，他也在她身邊坐下。經過了一整晚的嘈雜喧鬧，深夜院子的靜謐安寧讓他放鬆了許多。

「安安靜靜坐上一會兒的感覺真不賴。」他說。

「被蚊子咬之前都很不賴。」她說。一道輕輕暖風拂過他們周圍。

「不過有了這風，大概就不會有蚊子了吧。肚子好脹。現在想睡也睡不著了。我看等一下就躺在床上翻到天亮算了。」

「妳昨天很晚睡？」他問。

她點點頭。「前天也是。」

「我覺得妳偶爾可以早點上床睡覺。」

「是有什麼用？」她生氣地問。「現在這一切又有什麼用？」他不打算回答這個問題。她立刻接著問：「杜威特，彼德為什麼要登上你的蠍子號？」

「因為他是我們新的聯絡官。」他告訴她。

「你們之前就有聯絡官？」

他搖搖頭。「從來沒有。」

「那他們為什麼現在又要派個聯絡官給你們？」

「我不曉得。」他答道。「或許是因為我們即將出海巡視澳洲的水域。這些都是我聽人說的，我還沒收到正式命令。看來在這支海軍裡，我這個艦長會是最後才接獲通知的其中一個吧。」

「那他們有說你們要去哪裡嗎，杜威特？」

他一陣猶豫。對現在的他而言，國家安全算是過去的遺物，但他仍下意識繃緊了神經。世界之大，他的國家已沒有敵人，他卻仍保有這一微不足道又足以驅策自己的習慣。「他們說我們有個短程的出航任務，最遠只到莫斯比港。」他告訴她。「這說不定只是謠傳，但我知道的就這麼多。」

「可莫斯比港不是中了嗎？」

「我想是的。他們已經好一陣子沒收到莫斯比港發出的無線電訊號。」

「可如果莫斯比港真的中了，你們不就沒辦法上岸了？」

「總得有人去看看狀況。遲早得去。」他說。「不過，除非外頭的輻射含量接近正常數值，否則我們是不會離開船艙的，而要是輻射量過高，我根本不會讓蠍子號浮出水面。但總得有人去看看狀況。這只是早晚的問題。」他閉口不語，於是這座星空下的院子也變得寂靜無聲。「很多地方都需要有人去看看狀況。」一會兒後，他再度開口。「一直到現在，西雅圖附近還有地方會傳來無線電訊號。訊號本身不具任何意義，就像一團亂七八糟的短音點和長音線，而且來得斷斷續續，有時隔了兩個禮拜才又傳來。這表示那個地方可能還有人活著，只是這個人不知道無線電的操作方法罷了。北半球那邊有太多不尋常的狀況，真的需要有人去看看。」

「那種地方可能有人存活嗎？」

「我不覺得，但也不是完全不可能吧。這個人必須待在一個與世隔絕、完全密閉的空間裡，裡頭還要有經過過濾、能吸入人體的空氣和以某種形式保存下來的食物跟水。不過，我認為這不太實際。」

她點點頭。「杜威特，凱恩斯真的中了嗎？」

「我是這麼認為。凱恩斯和達爾文。或許有一天我們也得過去那邊看看。或許這就是彼德被指派到蠍子號的原因。他熟悉那邊的水域。」

「有人跟爹地說湯斯維爾已經出現輻射病了。你覺得這消息可信嗎？」

「我不太確定——我沒聽說過這件事。但我覺得可信度挺高的，畢竟湯斯維爾就在凱恩斯的南邊。」

「輻射塵會繼續往南走，然後飄到我們這裡？」

「他們是這麼說的。」

「從來就沒有人在南半球投下炸彈——」她氣憤不已。「為什麼輻射塵非得飄到南半球不可？他們就不做點什麼防範措施嗎？」

他搖搖頭。「完全無法防範。是風啊。要避開風吹送過來的東西，簡直比登天還難。就是一點辦法也沒有。我們只能接受即將發生的一切，然後盡人事、聽天命。」

「我不懂。」她執拗地說。「他們一度說沒有風能吹過赤道，我們一定會沒事的啊。可是我們現在哪裡像沒事了……」

「我們已經在劫難逃了。」他低聲說道。「即便那些人對重粒子，也就是輻射塵的推論和說法正確無誤——而事實上，他們說錯了——我們還是避不開那些藉擴散現象飄來的輕粒子。那些輕粒子已經存在於我們生活之中了。如今這個地方的背景輻射準位比戰前高出了八、九倍。」

「那個應該傷不了我們。」她辯駁道。「有害的是大家議論紛紛的輻射塵。它是藉風力散播的吧？」

「是的。」他答道。「不過風不會直接從北半球吹到南半球來，不然我們早就死了。」

「我倒寧可早點死一死。」她忿忿地說。「現在這樣子就跟等著被絞死沒兩樣。」

「或許吧，但這說不定也是上天恩賜我們的寬限。」

這話一說完，兩人又陷入沉默。「為什麼要讓我們等這麼久，杜威特？」少頃後，她開口問道。「為什麼風不乾脆把輻射塵直直掃到這裡算了？」

「這真的不是什麼艱深的大學問。」他說。「南、北半球的風各自在南、北極到赤道的範圍內以廣達數千哩的巨大螺旋狀吹送。北半球的風有其循環流動的方式，南半球的風也是。不過，將南、北半球的風劃分開來的並非我們在地球儀上所見的赤道，而是一種叫『壓力赤道』的東西。這東西會隨著季節替換往北或向南遷移。一月時，整個婆羅洲和印尼都處於北半球風系，可是到了七月，壓力赤道移動到更北的地方，所以這個時候的印尼、暹羅，以及印尼、暹羅以南的每一個國家，都進入了南半球風系的範圍。因此一月時，北半球的風把核爆之後產生的輻射塵吹降到……比方說馬來半島，然後七月時，馬來半島被南半球風系所籠罩，輻射塵自然會和風一起吹到澳洲來。這就是輻射塵得過一段時間才會飄到我們這裡的原因。」

「而他們就只能坐以待斃？」

「完全無計可施。這個問題對人類來說太大太嚴重，誰也應付不來。我們只能接受。」

「我才不接受。」她激動地說。「這不公平。氫彈、鈷彈，還是其他什麼彈都好，沒有一個南半球的人丟過啊。我們跟這件事一點關係都沒有。明明是那些國家想要發動戰爭，憑什麼要遠在九千或萬哩之外的我們白白送命？這真的太不公平了。」

「的確很不公平。」他說。「但事情就是這樣。」

她沒有立刻接話，過了一會兒才憤慨地告訴他：「杜威特，我不是怕死。人都難逃一死。我是為了那些終將失去的東西而心有不甘……」她轉向坐在星光下的他。「我永遠都出不了澳洲了。我一直都好想去里沃利街走走，大概是因為這個街名很浪漫吧。很蠢，我知道，因為這條街應該就跟其他街道沒什麼兩樣，但這就是我畢生的心願嘛，我卻一輩子都到不了里沃利街，因為巴黎已經不存在了，倫敦也不見了，或是紐約。」

他對她溫柔一笑。「里沃利街可能還在，街上的東西，包括商店櫥窗裡的陳列品可能也都還在。我不知道巴黎是否遭受過炸彈的襲擊。說不定這條街還灑滿陽光、景物依然，一切都是妳夢想中的樣子。我寧願對那種地方抱持這樣的想像，只不過，那邊已經空無一人了。」

她焦躁不安地站起。「那就不是我想見到的里沃利街了啊。一座死人之城……杜威特，再給我倒杯酒來。」

他只是坐著，然後抬起頭對她笑了笑。「想都別想。妳早該上床睡覺了。」

「那我自己去倒。」她氣呼呼地走進屋內。他聽見杯瓶碰撞的聲響，接著，幾乎只是一眨眼的時間，她便已握著酒斟過半，上頭還浮著一大塊冰的平底玻璃杯走回院子。「我本來三月要回家──」她嚷嚷著。「我要去倫敦。我規劃好多年了。我要先在英國待六個月，然後去西歐，最後從美國回來澳洲。我本來可以親眼看見麥迪遜大道的。這真的太不公平了。」

她吞下一大口酒，又厭惡地拿開酒杯。「天啊，這什麼鬼東西？」

他起身，將她手中的酒杯拿來一聞。「是威士忌。」他告訴她。

她再將酒杯從他手裡抽回來嗅嗅味道。「還真的是。」她茫然地說。「白蘭地摻威士忌，這種喝法大概會要我的命。」她舉起盛著純烈酒的玻璃杯，然後隨手一扔，大冰塊便落到草坪上。

她面向他，而星光下的她步履蹣跚。「我永遠無法和瑪麗一樣擁有一個家庭。」她喃喃說道。「太不公平了。就算你今晚把我抱上床也一樣，我永遠都無法組織自己的家庭了。沒那麼多時間了嘛。」她歇斯底里地笑著。「哈，笑死我了。瑪麗還擔心你一看到寶寶還有晾在曬衣繩上的尿布就會放聲大哭，就像之前來他們家的那個皇家空軍中隊長。」她開始口齒不清。「讓他從頭忙……到尾。」她左右搖晃，然後抓住迴廊間的一根柱子。「她就是這麼說的哦。一刻不得閒。別讓他看到寶寶不然他可能……可能會哭。」淚水紛紛滾落她的雙頰。「她從沒想過會哭的可能是我，不是你。」

她癱在迴廊邊，低頭淌淚有如雨下。潛艦指揮官猶豫一會兒後，還是向前扶住了她的肩膀，卻又收手，不知道怎麼做才好。最後，他轉身進屋，看見瑪麗正在廚房收拾派對結束後的垃圾。

「荷姆斯太太——」他稍稍客套地說。「能不能請妳到屋外看看戴維森小姐？她才喝了白蘭地，又灌下一整杯純威士忌。我想她可能需要有人扶她上床。」

第二章

嬰孩並不會因為週日或午夜派對而打亂平時的作息，因此隔天早晨，荷姆斯一家三口不到六點就起床，展開一天的生活。彼德踏著鉤上小拖車的腳踏車前往牧場買牛奶和奶油。他花了一些時間和牧場主人討論那輛新拖車需要的車軸與牽引桿，還畫了幾張草圖供修車師傅依樣打造。「我明天就上船報到了。」他說。「今天是我最後一次過來拿牛奶。」

「別擔心。」保羅先生說。「都交給我吧。每個星期二和星期六。我會確保荷姆斯太太有牛奶可喝，有奶油可用。」

他約莫八點回到家，然後刮鬍沖澡換衣服，開始幫瑪麗準備早餐。八點四、五十分時，陶爾斯指揮官神清氣爽、容光潔淨地登場。「昨晚的派對真棒。」他說。「好久沒有玩得這麼開心了。」

派對主人說：「這附近幾戶人家都很親切友善。」他瞧了瞧艦長，接著咧嘴一笑。「至於莫依拉，不好意思欸。她通常不會像昨晚那樣喝到不省人事的。」

「威士忌的關係吧。她還沒起床？」

「我想她不會這麼早醒。我大概凌晨兩點的時候聽到有人吐了。那應該不是你吧？」

美國人笑了。「報告長官，不是我。」

早餐上桌，他們三人就桌而坐。「想來個晨泳嗎？」彼德問他的客人。「看來今天又是個大熱天啊。」

美國人考慮了一下。「星期天早上的話，我比較想去做禮拜。這是我們家鄉那邊的習慣。這附近有聖公會的教堂嗎？」

瑪麗說：「就在山腳，離這邊差不多半哩到一哩而已。禮拜的儀式十一點開始。」

「那我就下山看看吧。不過這麼安排會不會造成你們的不便？」

彼德答道：「當然不會，長官，只是我應該就不陪你下山做禮拜了。上蠍子號報到前，我還有很多東西要收拾。」

艦長點點頭。「好。我會及時回來吃中飯，飯後就得趕回蠍子號了。我想搭三點左右的車。」

他在溫暖的晨光中漫步下山，到達那座教堂。他太早到了；禮拜儀式十五分鐘後才開始，不過他還是走了進去。教區的副執事拿了本祈禱書和讚美詩集給他。他不太熟悉當地禮拜儀式的流程，於是選了個偏後方的座位，以便依著前排人的動作跪下或起立。他按幼時學會的傳統禱告方式默念著禱詞，然後靠向椅背，環顧四方。這小小的教堂像極了他康乃迪克秘斯蒂克家鄉的教堂。他甚至聞到家鄉教堂的氣味。

那個叫莫依拉·戴維森的女孩肯定不對勁。她酒喝太凶了，但話說回來，這世上就有那種一輩子都不願接受事情真相的人。不過這孩子的本性不壞。他覺得雪倫會喜歡她。

教堂悄靜，而身在靜中的他開始懷想家人，拼湊他們的模樣。他本質上是個相當純樸的老實人。到了九月，他就能結束這趟漫漫旅程，回到家鄉與他們團聚。不到九個月，他就能再見到他們，而在那個全家聚首的時刻，他可不能讓他們覺得離久情疏，或認為他已經遺忘彼此共享的珍貴片段。小杜威特想必又長大了不少。那個年紀的孩子就是長得快。無論是心智還是體態，他或許都已經成熟到不再適合吊著浣熊尾巴的浣熊帽和上下成套的浣熊裝了吧。是該讓他拿拿釣竿，學學用竿技巧了。就法柏格萊斯的小型直柄式釣竿吧。教小杜威特釣魚應該挺有意思的。七月十號是他的生日，不過杜威特沒辦法寄送這支釣竿，可能也無法直接把這份生日禮物隨船帶回去——這倒不失為一個好辦法。或許還是回到家鄉再買好了。

而海倫的生日是四月十七號。明年的那一天，她就滿六歲了，而他也將再度錯過她的生日，除非蠍子號出了什麼狀況。他千萬要記得向她說聲對不起，也務必在九月之前準備好她的禮物。雪倫當天應該會跟她解釋，讓她知道爹地人正在海上執勤，但冬天來臨前就會帶著她的禮物回家了。雪倫會好好安撫海倫的。

禮拜儀式進行間，他坐在後方的座位上想著自己的家人，並跟著其他人跪而跪、起而起，偶爾回過神來唱上幾句簡單而不繁複的讚美詩歌詞，然後又返回自己的白日夢境，耽溺在家人和家鄉的想像之中。儀式結束後，他步出教堂，心神已煥然重振。在教堂外，他與這些參加禮拜的人相見不相識，站在門廊上的教區牧師滿臉狐疑地對他笑了笑，他也報以微笑，接著便踏上回程的爬坡，在暖照中悠哉地走。此時的他盡思考著蠍子號的事，包括出海前需要添購的補給品、需要處理的諸項雜務，以及需要完成的繁多檢查。

他回到荷姆斯的家。瑪麗和莫依拉．戴維森坐在迴廊的躺椅上，一旁的小珍妮佛則待在自己的嬰兒車裡。瑪麗看到他走了過來，便站起身。「你很熱吧？」她說。「把外套脫掉吧。來來，這邊，到蔭涼的地方坐坐。教堂還不錯吧？」

「對啊。」他答道，並脫下外套坐在迴廊邊。「這兒的禮拜集會好莊嚴。」他說。「而且座無虛席。」

「以前可沒這種盛況。」她語氣冷然。「我去幫你拿點喝的吧。」

「我想來點無酒精的。」他說。他瞄了瞄她們的玻璃杯。「妳們在喝什麼？」

戴維森小姐回答：「萊姆汁兌水。可以了，什麼都別說。」

他笑了出來。「那我也來一杯。」瑪麗進屋為他調飲料，而他轉向女孩。「妳有吃早餐嗎？」

「半根香蕉，外加一小杯白蘭地。」她的語氣平和。「我昨晚狀況不太好。」

「威士忌的關係。」他說。「妳錯就錯在喝了那杯威士忌。」

「那不過是其中一個原因。」她答道。「我只記得派對結束後跟你在草坪上聊天，但後來發生了什麼事，我怎麼也想不起來。是你把我抱上床的？」

他搖搖頭。「我當時想，還是讓荷姆斯太太來比較好。」

她淡淡一笑。「那你就錯失良機啦。晚點我得感謝瑪麗一下。」

「我才要謝謝她。荷姆斯太太人真的很好。」

「她說你下午就要回威廉斯鎮了？不留下來再游個泳嗎？」

他搖搖頭。「船上待辦的事很多，還得趕在明天之前全都做完。我們這星期就要出海了。我桌上大概已經堆了一大疊文件了吧。」

「我看你就是那種為了工作，不管有沒有必要都會從早拚到晚的拚命三郎。」

他朗聲笑著。「我也這麼覺得。」他看看她。「妳有在工作嗎？」

「那當然。我可是位非常忙碌的女性。」

「所以妳的工作是？」

她舉起手中的玻璃杯。「這個。我從昨天去接你開始就一直在工作啊。」

他咧嘴一笑。「妳有時不覺得這份工作做久了，也是挺乏味的？」

「人生就是乏味。」她引述他的用詞。「但不是『有時』，而是『時時』。」

他點點頭。「那我有這麼多事情好做，還算挺幸運的。」

她瞥了他一眼。「我可以下個星期過去參觀一下你的潛艦嗎？」

他邊笑邊想著回到船上後得處理的那堆瑣事。「不可以。我們下個星期也要出海。」這話似乎回得不留情面，於是他又補上一句：

「妳對潛艦有興趣？」

「也還好。」她有點散漫地說。「是覺得可以去看一下。但既然會打擾你工作，那就拉倒。」

「我很樂意帶妳上蠍子號看看──」他告訴她。「只是下禮拜不行。等我手邊的事情告一段落，不用像熱鍋上的螞蟻一樣忙得焦頭爛額，到時候妳來找我，我們還可以一起吃個午飯。我閒下來之後也能好好帶妳參觀參觀，或許還能進城找個館子吃晚餐。」

「聽起來還不錯。」她說。「所以到時候是什麼時候？請告訴我，讓我期待一下。」

他想了一會兒。「我沒辦法現在就答覆妳。我這個週末得回報蠍子號的實際操作狀況，接下來的一兩天，他們應該就會正式派我們出海執行首航任務了。照理說，蠍子號回來之後會先進造船廠保養個一段時間，然後再出海。」

「首航任務──你是說最遠到莫斯比港的那個？」

「對。我會儘量在出發前騰出一小段空檔，但我不敢保證真的抽得出時間。或是妳給我妳的電話號碼？我大概星期五打給妳，告訴妳結果如何。」

「柏威克8641。」她說，而他抄下號瑪。「你最好十點之前打來。我通常晚上都不在家。」

他點點頭。「那不要緊。我們星期五也可能還在海上。如果真是這樣，我就星期六之前打。總之我會打電話給妳，戴維森小姐。」

她微微一笑。「是莫依拉，杜威特。」

他哈哈大笑。「是、是。」

午餐後，她駕著那輛輕型馬車送他去車站，再順路回去柏威克的家。當他們抵達火車站的停車處，他走下馬車，而她說：「再會，杜威特。工作別那麼拚。」然後她說：「昨晚抱歉了。我真是出盡洋相。」

他露齒一笑。「這就是套酒喝的下場。妳要記取教訓，學乖一點。」

她發出尖銳的笑聲。「沒什麼教訓不教訓的，從來沒有。我大概明天晚上也會這麼喝，之後的每個晚上都會這麼喝。」

「身體是妳的。」他溫溫地說。

「問題就出在這裡。」她答道。「是我的，而不是誰的。假如這副身體也是某個人的，我或許就不會這麼過日子了。但現在已經沒那個時間了嘛。沒辦法囉。」

他點點頭。「改天見。」

「真的見得到嗎？」

「見得到啊，當然。」他說。「我說過了，我會打電話給妳。」

他搭電車一路坐回威廉斯鎮，她則駕了二十哩路回到鄉間的家屋。六點前後，莫依拉到家了。她卸下母馬身上的馬具，然後將馬兒牽進馬廄。她父親過來幫忙安頓，父女倆便齊力將那輛輕型馬車的車廂推進車棚，停在無人使用的福特Customline旁，再為馬兒舀一桶水、備好燕麥糧才進屋。莫依拉的母親正坐在加裝紗窗的迴廊間做針線活兒。

「哈囉，親愛的。」她說。「玩得高興嗎？」

「哈囉。」女孩回答。「彼德和瑪麗昨晚辦了場派對。挺好玩的啊。我有點喝掛了就是。」

當母親的輕輕嘆了口氣，不過她早曉得自己出聲責備也是無濟於事。「妳今天一定要早早上床睡覺。」她說。「妳最近都太晚睡了。」

「我今天會早睡。」

「那個美國人怎麼樣？」

「很好啊。話不多。就海軍的樣子。」

「他結婚了沒？」

「我沒問。我覺得他鐵定結婚了。」

「那你們都做了些什麼？」

女孩壓抑著這種一問一答溝通方式所煽起的慍怒。媽咪老是這樣，但現在也沒那麼多時間和她鬥嘴了。「我們下午玩了帆船。」她冷靜下來，大致向母親交代這個週末他們去了哪裡、做了什麼，就是絕口不提那段比基尼胸罩小插曲，也保留了大部分在派對上發生的事。

抵達威廉斯鎮的陶爾斯指揮官走進造船廠，再繼續走向雪梨號。他的房間跨佔了兩個鄰接的艙室，隔間的艙壁上開了一道通門，而其中一間就是供他辦公專用。他讓傳令員去請蠍子號的甲板值日官來一趟，於是荷許上尉走進了他的辦公艙，手裡還抱著一捆信號單。他從這位年輕人的手中接過單子，開始一張一張讀。大部分的單據都是關於燃料補給或食品儲備等例行事項，唯有一張讓他感到非常意外。那是張由第三海軍人員辦公處傳來的單子，內容載明海軍部指派了一位聯邦科學與工業研究組織的非軍方科學人員上蠍子號報到，並將在澳洲聯絡官手下履行科學研究之職務。他的名字是J．S．歐斯朋。

陶爾斯指揮官掐著這張紙瞧了瞧眼前的上尉。「我說，你知道這個人嗎？」

「他就在雪梨號上，長官。今天早上到的。我讓他先待在軍官室，也請值星官分配了他今晚要睡的艙室。」

艦長挑起了眉。「有這種事！他長什麼樣子？」

「非常高，也很瘦。灰褐色的頭髮。有戴眼鏡。」

「他幾歲？」

「應該大我一點吧，不過未滿三十的樣子。」

艦長思考了一下。「這下我們的軍官室又更擠了。我打算讓他跟荷姆斯少校住同一間臥艙。船上有三個人？」

「是的。艾薩克斯、侯曼，還有德弗里斯。水手長摩帝莫也在。」

「跟水手長說我要在F艙壁朝艄部的那面加裝一張與船體垂直、床頭朝右的折疊床。他可以到船艄魚雷艙搬一張出來。」

「好的，長官。」

在荷許上尉的陪同下，陶爾斯指揮官迅速看完其他信號單上提及的例行事項，然後派他請歐斯朋先生到辦公艙來。當這位非軍方人員現身，指揮官示意他就座，並遞上一根菸，才讓上尉離開。

「嗯，歐斯朋先生——」他說。「這真是好大一個驚喜。我才剛看到指派你加入蠍子號的委令。很高興認識你。」

「這恐怕是個十分倉促的決定。」科學家回答。「我也是前天才聽到這個消息的。」

「這種突發狀況在勤務派遣上倒是挺常見的。」艦長說。「好了，來辦正事吧。你的全名是？」

「約翰・西摩爾・歐斯朋。」

「已婚？」

「未婚。」

「好。當你在船上，無論是蠍子號還是其他海軍艦艇，請稱呼我『陶爾斯艦長』，有的時候也可以叫我『長官』就好。上了岸之後，只要是非值勤時間，你不妨直呼我的名字『杜威特』——那些低階軍官可不能這麼叫我。」

科學家微微一笑。「好的，長官。」

「之前搭過潛艦出海嗎？」

「沒有。」

「你應該會覺得船上有點擁擠，需要一點時間適應。我正派人在軍官區幫你加個床位。你會和艦上的軍官一起在軍官室裡用餐。」他瞧了瞧科學家身上那套乾淨筆挺的灰西裝。「你大概還需要換套衣服。荷姆斯少校明早會上船報到；你請他幫你到倉庫裡挑些合適的服裝。就讓你這麼進蠍子號的話，你那身行頭就毀了。」

「謝謝你，長官。」

艦長靠向椅背，然後看了看科學家，也看出他的臉清瘦而充滿智性，不過身形鬆垮，有欠精實。「請告訴我，你在蠍子號上的任務是？」

「我要觀察並記錄空氣和海中的輻射值，也會著重地表下的輻射指數和艙內輻射強度的檢測。據我所知，你們會往北航行。」

「除了我之外，大家都是這麼理解的。而既然所有人都說我們會往北走，那應該就是這麼回事吧，海軍部哪天應該會正式通知我。」

他皺了皺眉頭。「你是覺得艙內輻射指數有攀升的可能？」

「我覺得沒有。我非常希望沒有。如果船一直處於下潛狀態，船內的輻射量就不會增加，除非整個環境真的惡劣至極。不過，小心一點總是沒有壞處。萬一艙內的輻射數值真有任何顯著的上升，你會希望我立刻向你報告？」

「當然。」

他們接著討論與這項工作相關的技術層面。歐斯朋隨行帶來的設備大多是不需在船上拆裝的輕便手提式裝置。他在傍晚的餘暉下換上艦長借給他的連身工作服，然後便和杜威特往下走進蠍子號，勘察架設於艉部潛望鏡上的輻射探測器，並為他們先前進入大灣時使用的標準儀器制定一套刻度校準程式。架設在引擎室裡的探測器也需要進行類似的檢查。為了做海水抽樣，他們還得動用些許工程技術調整其中一支未被拆卸的魚雷發射管。當他們終於回到雪梨號，進入空蕩而冷清的寬綽軍官室用餐時，天色已經完全暗了。

隔天，蠍子號整支船隊忙得人仰馬翻。彼德上午登船報到之後的第一件工作，便是致電作戰處的友人，告訴對方既然他的澳洲軍官下屬全都聽說了這件事，那麼至少也該向艦長知會一聲，派張上有評述的行動草令過來比較不失禮。傍晚時，這份信號單傳來了，艦長也看過了，而約翰．歐斯朋也已換上適合在潛艦裡活動的服裝，那支魚雷發射管的尾洞門改裝小工程也宣告完竣。兩個澳洲人整理起自己的行囊，準備進入分派到的狹小私人臥艙。他們當晚睡在雪梨號，到了星期二早晨才遷至蠍子號。尚待處理的幾件日常瑣務在兩三個小時之內全部搞定，接著杜威特匯報萬事就緒，隨時可以出海試航。蠍子號獲准下水。正午時分，他們在雪梨號旁邊吃午餐，吃完了就解纜出航。杜威特命船調頭，然後進入大灣，低速駛向雪梨角。

大灣的中央停了一艘含有輕微輻射量的駁船；蠍子號整個下午就在這艘駁船附近進行輻射檢測試驗。約翰．歐斯朋跑來跑去，忙著記錄他那些五花八門的儀器呈現出來的讀數。為了上船橋，他艱難地攀爬潛望塔，再費勁地爬下來，還因此撞上鋼製的出入孔道，擦破了脛骨外皮。在駕駛艙裡加快手腳移動時，他那高人一等的頭又砰地重重撞上艙壁和控制盤。到了五點，各項儀器終於完成了測試。他們離開大灣往開闊的外海駛去，駁船則留予事先將船放進大灣中央的駐岸科學家自行回收處理。

這一夜，蠍子號始終在水上航行，各船員及軍官也開始執行航海的例行工作。他們一路向西，在旭日初升時吹著清冷的西南微風，乘著中浪離開南澳的班克斯角。然後，蠍子號下潛約莫五十呎，每過一個鐘頭再升回潛望鏡深度巡視周圍環境。到了下午四、五點，這艘潛艦離開了袋鼠島的博達角，接著爬至潛望鏡深度，順著海峽航向阿得雷德港。星期三晚上十點左右，他們透過潛望鏡觀察陸上城鎮。十分鐘後，艦長便命船直接在水中調頭，再度航向遼闊的外海。星期四，蠍子號於夕陽西下之時離開國王島的北端，踏上歸途。他們在接近雪梨角時浮出水面，在星期五的曙光初現時分開進菲利普港灣，然後駛入威廉斯鎮，剛好在用早餐之前泊至那艘航空母艦旁。蠍子號狀況良好，需要修正的都是小瑕疵。

當天早上，第一海軍人員中將大衛・哈特曼爵士前來視察麾下唯一值得費心修繕的艦艇。視察前後約莫長達一小時。他接著到辦公艙待個十五分鐘，和杜威特、彼德・荷姆斯討論他們曾就那份行動草令所提出的一些調整。討論結束後，中將便趕赴與總理的會議；總理當時正好在墨爾本。由於飛機不飛，坎培拉聯邦政府的運作日益吃緊，當地國會會期也越縮越短、越開越少。

杜威特晚上打了通電話給莫依拉・戴維森，一如他先前所言。

「嗯——」他說。「我們平安無事回來了。目前船上正在進行一些修繕工作，不過都是小問題。」

她問：「意思是我可以去參觀蠍子號了？」

「我很樂意帶妳參觀參觀。我們應該星期一之後才會出海。」

「就讓我見識一下吧，杜威特。我明天去？還是你星期天比較方便？」

他考慮了一會兒。假使蠍子號得在星期一啟航，他星期天應該會很忙碌。「明天好了。」

接下來，換她想了。她迅速地思考著。她得放安．桑德蘭鴿子，但無所謂啦，反正她辦的那場派對光聽起來就不太妙。「那我就明天過去。」她說。「我到威廉斯鎮車站？」

「好啊，這樣最理想。就約車站見吧。妳要搭幾點的車？」

「我還不知道時間。就十一點半之後最先到達威廉斯鎮的那一班好了。」

「好。如果我明天臨時走不開，我會讓彼德．荷姆斯去車站接妳，再不然就請約翰．歐斯朋替我跑一趟。」

「你剛是說約翰．歐斯朋？」

「是啊。妳認識他？」

「他是澳洲人？和C.S.I.R.O.[註1]有關？」

「就是他。一個戴眼鏡的高個兒。」

「他算是我親戚啦——他姑姑跟我一個叔叔結婚了。他是你船上的一員？」

「一點也沒錯。他是以科學人員的身分加入我們的。」

「這人是個怪胎。」她為他通風報信。「十足的瘋子。他會把你的船搞得面目全非。」

他哈哈大笑。「好、好。趁他出手之前，快過來參觀蠍子號吧。」

「樂意之至，杜威特。星期六早上見。」

隔天早上船上並沒有特別需要處理的事，他便親自到車站接她。她穿了一身白：白色百褶裙搭配繡著彩線、隱約帶點挪威風的白色短衫，她腳上則是一雙白色鞋子。非常賞心悅目。不過他跟她打招呼時，又不免擔心了起來：他究竟該怎麼帶她在蠍子號這座又擠又油的機械迷宮裡穿行往返，才不會髒了她一身白？他晚上還要帶她上街晃晃呢。

「早啊，杜威特。」她說。「等很久了嗎？」

「幾分鐘而已。」他答道。「妳是不是一大早就得出門了？」

註1　C.S.I.R.O. 即為聯邦科學與工業研究組織（Commonwealth Scientific and Industrial Research Organisation）全名的縮寫。

「沒上次早。」她告訴他。「爹地載我去車站，我搭上九點之後的第一班車。不過的確是挺早就出門的。我們吃午餐前，你會請我喝一杯吧？」

他猶豫了一會兒。「山姆大叔不喜歡我們在船上喝酒。」他說。

「要喝就喝可樂或橘子汽水。」

「即使在雪梨號上？」

「即使在雪梨號上。」他堅決地說。「要是我那些軍官一個個都喝著可樂，妳也沒那個興致喝烈酒了吧？」

她暴躁地說：「我就要喝你所謂的烈酒，而且午餐前就要喝到。我現在說話衝得跟鸚鵡籠底一樣又髒又嗆，你不會想看到我在你那些軍官面前抓狂亂吼吧？」她掃視四周。「這附近一定有飯店。你上船前請我喝一杯，我上船後就只會邊灌可樂，邊對你那些軍官呼出白蘭地的酒氣。」

「好、好。」他沉穩地說。「街角那兒有間飯店。我們到那邊喝吧。」

他們一塊兒走向街角的飯店，而他進了大門之後四處張望，不確定接下來該怎麼走。過了片刻，他領著她到淑女吧間。「應該是這裡沒錯。」

「應該？你沒進來過嗎？」

他搖搖頭。「白蘭地嗎？」

「雙份。」她答道。「要加冰塊。水一點點就好。你不會來這種地方嗎？」

「我沒來過這種地方。」他告訴她。

「你都不想出去喝個大醉，娛樂一下？」她問。「就那些晚上啊，你無事可做的時候。」

「一開始的確會。」他承認。「後來我都上城裡喝了。別在自家門前吃喝拉撒——明哲保身嘛。不過這麼喝了一兩個星期之後，我就不想進城了。那種酒不是很好喝。」

「不然沒出海的時候，你晚上都在幹什麼？」她問。

「翻翻雜誌啊，或是讀讀書。我們有時候也會出來看電影。」酒保上前，他便為她點了雙份白蘭地，再幫自己叫了一小杯威士忌。

「聽起來就是危害健康的消遣嘛。」她下了評論。「我上洗手間。幫我顧一下包包。」

他費了好一番工夫才總算在她兩杯雙份白蘭地下肚後，硬拉著她離開飯店，然後走進造船廠，登上雪梨號。但願她在他那些軍官面前能檢點些。不過，他是多慮了。她在那群美國人面前表現得端莊自持、謙恭有禮，只有和歐斯朋說話的時候才會露出本性。

「哈囉，約翰。」她說。「你到底在這邊搞什麼鬼？」

「我是船上的一員啊。」他告訴她。「我負責科學觀測，大致上就是把自己搞得像製造麻煩的討厭鬼。」

「陶爾斯指揮官就是這麼跟我講的。」她說。「你真的要和他們一起在潛艦裡生活？一待就是好幾天欸。」

「看來是的。」

「他們知道你那些毛病嗎？」

「嗯？妳說什麼？」

「好啦，我不會說出去的。反正也不關我的事。」她別過身和朗格倫少校說話。

當他問她想喝點什麼，她回答橘子汽水。這個早上，她站在英國女王肖像下與那些美國人一起喝飲料的模樣，儼然成為雪梨號軍官室裡的美麗風景。艦長趁她和幾位軍官交談時，把自己的聯絡官拉到一旁。「欸……」他壓低聲音說。「不能讓她穿那樣子進蠍子號吧。你能不能幫她生一件連身工作服出來？」

彼德點點頭。「我去幫她找套連身防護衣。她大概穿一號就夠了。不過她要到哪裡換衣服？」

艦長搔搔下巴。「你覺得哪裡好？」

「我覺得哪裡都沒你的臥艙好，長官。那邊不會有人打擾她換衣服。」

「也省得我被她碎念個沒完。」

「沒錯，可以省下一頓嘮叨。」彼德說。

她和這群美國軍官一同窩在長桌邊吃午飯，又和他們到候見室喝了咖啡。後來低階軍官各自去忙各自的事，只剩下杜威特和彼德陪她。彼德將一套已經洗熨的連身防護衣放在桌上。「工作服拿來了。」他說。

杜威特清清喉嚨，然後開口：「潛艦的內部通常又油又滑，戴維森小姐——」

「叫我莫依拉。」她打斷他的話。

「是、是，莫依拉。我是覺得或許該讓妳換上連身工作服，否則進了蠍子號，妳這身白衣白裙恐怕會被搞得又黑又髒。」

她拿起工作服攤開一看。「我全身上下都得換掉啊。」她說。「我要去哪裡換？」

「如果妳不介意，不妨到我的臥艙換。」他提議道。「不會有人過去打擾妳。」

「希望如此，但這種事誰說得準呢？」她說。「畢竟駕帆賽的時候還發生了那種事。」他笑了出來。「好吧。杜威特，帶路吧。凡事都得嘗試一下。」

他領著她到臥艙，再獨自回到候見室等她。她好奇地觀察這間狹小的寢艙。這裡頭放了四張照片，每張照片都有一位黑髮年輕女子和兩個小孩——大概八、九歲的男孩，和比小男孩小一、兩歲的女孩。有一張是在照相館拍下的母親與兩個小孩的合照，另外三張則都是快照後放大沖洗的相片，包括他們到某個地方游泳，然後坐在跳板上拍下的照片。大概是湖邊吧。還有一張顯然是在草坪上拍的，說不定就是他家門前的草坪，畢竟背景有一輛長長的汽車，部分的白色木造房屋也入鏡了。她興致盎然地站著細瞧這些照片。照片中的他們看起來都是好人。真殘酷，不過這眼前的一切也很殘酷。沒什麼好痛心疾首的。

她換好工作服，將包包和原本穿的外衣留在臥鋪上，然後往小鏡子一照，便沉著臉踏出臥艙，走向通道找她的東道主。他見她來了，也向前走去。「好啦，換好了。」她說。「難看得要死。杜威特，你的潛艦最好非常值得一看，才不枉我穿成這副模樣。」

他笑了，並挽上她的臂膀為她帶路。「當然，鐵定值得一看。」他說。「那可是美國海軍最具規模的潛艦。這邊請。」她想回嘴，說那大概是美國海軍剩下的唯一一艘潛艦吧，但她克制住了。沒必要傷害他。

他帶她走下步橋、踏進狹窄的甲板，再爬上船橋，開始為她解說蠍子號的種種。她對船的瞭解不深，對潛艦構造更是一無所知，不過仍然專注聆聽，還不時發問。有那麼一兩次，他甚至為她反應之敏捷而感到震驚。「為什麼水不會在你們下潛的時候流進傳聲管？」她問。

「會關上這個活栓啊。」

「忘了關會怎樣？」

他笑了笑。「這下面還有一個。」

他帶她往下穿進窄小的艙口，再步入駕駛艙。她用潛望鏡觀看海港周圍好一陣子，還掌握了操控潛望鏡的竅門，但隨後的壓艙裝置和配平控制裝置的原理較為難懂，她也因此對這兩項設備興趣缺缺。她一頭霧水地瞪著那些引擎，不過寢艙區和用餐區又勾起了她的好奇，廚房也是。「你們要怎麼處理食物的餿味？」她問。「在水下料理甘藍菜會怎樣？」

「這種事我們能免則免。」他告訴她。「我們不會直接料理新鮮的甘藍菜。那味道不太容易散掉。隨著空氣的流通與重覆充氧，除臭機最後是會化掉那個味道，不過通常得等上一兩個小時，味道才沒有那麼重。」

在他艙室那一小塊方格裡時，他遞給她一杯茶。她啜了一口，然後問道：「杜威特，你接到正式命令了嗎？」

他點點頭。「凱恩斯、莫斯比港、達爾文，然後回到這裡。」

「那些地方都沒有活人了吧？」

「我不知道。我們就是要去確認那些地方有沒有生還者。」

「你們會上岸嗎？」

他搖搖頭。「應該不會。上不上岸完全得視當地的輻射數值才能決定，但我不認為我們會登陸。也許我們一步都不會踏出船艙。如果狀況真的很糟，我會讓蠍子號維持潛望鏡深度待在水中。不過這就是約翰．歐斯朋和我們同行的目的啊。有了他，我們就能確切掌握登陸的風險。」

她皺起眉頭。「可是你們不出艙上甲板，又怎麼知道那些地方還有沒有活人？」

「我們會用擴音喇叭呼叫。」他說。「先設法靠近海岸，再打開擴音喇叭對陸呼叫。」

「如果有人回答，你們聽得到對方的聲音嗎？」

「聽得到，只是聽不清楚，也無法和對方交談。我們在擴音喇叭旁邊架了一支麥克風，但只有在非常短的距離之內，麥克風才收得到對方回應的聲音。即便如此，這仍不失為一個好辦法。」

她看了看他。「杜威特，之前有人進去過輻射汙染區嗎？」

「有啊，當然。」他回答。「只要清楚當地實際情況，不以身犯險，其實就不會出什麼問題。之前打仗的時候，我們就在輻射汙染區待過好一陣子了：硫磺島、菲律賓，位於菲律賓南方的雅浦島也是啊。保持下潛狀態，照常行駛就可以了。當然，最好也不要離開船艙上甲板。」

「我指的是最近。有人在停戰之後往北探訪那些輻射汙染區嗎？」

他點點頭。「劍魚號，我們的姊妹艦。這支船隊曾向北深入北大西洋的海域，大概一個月前返回里約熱內盧。我一直在等強尼．迪斯摩——就是劍魚號的艦長——的報告書，但報告到現在還沒傳過來。已經好一段時間都沒有船渡向南美了。我請他們用電傳打字機把報告送過來，但這在無線電通訊上屬於低優先業務。」

「他們最遠到哪裡？」

「我認為他們巡完整個北大西洋了。」他說。「劍魚號先跑美東。他們從佛羅里達到緬因之後直接駛進紐約港，然後往北開向哈德遜，直到船被華盛頓大橋的殘骸卡住為止。他們去了新倫敦，去了海利法克斯、聖約翰島，也橫渡了大西洋，循著英吉利海峽北上進入倫敦河[註2]，不過之後船就開不進去了。他們觀察了布雷斯特和里斯本的陸上狀況，但當時船上的備用品已經消耗得差不多，加上船員病的病、倒的倒，就只好開回里約。」他稍停了一會兒。「我還沒聽說劍魚號到底下潛了幾天——真想知道他們在水裡待了多久。想必他們已經創下紀錄了。」

「那劍魚號有發現生還者嗎，杜威特？」

註2　倫敦河為商船船員與海員對泰晤士河的慣稱。

「我覺得沒有。有的話我們早就收到消息了。」

她低頭看著用窗簾隔出的艙室外，那條通向這座行走迷宮的狹仄過道……這座滿是管子和電纜的行走迷宮……「杜威特，你能想像嗎？」

「想像什麼？」

「那些城市、那些野地和農田全都沒有人了，全都死光了。什麼都沒有了。我就是無法接受。」

「我也無法接受。」他說。「我不知道自己有沒有辦法試著去接受這件事，但我寧可保留那些人事物原本在我心中的樣貌。」

「當然，我從沒去過那些地方。」她說。「我從沒離開過澳洲，以後也出不去了。也不是說我現在就想離開這裡。我是從電影和書上認識那些地方的——這就是那些人事物在我心中的樣貌。我想以後也沒有一部電影會出現那些人事物在此時此刻的樣貌吧。」

他搖搖頭。「我想是不可能。就我看來，應該不會有哪個攝影師拍了那些地方之後還能活得好好的。我猜永遠不會有人知道現在的北半球是什麼樣子吧。除了上帝之外。」他停頓。「我覺得這樣也好。我們不會想記得一個人的死相——我們想記得的是這人活著時的姿態。我就是想用這種方式來懷念紐約。」

「這太沉重了。」她反覆說著。「我無法接受。」

「我也覺得很沉重。」他答道。「我無法相信這種事竟然真的發生了。就是覺得哪裡不對勁。或許是我缺乏想像力吧，但我不想擁有更豐富的想像力。對我來說，美國那些地方依然存在，而且就跟以前一模一樣。我希望那些地方到九月之前都能這麼保持下去。」

她輕輕地說：「當然。」

他起身。「再來一杯茶？」

「不了。謝謝你。」

他帶她走出船艙，再度登上甲板。她在船橋上逗留了一會兒，揉揉自己被撞得青紫的脛骨，也心懷感激地呼吸著海上的空氣。

「長時間待在下潛的蠍子號裡鐵定難受得要死。」她說。「你們這次出海會潛幾天？」

「不多。」他說。「大概六到七天吧。」

「有夠不健康的。」

「生理上是還好。」他說。「我們的確會因為曬不到太陽而出毛病。船上是裝了幾盞紫外線燈，但那終究不能和走上甲板曬太陽的感覺相提並論。真正棘手的是精神上受到的影響。有些人儘管在其他方面都沒問題，甚至表現優異，可就是過不了這一關。只要在完全封閉的空間裡待上一段時間，人多少會變得焦躁不安。我們得維持心境上的穩定。類似心如止水吧。」

她點點頭，心想這還真符合他的個性。「你們每個人都做得到這點嗎？」

「我會說應該每個人都做得到。我們大多都做得到。」

「你要留意約翰．歐斯朋。」她說。「我不覺得他有辦法心如止水。」

他詫異地瞥了她一眼。他從沒想過這點，再說他們出海試航時，這位科學家也適應得挺好的。不過，經她提醒，他還是小心為上。

「嗯，我會多注意。」他說。「謝謝妳的建議。」

他們踏上舷梯回到雪梨號的船艙。這艘航空母艦的停機棚裡還有幾架機翼已收起的航空器。母艦上似乎一片死寂。她駐足問他：

「這些飛機都不會再飛了，對吧？」

「我想是不會。」

「現在還有飛機會飛嗎？任何一種飛機？」

「我已經好久沒聽到飛機在天上飛的聲音了。」他說。「我知道他們正缺飛行燃料。」

她默默跟著他回到寢艙，而且一反平日的模樣，露出了鬱鬱寡歡的神色。當她終於褪去那套連身防護衣換回自己的衣裙，她的精力恢復了。這些病態的鬼潛艦，這些病態的鬼現實！她迫不及待要逃出去，要喝酒，要聽音樂，還要跳舞。在那面小鏡子前，在他妻小那幾張照片前，她為雙唇補上鮮艷的紅色，在雙頰上搽粉打亮，讓眼神炯炯有光。打起精神來！馬上逃出這些被鉚釘釘得死死的鋼製艙壁，快點逃出去！這可不是她該待的地方。逃到浪漫虛假的天地吧！遁進雙份白蘭地的世界吧！打起精神來，然後回到她所歸屬的地方！

而相框中的雪倫向她投以諒解、贊同的眼神。

待在軍官室的他上前迎接她。「哦！」他的驚呼聲中滿是激賞。「妳這樣真好看！」

她立刻揚起微笑。「我膩了。」她說。「我們出去透透氣好不好？我們再去那家飯店喝酒，然後進城找個地方跳舞。」

「悉聽尊便。」

他去換便服，留她獨自與約翰·歐斯朋兩個待著。「帶我上飛行甲板，約翰。」她說。「在這些船裡多待一分鐘，我就要發飆大吼了。」

「我不太確定要怎麼走上船頂。」他答道。「畢竟我是新人。」他們發現一道陡峻險梯，爬上去才曉得這是通往炮塔的梯子，於是又走下來，再順著鋼板通道而行，然後向一名水兵問路，總算找到這層上部結構，踏上了甲板。飛行甲板上一片寬敞空曠，陽光溫暖，海水湛藍風清冷。「謝天謝地，終於逃出來了。」她說。

「看來海軍的生活並沒有把妳迷得神魂顛倒啊。」他論道。

「嗯？那你在這邊開心嗎？」

他斟酌著答案。「對，我想我開心。接下來的一切都會非常有趣。」

「從潛望鏡看死人嘛。我還能想到其他更有趣的消遣。」

他們一語不發，繼續走了一兩步。「那些都是學問。」他終於開口。「既然事情已經發生，我們就必須試著從中挖點什麼出來。現在的情況可能跟我們想的差了十萬八千里，或許已經有東西開始吸收那些輻射了，也或許那些原子的半衰期起了某種我們尚未得知的變化。就算我們沒有發現任何好事，我們還是在挖掘、在發現。我不認為我們會有任何好的，或是非常激勵人心的發現。即便如此，光是發現的過程就很有趣。」

「你認為發現了不好的事情很有趣？」

「是啊，我就是這麼認為。」他果斷地說。「有些遊戲就是非常有趣，就算我們最後淪為輸家，甚至在開始玩之前，我們就知道自己輸定了。光是玩，就很有趣。」

「你對有趣和遊戲的見解可真獨到。」

「妳的問題就是不願正視這一切——」他告訴她。「這一切已經發生以及正在發生的事。而妳卻不願意接受。妳總有一天得面對這些現實。」

「好啦。」她生氣地說。「我總得面對現實。就九月——如果事情真被你們這些人給說中了。那段時間就夠我受的了。」

「隨妳高興。」他瞄了她一眼，再咧嘴笑笑。「我倒不覺得九月就是翻牌的時候。」他說。「要嘛是九月前三個月左右，要嘛是九月後三個月左右。誰知道呢？我們可能六月就掛掉了。不然的話，我還能送妳一份聖誕節禮物。」

她大發雷霆。「你不知道？」

「我是不知道啊。」他答道。「這種事還是有史以來頭一遭。」他停頓，接著弔詭地說：「要是以前發生過這種事，我們現在也不會站在這裡討論了吧。」

「要是你再囉嗦一個字，我會把你推到那一塊甲板邊。」

陶爾斯指揮官穿著一身俐落的藍色雙排扣西裝，登上船體的上層結構朝他們走來。「原來你們跑到這兒來了。」他說。

女孩說：「抱歉，杜威特。我們應該給你留張字條的。我想呼吸一下新鮮空氣。」

約翰．歐斯朋則說：「你最好小心點，長官。她現在脾氣火爆得很。如果我是你，就會離她的頭遠一點，免得被咬。」

「是他一直在鬧我。」她說。「他就像戲弄那頭獅子的艾伯特[註3]。杜威特，我們走。」

「明天見，長官。」科學家說。「我這個週末會待在船上。」

艦長和女孩轉身步下上層結構內部的階梯。當他們走過通往舷梯的鋼板窄道，他問：「親愛的，他剛在鬧妳什麼？」

「他什麼都鬧了。」她交代得不清不楚。「還拿起手杖戳進我的耳朵。我們搭火車之前先去喝一杯，杜威特。喝了我心情就會好一點。」

他帶她上大街，進入同一間飯店。喝酒的時候，他問：「我們今晚有多少時間？」

「弗林德斯街的末班車十一點十五分發車。我最好搭那班回去，杜威特。要是我留在你這兒徹夜未歸，媽咪永遠都不會放過我。」

「她不會這麼做的。妳回到柏威克，然後呢？有人去接妳嗎？」

註3　《獅子與艾伯特》（The Lion and Albert）為蘇格蘭詩人梅瑞奧特．艾德格（Marriott Edgar，1880－1951）的作品；這名叫艾伯特的小男孩和父母到動物園看到獅子華勒斯在籠子裡安安靜靜地臥著，就用自己的手杖戳進獅子的耳朵。獅子痛得打滾，接著便把艾伯特抓進籠子裡一口吞下。下文莫依拉說「把手杖戳進我的耳朵」便是典出於此。

她搖搖頭。「我們早上留了一台腳踏車在車站。如果你晚上做了我覺得非常正確的事，那台腳踏車我就騎不了啦。總之我的腳踏車就停在車站。」她喝完一杯雙份白蘭地。「再請我喝一杯，杜威特。」

「就再一杯。」他說。「妳喝完這杯我們就去搭車。妳說過晚上要跳舞的。」

「沒錯。」她說。「我已經在梅利歐訂好位子了。先提醒你，我喝醉時舞步拖拖蹭蹭的，曼妙得很。」

「我不要拖拖蹭蹭。」他說。「我要跳舞。」

她接過他遞上的新酒。「還真嚴苛。」她說。「不要再拿手杖戳我耳朵了——真是忍無可忍。要知道，天底下的男人幾乎沒一個會跳舞。」

「妳晚點就會發現我也是他們的一分子。」他說。「還在美國的時候，我們常跳，但戰爭開打之後就沒再跳過了。」

她回答：「你現在的生活太狹隘了。」

待她喝完第二杯，他勉力將她拉出飯店。他們在傍晚的餘輝中走到車站搭車，在半小時後抵達了城市，然後出站步向街道。「時間還早。」她說。「我們走一走吧。」

他挽起她的臂膀，帶她穿過週六傍晚一簇又一簇的人群。多數商家滯銷的大量存貨仍囤積在櫥窗裡，開店營業的卻只有零星幾間。這一區的館子和咖啡廳全都客滿，店員們扯著嗓門招呼生意。酒館大門緊鎖，但街上已經到處都是醉漢了。這副情景大致體現出某種輕鬆無憂的氛圍，頗有一八九零年那種喧嚷熱鬧、自在自適的情調，而非時下一九六三年該有的樣貌。只有路面電車會在這幾條寬闊街道上行駛往來，於是人們無不湧上路面。有個義大利人在史雲斯頓街和柯林斯大街的交叉口彈奏一架裝飾俗麗的大手風琴，不過還真有那麼兩下子，圍在他身邊的群眾也都隨著樂音翩翩起舞。當他們經過瑞格電影院，前頭一名走路搖頭晃腦的男子突然兩腿一軟，然後撐著雙掌跪在地上，過沒多久又滾進路邊的排水溝。這人喝得爛醉如泥。沒有人願意多看他幾眼。警察悠哉地走上人行道，把那人翻過來漫不經心地瞧了一瞧，再悠哉地走開。

「他們晚上都在這邊玩得很愉快啊。」杜威特說。

「跟先前相比，這裡的情況已經沒那麼糟了。」女孩答道。「戰爭剛結束那時候才亂呢。」

「我想也是。他們應該已經漸漸厭倦這種生活了。」他暫停了一會兒，接著說道：「就像我之前那樣。」

她點點頭。「今天是星期六啊，所以囉。這裡平日晚上都非常安靜。幾乎是戰爭即將爆發的那種安靜。」

他們走著走著，終於到達那家餐館，店主人還特別出來歡迎致意。他一眼就認出她來：先前，她每週至少會上門光顧一次，之後更成了店裡三不五時出現的常客。杜威特．陶爾斯比較常跑俱樂部，可能只來過五、六回，不過店裡的侍者領班曉得他就是那艘美國潛艦的艦長。他們悉心接待這兩位賓客，為他們引座。杜威特和莫依拉坐在遠離樂團，靠著角落的好位子點餐和飲料。

「他們這邊的人挺好的。」杜威特讚道。「我是不常來，就算來了也不會待久。」

「我倒是很常來。」女孩說，然後陷入沉思。片刻之後，她告訴他：「你知道嗎？你真的非常幸運。」

「怎麼說？」

「你有一份全職工作啊。」

在此之前，他從沒想過自己是個幸運的人。「是啊。」他緩慢地答道。「我似乎沒多少時間能到外頭四處閒晃。」

「我有。」她說。「我該做的就是四處閒晃。」

「妳不用做點別的事情嗎？完全不需要工作？」

「完全沒有工作。」她說。「有時候我會駕著閹牛繞著我家那片牧地耙肥。就這樣。」

「我本來以為妳在城裡的什麼地方工作。」

「我本來也這麼以為啊。」她帶點憤世嫉俗的語氣說。「但工作可不是一找就有那麼簡單。戰爭爆發前，我才剛拿到工作坊的歷史榮譽學位。」

「工作坊？」

「就是大學。我本來要去修速記和打字的課，可是花一年去摸通那些東西又有什麼意義？根本沒有足夠的時間能修完課程吧。就算我真修完了那門課，到時候也沒有工作可找了。」

「妳的意思是各個行業都開始蕭條了？」

她點點頭。「我很多朋友都失業啦。現在的工作模式已經變了，沒有人需要請祕書。爹地那些朋友裡頭，有一半的人都不去上班了——他們之前都是有工作的社會人士哦。現在他們整天待在家裡，好像退休養老一樣。有超多公司行社都吹熄燈號了，你知道。」

「我想這不無道理。」他評道。「每個人都有權在最後幾個月去做自己想做的事啊，如果家裡的經濟狀況還過得去。」

「所以一個女孩也該有那種權利吧。」她說。「即使她想做的事和駕著閹牛繞地耙肥不大相同。」

「真的半份職缺都沒有？」他問。

「我什麼工作都找不到。」她回答。「而且我已經很努力去找了。你看嘛，我連打字都不會。」

「可以去學啊。」他說。「妳可以回去修原本要修的那門課。」

「如果沒有足夠的時間修完課程，或是修完了也沒有運用的機會，回去修那門課又有什麼用？」

「讓妳有個事可以使力。」他說。「除了猛灌雙份白蘭地，妳還有別的選擇。」

「單純為了使力而使力？」她稍稍挑釁地問。「這種話怎麼聽都覺得蠢得要命。」她焦躁地用手指叩擊桌面。

「總比單純為了喝酒而喝酒好。」他說。「那至少不會讓妳宿醉。」

她不耐煩地說：「再給我點一杯雙份白蘭地，杜威特，然後我要瞧瞧你到底會不會跳舞。」

他領著她走進舞池，並對她感到一絲絲愧歉。現在的她非常敏感，也很容易被激怒，而他始終專注著自己於公於私的困境，從沒想過這個時代的未婚年輕男女也有屬於自己的挫敗和感傷。他決定讓她有個愉快的夜，便聊起兩人都看過的電影、音樂劇，以及共同的友人。「彼德和瑪麗．荷姆斯很妙。」她立刻回話了。「她對園藝的熱忱簡直到了癡狂的地步。他們為了那間公寓簽下三年的租約欸。她還打算今年秋天種點明年會開花結果的植物。」

他笑了笑。「我覺得她這個想法很好。世事難料啊。」他將對話導回比較安全的主題上。「妳去廣場看過丹尼．凱那部電影了嗎？」

開遊艇、駕帆船屬於安全話題，所以他們圍繞著這兩件事又聊了一段時間。他們用完晚餐後，餐館的歌舞表演開始了，也娛樂了他們一會兒，接著他們再重回舞池跳舞。最後，女孩說：「灰姑娘的時間到囉，杜威特。我得回到現實，搭火車回家了。」

她去衣帽間，他則去付帳，再到門口等她。此刻，這座城市的街道已是一片寂然；音樂停了，館子和咖啡廳關了，唯有醉漢依舊在。他們散散漫漫、踉踉蹌蹌地走在人行道上，也有人就地倒頭大睡。女孩皺皺鼻子。「他們好歹也該處理一下這種情況吧。」她說。

「這裡在戰前才不是這個樣子。」

「這確實是個問題。」他若有所思地說。「而這問題在船上也是屢見不鮮。我是覺得每個船員上了岸，只要不至於造成別人的困擾，就有權去做自己想做的事。不過總有些人就是非得買醉不可，然後就會和他們一樣。」他仔細打量街角那位警察。「不管怎麼說，這座城市裡的警察或許也是那麼想的吧。我到現在還沒見過哪個醉漢被逮捕——單純因為喝醉而被逮捕。」

到達車站後，她向他道謝道晚安。「這個晚上真夠妙的。」她說。「白天也是。一切多謝啦，杜威特。」

「我很盡興，莫依拉。」他說。「好多年沒跳舞了。」

「你跳得還不錯。」她告訴他。接著她問：「蠍子號什麼時候向北航行？」

他搖搖頭。「還不曉得。我們離開造船廠前，我才接到要我星期一早上和荷姆斯少校去第一海軍人員辦公處報到的訊息。我想到時候一切都會塵埃落定，或許當天中午就會出海。」

她說：「祝你好運。你回到威廉斯鎮之後會撥通電話給我嗎？」

「好啊，當然。」他說。「我很樂意。我們說不定可以再去哪個地方玩帆船，或是像今晚這樣吃頓飯、跳跳舞。」

她說：「一定很有意思。我得走了，不然會搭不上那班車。再跟你說聲晚安，今天謝謝你。」

「我今天很開心。」他說。「晚安。」他站在原地目送她，望著她的身影漸漸消失在人群之中。那道背影，那套質地輕巧的夏服——她其實和雪倫有那麼點像。還是他忘了，把她們兩人搞混了？不，她走起路來是真的有雪倫的樣子。就只是走路的樣子。也許他是出於這個原因才對她有好感。只是因為她有那麼一點像他的妻子。

他轉身離去，準備搭車回威廉斯鎮。

隔天早晨，他去了威廉斯鎮的教堂。只要情況許可的狀態，他就會按習慣參加週日禮拜。星期一上午十點，他和彼德．荷姆斯在第一海軍人員辦公處的外間等著會見大衛．哈特曼爵士。祕書說：「請再稍候片刻，長官。據我瞭解，中將晚點會偕同兩位至聯邦政府辦事處拜訪。」

「是嗎？」

上尉點點頭。「他已經叫車了。」此時，一聲鈴響，這位年輕上尉便走進內間的辦公室。頃刻之後，他出來了。「勞駕兩位進辦公室。」

他們走進內間。中將起身招呼他們。「陶爾斯指揮官，早。早啊，荷姆斯。總理想在蠍子號出海之前跟你們談談，所以我們待會兒就去他的辦公室見他。不過出發前，我這兒有個東西要給你們。」他側身抱起桌上一疊厚重的打字稿。「這是美國海軍軍艦劍魚號的指揮軍官從里約向北深入北大西洋的航巡報告。」他將文件交給杜威特。「抱歉，這份報告拖了這麼久才送到，不過向南美發送無電線訊號的壓力非同小可，這些打字稿的分量又這麼重。你們可以把報告帶回去，有空的時候翻一翻。」

美國人收下報告，興致勃勃地翻閱著。「這份報告對我們有很高的參考價值，長官。裡面有提到任何足以左右這次行動的內容嗎？」

「我認為沒有。他在這些地區都偵測到大量的輻射——空氣輻射指數很高，而北邊的空氣輻射指數又比南邊的高，這你們應該料想得到。他下潛的位置是……我看看……」他拿回打字稿快速翻找。「他們離開巴納伊巴後，從南緯二度開始下潛，直到整趟航程結束，過了聖羅克角以後才由南緯五度浮出水面。」

「請問長官，他們總共潛了多久？」

「三十二天。」

「這可是一項紀錄啊。」

中將點點頭。「我想是的。我記得他報告裡也這麼寫。」他把報告還給他們。「好啦，把報告帶回去研究研究，裡面有提到北方的狀況。對了，你們會想聯絡他嗎？他把船開進烏拉圭了，現在人在蒙特維多。」

彼德問：「里約那邊也中了嗎，長官？」

「快了。」

他們走出海軍部的辦公室，到庭院搭乘電動載貨車。車子安靜地穿過城裡無人的街道，爬上兩旁植樹成蔭的柯林斯大街，將他們送達聯邦政府辦事處。幾分鐘之後，他們便和總理唐諾．李奇圍桌而坐。

他說：「艦長，在你們啟程前，我想略述此番航行的目的，也祝聲一路順風。我看過你們的行動令了，沒什麼需要增補的部分。你們將前往凱恩斯、莫斯比港、達爾文，並匯報當地的情況。任何生命跡象都值得我們高度的關切，人當然不用說，也包括動物。還有植物。以及海鳥——如果你們能掌握任何與海鳥相關的資訊。」

「我認為那有相當的難度，長官。」杜威特說。

「是的，我也這麼認為。話說回來，我聽說有個C.S.I.R.O.的人會和你們同行。」

「是，長官。歐斯朋先生。」

總理伸手抹了抹臉。這是他的習慣動作。「嗯。我不希望你們鋌而走險。事實上，我禁止一切的冒險行為。我要你們無傷而返，蠍子號完好無損，全體船員安然無恙。你大可按那位科學人員的判斷自行決定是否上甲板，又是否讓你的船升上水面，不過在這條指導原則之下，你們必須竭盡所能蒐集情報。只要當地的輻射值允許你們曝露在外，你們就要上岸探察城鎮，雖然我認為這不太可能發生。」

第一海軍人員搖搖頭。「我也對此抱持十分懷疑的態度。我想你們接近南緯二十二度的時候就一定得下潛了。」

美國人反應很快。「就在湯斯維爾的南邊。」

總理沉重地說：「沒錯。湯斯維爾那兒還有人活著。我們嚴格禁止蠍子號進入湯斯維爾，除非你收到海軍部發送的變更行動訊號。」他抬起頭來，雙眼注視著美國人。「你可能會覺得於心不忍，指揮官，但你救不了他們。最好別讓他們看見你的船，免得害他們空歡喜一場。再說，我們也已經知道湯斯維爾目前的狀況了。我們還能用電報和當地取得聯絡。」

「我瞭解了，長官。」

「這一點就帶到我接下來不得不提的最後一件事。」總理說。

「蠍子號在這段航程期間，不得接引任何人上船，除非你事先得到海軍部用無線電傳發的允許通知。我想你非常清楚這件事的絕對必要性：無論是你或你船上任何一個船員，都不准與輻射病患者有所接觸。我的話說得夠清楚嗎？」

「非常清楚，長官。」

總理起身。「好了，祝你們全體船員一切順利。期待兩個禮拜後再跟你聊聊，陶爾斯指揮官。」

第三章

九天之後，美國海軍軍艦蠍子號於拂曉時分浮出水面。當星輝褪去，天邊泛起了魚肚白，蠍子號從沙島下方靠近昆士蘭邦德堡的南緯二十四度平靜海面探出了潛望鏡。他們先按兵不動，待一刻鐘後艦長比對完遠處海岸上的燈塔，並參照聲波測深所得數值確認過所在位置，而約翰．歐斯朋浮躁忙亂地操弄著檢測儀器，也確認過空氣和海面輻射值了，才讓蠍子號從深水滑動而上。這艘狹長的灰色船體挨著水面航向南方，時速二十節。船橋甲板上一道艙口鏗然大開，接著，甲板值日官走了出來，艦長和許多船員則尾行在後。在這無風之日，他們打開艄部和艉部的魚雷艙艙口讓船內流通新鮮空氣，再從船艄張了兩條救生索分別拉到船橋體和船艉。非執勤船員全都奮然站上甲板。這一張張面無血色的臉龐，在早晨的清新空氣中迎接日出的景致；在下潛一個多禮拜後，他們都很高興終於能出來透透氣。

過了半小時，他們餓了，比過去幾天還餓。當早餐的笛聲鳴響，這一大群人急切地往下衝進艙內，然後輪到廚子們上甲板輕鬆一會兒。許多下了哨的船員紛紛奔上甲板曬曬耀眼的陽光，一些軍官也走出船艙，聚在船橋上抽菸。蠍子號切換為水上作業模式，依正常程序在藍色海面上駛向南方的昆士蘭海岸。他們升起無線電天線塔發送回報目前所在位置的訊息，然後調頻接上娛樂廣播節目，一線悠揚的輕音樂便流進船內，與渦輪低沉的轟鳴和船劃海前進時的湍急水聲匯成一片。

船橋上的艦長告訴他的聯絡官：「我們這份航海報告恐怕會有那麼一點點難寫。」

彼德點點頭。「還有那艘油輪，長官。」

杜威特答道：「是啊，還有那艘油輪。」他們在凱恩斯和莫斯比港中途的珊瑚海遇上了這艘船，這艘除了壓艙物之外，船內空空如也的油輪。船隨著海波漂浮，引擎已停止運轉。那是艘登記為阿姆斯特丹的船。蠍子號繞著油輪低速巡行，並用擴音喇叭發出呼叫。沒有回應。他們邊以潛望鏡觀望，邊向勞氏驗船協會索查這艘油輪的資料。油輪所有的救生艇皆安置在吊柱上，只是船上似乎不見人的蹤影。船鏽了，鏽得非常厲害。最後，他們得出一個結論：這油輪應該是艘從戰爭開打後便一直四處漂流的廢棄船，畢竟除了天候造成的剝蝕外，船身沒有遭受其他損壞。他們沒什麼忙好幫的，何況外頭的空氣輻射指數也高到不容許他們站上甲板或以任何方式登上油輪——儘管他們有辦法攀上油輪極為陡斜的船舷。於是，一個鐘頭之後，他們用潛望鏡拍了幾張廢棄船的相片，然後標記下它的位置，便任其於海上繼續漂盪。這是他們在整趟航程裡遇上的唯一一艘船。

聯絡官說：「最後應該會變成探討誠實約翰[註1]釋放出的輻射讀

數報告。」

「大概就是這麼回事吧。」艦長同意道。「外加那條狗。」

他們這份報告真的不好寫，因為他們這一路下來的所見所得根本寥寥可數。接近凱恩斯時，他們確實已浮出水面，卻礙於外頭過高的輻射指數而無法出艙上船橋觀測。為了抵達這個地方，蠍子號還在大堡礁裡小心繞行，甚至滯航了一整夜——杜威特判定附近的燈塔和導航燈似乎不太可信；要在這伸手不見五指的水域裡航行，風險恐怕太高。當他們終於重新啟程，到達綠島，也挨近了陸地，陸上城鎮看起來又正常得不得了。岸上的凱恩斯沐浴著陽光，阿瑟頓高地的山脈在其身後蔓延開展。他們從潛望鏡看見街道上有棕櫚遮蔭的排排商家和一間醫院；以木樁架高的單層式別墅齊整而悅目，

註1　誠實約翰火箭（Honest John）為美國軍方第一支地對地核導彈。

車輛停在路旁，一兩面旗幟在空中飄揚。他們繼續行駛，再沿河進入港區，而接下來除了幾艘靠河停泊的漁船之外，他們幾乎沒瞧見什麼。一切都再正常不過了。沒有大船碇泊碼頭。整座港區的前前後後都停妥了起重機。儘管蠍子號已深入濱邊，但因潛望鏡無法上升到比港區甲板層更高的位置，加上港區內的貨棧遮蔽了潛望鏡的視野，他們能見仍十分有限——就只能看見一片幽靜的濱水區，而那畫面正如當地週日或假日的風景，不過若適逢週日或假日，那邊應該不乏駕舟開艇等人為活動吧。一條大黑狗出現，從港區朝著他們吠。

蠍子號先前停在港區外的河裡時，他們就曾將擴音喇叭調至最大音量，然後對陸呼叫。他們的聲音一定傳遍整座城鎮了。然而，一兩個鐘頭之後，該區依舊毫無動靜。整座凱恩斯都睡了。

蠍子號調頭稍稍移向濱外，直到他們看見海濱酒店和之前已發現的部分購物中心才又停下。他們也在此處呼叫了一陣子——還是沒有得到回音。他們放棄了，遂航向大海，設法在夜幕低垂前離開大堡礁。若少了約翰．歐斯朋記錄下來的輻射探測資料，他們可說是一無所獲，除非凱恩斯那一如既往的城鎮風貌算得上一筆純然負面的情報。鎮上那陽光普照的街，那因鳳凰木而火紅的遠方畝丘，那蔽著深廊的商店櫥窗——這是熱帶地區一小塊宜人居住的佳境，不過如今只剩一座空城，以及，顯然，一條狗。

莫斯比港的情形如出一轍。他們在海中以潛望鏡探察，也覺得岸上城鎮毫無異狀。錨地裡泊了艘登記為利物浦的商船，船舷邊還搭了架雅各梯。海灘上另有兩艘商船；或許那些船員當初曾在暴風雨中拋錨拖行。蠍子號在莫斯比港待了好幾個小時，又是在錨地周圍低速巡行，又是駛進碼頭勘察，也出動擴音喇叭不斷呼叫。無人回應。這城鎮似乎也沒出什麼大問題。再一段時間之後，他們離開了，畢竟已沒有繼續留在當地的理由。

兩天後，蠍子號抵達達爾文港。他們待在這座城鎮正下方的海港中，只看得見港口區、市政大樓的樓頂和達爾文酒店一隅。他們發現碼頭停了幾艘漁船後便低速驅前，並不斷用潛望鏡觀察，輔以擴音喇叭呼叫。他們沒有獲悉任何情報，唯獨這項推論：生命有時盡，而這些人死得不忙不紊。「這就是動物的習性。」約翰．歐斯朋說。「悄悄爬回自己的窩裡等死。這些人大概都在床上躺得好好的。」

「好了。別再說了。」艦長說。

「事實就是這樣啊。」科學家說。

「好，是事實。我們都別再討論這件事了。」

毫無疑問，這份報告會很不好寫。

他們一如先前離開凱恩斯、莫斯比港般離開了達爾文港，再穿過托雷斯海峽駛向南方的昆士蘭海岸，並一路保持下潛狀態。此時，這趟航程造成的精神負荷終於化為可見的外顯行為。他們鮮少開口、互不交談，直到蠍子號終於在離開達爾文港的三天後浮出水面，艙內的氣氛才有所好轉。他們在甲板上待了段時間後，心中的陰霾一掃而光，也有暇思考回到墨爾本後該如何講述這趟航程的經過與見聞。

午餐之後，他們圍在軍官室裡的桌邊抽著菸討論。「當然，這就是劍魚號得到的結果。」杜威特說。「不管在美國還是歐洲，他們什麼都沒發現。」

彼德拿起身後櫥櫃頂端那份已被翻皺的報告書。打從一啟程，這報告便是他每日必看的讀物，不過他還是快速翻了一遍。「我沒想過這點。」他緩緩地說。「我漏了這個切入的角度了。經你這麼一說，的確是啊。報告裡真的沒提到岸上的狀況。」

「他們看到的應該跟我們差不了多少。」艦長說。「永遠沒有人能真正瞭解一個受輻射高度汙染的地區會是什麼樣子，而現在整個北半球就是這種狀況。」

彼德說：「好像是這樣。」

「應該就是這樣。」指揮官說。「總有些事，是由不得我們一探究竟的。」

約翰．歐斯朋說：「我昨晚在想一件事。你們有沒有閃過這個念頭——以後再也、再也沒有人見過凱恩斯這個地方了？或是莫斯比港和達爾文？」

他們雙眼凝視著他，腦袋則琢磨著他剛提出的想法。「不會有人能掌握比我們更多的資訊了。」艦長說。

「除了我們，還有誰到得了那些地方？而我們之後也不會再去了。至少短期之內不會。」

「沒錯。」杜威特思索著。「我不認為他們之後還會派我們到那些地方。我沒想過你剛說的那件事，但我覺得你說得對。我們就是這世上最後一批親眼見證那些地方的活人。」他暫停了一會兒。「我們卻什麼也沒發現。嗯，我想就是這樣子。」

彼德不安地動了動。「但這是歷史事件欸。」他說。「不是應該被記錄下來嗎？有人正在記錄我們這個時代的歷史嗎？」

約翰．歐斯朋說：「我沒聽說有人在進行這件事。我會去查查。畢竟要是沒人會讀，那些東西寫了也是白搭。」

「應該一樣會有些記錄才對——」美國人說。「即使我們只有未來幾個月的時間可讀。」他稍作停頓。「我倒很想讀讀最近那場戰爭的歷史。」他表示。「我曾一度投身戰場，卻對這場戰爭一無所知。沒人記錄這些事情嗎？」

「恐怕沒人把這些當作歷史來寫吧。」約翰．歐斯朋答道。「至少就我所知是沒有。想當然耳，我們得到的資訊都是現成的，唾手可得啊，但這些資訊並不能構成一篇前後連貫的事件記錄。我覺得這裡頭有太多缺口——有太多事，我們根本就在狀況外。」

「那我會退而求其次，去瞭解在我們狀況內的事。」艦長說道。

「像是哪些事，長官？」

「嗯，首先，這前前後後到底丟了多少炸彈？我指的是核彈。」

「按震測記錄顯示的話，大約有四千七百顆。不過有些記錄的可信度蠻低的，所以這個數字應該還要往上修。」

「那其中又有多少威力驚人的——核融合炸彈？氫彈？還是你們都怎麼叫這種炸彈？」

「不知道。或許絕大多數的炸彈威力都很驚人。我想中俄戰爭投下的都是氫彈，而且大多帶鈷。」

「他們為什麼要這樣？我是說，用鈷？」彼德問。

科學家聳了聳肩。「放射性武器戰囉。除此之外，我什麼都不知道。」

「我可以補充。」美國人說。「我戰爭一個月前曾到舊金山的歐巴布也納上過指揮軍官的課程；他們在課堂上提到中俄關係可能會起的變化。至於他們說的有沒有在六週後發生——這個嘛，你我都不知其詳。」

約翰．歐斯朋低聲問道：「他們說了什麼？」

艦長思考了一會兒，然後說：「一切都和不凍港有關。俄國全境上下冬天不結冰的港口就只有靠近黑海的敖德薩。但在戰爭期間，船要出敖德薩駛上公海的話，勢必得經過博斯普魯斯和直布羅陀這兩條歸北大西洋公約組織管轄的狹長海峽。摩爾曼斯克與海參崴港到了冬天是可以藉破冰船保持交通運輸的暢通，但這兩個港口對俄國任何一個有外銷需求的城市來說，簡直是遠在天邊。」他停了一下。「這個情資人員告訴我們，俄國真正覬覦的是上海。」

科學家問：「那兒離西伯利亞的工業區很近？」

艦長點點頭。「沒錯，正是如此。俄國在第二次世界大戰期間把大量工廠沿著西伯利亞鐵路撤回烏拉山脈東向的幾個點，最遠還到貝加爾湖。他們甚至蓋了新的城鎮和其他一切需要的建物。不過那些城鎮和敖德薩這種港口都距離太遠、太遠了，和上海反倒近了差不多一半。」

他稍稍停頓。「他還提到另外一件事。」他若有所思地說。「中國的總人口數是俄國的三倍，這可不是普通的人煙稠密啊。反觀和中國北方接壤的俄國因為人少，境內毫無作用的曠地就多達數百萬平方哩。這位仁兄告訴我們，中國的工業發展在近二十年來已有長足的進步，所以俄國一定提心吊膽，害怕中國哪天會打過來。假使中國少了兩百萬人口，俄國應該會安心不少，再加上他們日思夜想的上海——這些就足以構成放射性武器戰的理由了……」

彼德說：「可既然用鈷，俄國自己也無法在投彈之後繼續進犯，拿下上海吧？」

「沒錯，但只要他們拿捏好投彈的時機和炸彈落地位置，就能讓華北地區在數年之內都住不了人。只要他們炸對地方，原子塵就會覆蓋中國沿海地區，殘存的部分則會往東飄過太平洋，繼而飄向整個世界。要是這殘存的原子塵有那麼一滴滴飄到美國，俄國應該不至於落下傷心淚吧？如果他們運籌縝密，幾乎是不會有原子塵被帶回歐洲和俄國西部的。是，他們的確無法在數年之內拿下上海，但上海已經成為他們的囊中物了。」

彼德轉向科學家。「他們多久之後才有辦法在上海生活？」

「有鈷落塵的上海？完全沒概念。這其中有太多決定性的因素，還得派遣探險隊入境勘察才能判斷。要我說的話，五年以上吧——

這是半衰期的時間。五年以上、二十年以下。不過這種事誰也說不準。」

杜威特點點頭。「等到有人回到上海——不管是中國人還是哪國人——就會發現俄國人早就在那邊了。」

約翰．歐斯朋側身面向杜威特。「那中國人怎麼看這件事？」

「哦，那又是截然不同的角度了。他們並不怎麼想將俄國人趕盡殺絕。他們真正的打算是把俄國人變回不覬覦上海，也不嚮往他們其他港口的務農民族。中國之所以送上洲際火箭，圖的就是讓鈷落塵覆蓋俄國整個工業區，叫他們工業城鎮一個接一個停擺。中國希望俄國在未來差不多十年以內都無法使用任何機動械具。他們策劃用重離子有範圍地布下落塵，而不是要落塵飄送到全世界。他們或許也不打算直接攻擊俄國的都市——只要炸那些城市往西大約十哩的地方就好，剩下的就讓風去帶。」他停頓了一下。「一旦俄國工業城鎮全數癱瘓，中國隨時可以大搖大擺地進駐俄國未受鈷落塵汙染的安全地帶，喜歡哪裡就直接佔領哪裡。然後，等到輻射散去，他們就能拿下那些工業城鎮。」

「到時候車床也都鏽了吧。」彼德說。

「應該鏽了，但中國這一仗會打得非常輕鬆。」

約翰．歐斯朋問：「你認為這就是整件事的前因後果？」

「我不知道。」美國人說。「或許也沒人知道。這些都是那位五角大廈的軍官在指揮軍官課堂上告訴我們的。」他稍作停頓。「俄國有個優勢。」他尋思道。「中國在外交上孤立無援，唯一的盟友就是俄國。如果俄國對中國開火，沒有哪個國家會上門找他們麻煩。我是指另闢戰線攻打俄國或做出其他與俄交戰的舉動等等。」

他們靜靜坐著抽了幾分鐘的菸。「所以你覺得那是最後才爆發的戰事嗎？」彼德終於開口。「我是說，俄國先攻擊華盛頓和倫敦，才引燃了之後的戰火？」

約翰．歐斯朋和艦長緊盯著他瞧。「俄國自始至終都沒炸過華盛頓啊。」杜威特告訴他。「他們最後也證實了這點。」

而彼德也看著這兩人。「我指的是這場戰爭裡最早發生的攻擊哦。」

「是的，最早發生的攻擊。那些確實是俄國的長程轟炸機626s II，但機上的駕駛是埃及人。那些轟炸機是從開羅起飛的。」

「你確定？」

「事實擺在眼前。有架回程中的626s II在波多黎各降落時被他們逮到了。他們這才發現執行轟炸任務的是埃及人，但我們已經炸掉列寧格勒與敖德薩，還有卡爾可夫、古比雪夫和莫洛托夫等地的用核機構。想必那天發生的一切都快得叫人猝不及防。」

「你這話是說我們誤炸了俄國？」想到這點，彼德就覺得整件事可怕到近乎荒謬。

約翰．歐斯朋說：「正是如此，彼德。他們雖然不會公開承認，但大抵上就是這麼回事。那不勒斯吃下整場戰爭的第一枚炸彈。當然，那是阿爾巴尼亞投的。接下來特拉維夫也被炸了，但沒人曉得這顆彈究竟是拜誰所賜。至少我是沒聽說。然後英美介入，還飛到開羅上空做了軍事演示，隔天埃及人便出動所有可用的轟炸機，派了六架飛華盛頓、七架飛倫敦。其中一架總算抵達了華盛頓，到倫敦的則有兩架。這一炸，英美兩國也沒剩幾個政治家了。」

杜威特點點頭。「那些都是俄國的轟炸機，聽說機身也有俄國的標誌，所以攻擊很可能是俄國發起的。」

「老天！」澳洲軍官說。「所以我們就炸了俄國？」

「這就是事情的經過。」艦長沉重地說。

約翰．歐斯朋說：「其實可以理解啊。倫敦和華盛頓被炸毀——

瞬間就被炸毀，所以下一步該怎麼走，就取決於分散在各個戰場的軍事指揮官。而且他們得趕在下一批炸彈從天而降之前迅速做出判斷。阿爾巴尼亞投下那枚炸彈後，他們和俄國的關係已經變得十分緊張，後來又出現被鑑別為俄國轟炸機的飛行器。」他暫停一會兒。「總得有人下決定，而且事態急迫，刻不容緩。現在坎培拉那兒已經有不少人認為這個決定下錯了。」

「既然這是一個錯誤的決定，為什麼他們不一起阻止這場戰爭？為什麼還要打下去？」

艦長說：「當全數的政治家都因戰爭而死，戰爭只會越演越烈，難以停下。」

科學家說：「最煩的就是這種該死的武器實在太廉價了。一顆原始鈾彈到後來差不多五萬英鎊就能成交。每個像阿爾巴尼亞這種小不啦嘰的國家都能大量購入囤積，然後每個買到鈾彈的彈丸之國紛紛作起春秋大夢，妄想發動奇襲打敗那些泱泱大國。難就難在這裡。」

「飛機也是一個因素。」艦長說。「這麼多年以來，俄國一直都有提供埃及飛機。英國也是啊，他們還把飛機給了以色列和約旦。提供對方長程機種就是他們先前鑄下的滔天大錯。」

彼德低聲地說：「好吧，接下來就是俄國與西方勢力的戰爭。那中國是什麼時候加入戰場的？」

艦長說：「應該沒人知道確切的時間點吧，不過我認為中國會趁這個天時之便立即投身戰場，將國內的火箭和放射性武器瞄準俄國。中國大概忽視了俄國在這場放射性武器戰的較量上到底做了多充分的準備。」他停了一會兒。「但這些終歸是猜測。」他說。「大部分的消息都傳得很快，而剩下的那些還來不及傳到我們這兒，或是南非。目前，我們只知道大多國家的作戰指揮權都下放到非常低階的軍官了。」

約翰．歐斯朋苦笑了一聲。「陳思霖少校。」

彼德問：「陳思霖？這又是哪號人物？」

科學家說：「我想大家都只知道這人是位中國空軍軍官。戰爭到了末期，他似乎成了發號施令的頭頭。總理曾試圖干預、阻止中俄繼續交戰，因此之前和他有所接觸。中國境內好像有許多地方都囤放了大量火箭，也還有很多炸彈能讓他們丟。俄國主事的軍官可能也是個無足輕重的小角色吧，但總理似乎始終無法和俄國人取得聯繫。反正我是沒聽說過對方的名號啦。」

他們三人悶不吭聲。「他的立場一定很艱難。」杜威特首先打破沉默。「我的意思是，那人又能怎麼辦？他眼下有戰爭在打，手邊又有這麼多武器可用。我想自從那些政治家死了之後，所有國家應該都面臨了和他一樣的處境吧，而這又讓停戰更加遙不可及了。」

「一定會走到這一步的。戰爭繼續打，打到沒有炸彈可投，也沒有堪用的飛機可以出任務為止。到那個時候，當然，一切都無法收拾了。」

「老天。」美國人輕嘆道。「如果我是那些軍事指揮官，還真不知道該怎麼抉擇呢。幸好我不是。」

科學家則說：「我倒覺得你會試圖協商。」

「與轟翻美國和殺死我們國民的敵人協商？而我明明還有武器可以反擊？就這樣放下武器，放下戰爭？我也希望自己有這麼崇高的品格，但是——唉，我不知道。」他抬起頭來。「我從沒受過該如何應付這類外交場合的訓練。」他說。「如果那狀況落到我頭上，我絕對會手足無措。」

「那些人也一樣啊。」科學家說。他伸伸懶腰，打了個呵欠。

「而我們只能深感遺憾。但錯不在俄國。引發戰爭的並非大國，而是那些小國，那些無法扛責的諸多小國。」

彼德．荷姆斯咧嘴笑笑，說：「還真苦了我們這些非小國的人。」

「你還有六個多月。」約翰．歐斯朋說。「或許加加減減一些時間吧。這樣就該滿足啦。我們早就知道自己總有一天會死，而現在呢，死期已定。就是這樣而已。」他笑了出來。「好好運用最後這段時間吧。」

「這我明白。」彼德說。「問題是我滿腦子都是現在就在做的事，沒什麼特別想做的事。」

「被困在這艘蠍子號裡？」

「呃——對。不過這是我分內的工作。我是指家裡。」

「真不會想。你要改信伊斯蘭教，過過妻妾成群的生活啊。」

蠍子號指揮官聽了哈哈大笑。「或許他說得有道理。」

聯絡官搖了搖頭。「主意不賴，但難以實行。瑪麗不會高興的。」他斂起笑容。「問題就在於我無法真的相信事情就要發生了。你們能相信嗎？」

「都見過這麼多了，還是無法相信？」

彼德搖搖頭。「嗯，就是沒辦法。假如我們有親眼看到那些損害……」

「真的有夠不會想。」科學家論道。「你們這些軍人全都一個樣。『我應該不會碰上這種事吧。』」他稍停一會兒。「就會，鐵定會。」

「我大概是真的不會想。」彼德若有所思地說。「這……這是世界末日。我以前從不需要去想這種事。」

約翰．歐斯朋又笑了。「這才不是世界末日。」他說。「這只是我們人類的末日。世界的一切都會按常持續，只是我們已不在其中罷了。我敢說少了我們，世界會相當美好。」

杜威特．陶爾斯昂首。「也許吧。凱恩斯看起來沒什麼異樣，莫斯比港似乎也一如往常。」他想起從潛望鏡觀察陸地時，眼前那些吐花朵朵的鼠李、鳳凰木，還有挺立在陽光下的棕櫚。「也許我們一直都太亂來，所以不配擁有這麼一個世界。」他說。

科學家說：「就是這樣。說得對極了。」

關於這個話題，他們似乎沒什麼好說的了，於是登上船橋，走進陽光和新鮮的空氣裡抽根菸。

隔天天亮後不久，蠍子號便穿過雪梨港的入港港頭繼續向南駛進巴斯海峽。再過一天，他們於早晨抵達了菲利普港灣，於中午碇泊威廉斯鎮，與那艘航空母艦並排停好。第一海軍人員來這兒見見他們；當舷梯放了下來，他隨即在一片隆重的笛鳴聲中登上蠍子號。

杜威特．陶爾斯站在狹窄的甲板上迎接他。中將舉手回禮。「好啦艦長，這趟旅程如何？」

「挺順利的，長官。我們遵照命令執行了航巡任務，不過任務的結果恐怕會令你大失所望。」

「你們蒐集到的情報不多？」

「我們掌握了不少輻射數據的資料，長官，但進入南緯二十度以北的地區之後，我們就上不了甲板了。」

中將點點頭。「船上有人患病嗎？」

「醫官回報有一名船員得了痲疹。沒有船員得到輻射類型的疾病。」

他們往下走進窄小的艦長艙。杜威特呈上用鉛筆在頁頁大裁紙寫下的報告草稿，上頭還附了約翰．歐斯朋以整齊易讀的筆跡將整趟航程中測出的每筆輻射讀數記錄成一欄又一欄的小小數字。「稍後回到雪梨號，我就會立刻派人用打字機打好。」他說。「但這就是到時候打字稿上會出現的全部內容了。我們幾乎一無所獲。」

「這幾個地方一概沒有生命跡象？」

「完全沒有。當然，我們以潛望鏡的高度從濱水區望去，能見一定非常有限。我出發前也沒料到這一趟下來只能看到這些。我早該想到這點的。我們離主水道的凱恩斯和莫斯比港太遠，達爾文的城鎮又在高崖上，我們根本看不見。只剩下濱水區。」他稍停一會兒。「而濱水區看起來又沒什麼不對勁。」

中將翻著鉛筆稿的紙頁，並不時停下閱讀上頭的某個段落。

「你每個點都停留了一些時間？」

「約莫五個鐘頭。我們全程都用擴音喇叭對陸呼叫。」

「卻沒有收到陸上的回應？」

「毫無回應，長官。蠍子號在達爾文的時候，我們一開始還聽到一些動靜，後來循聲上前追蹤，才發現那是港區起重機鉤鍊晃動時發出的嘎吱聲。」

「海鳥呢？」

「完全沒看見海鳥。進入南緯二十度以北的海域後，我們就沒看過任何一隻鳥了。我們在凱恩斯有看到一條狗。」

中將在蠍子號待了二十分鐘。最後，他說：「好吧，儘快把這份報告打好交來。你在報告上作個記號，讓傳令員直接送到我那兒。這結果是有點不如人意，不過你們應該也完成別人尚未做全的調查了。」

美國軍官答道：「長官，我讀劍魚號的報告時，發覺裡頭幾乎沒提到美國或歐洲的陸上情況。我們是從濱水區觀察的，但我猜他們看見的不會比我們多多少。」他猶豫了一下。「報告長官，我有個建議。」

「什麼建議，艦長？」

「這條航線上的輻射指數不算太高。我們的科學觀測人員說只要配戴整套隔絕裝備——頭盔、手套，當然還有其他一切的防護裝置——人就能安全地進行實地調查。我們可以派一名軍官划救生艇登陸其中一個城鎮，讓他背著氧氣筒作業。」

「他回船上之後，還得經過一道消毒的手續。」中將說。「這個比較難辦，但應該不是無法克服。我會跟總理提提看，也問問他有沒有特別想瞭解哪個點的狀況。他大概會覺得這麼做事倍功半，不過這終究是個做法。」

他轉身走進駕駛艙，準備踏上通往船橋的梯子。「長官，可以准船員上岸休假嗎？」

「船有什麼問題？」

「沒什麼大問題。」

「那就十天。」中將說。「我下午就發個准假通知。」

彼德・荷姆斯用完午餐後撥了通電話給瑪麗。「我們回來了，全員平安。」他說。「親愛的，跟妳說，我晚上就回去了——不確定幾點。有份報告得先處理，然後回去時我會親自把報告送到海軍部——反正順路啊。我不知道幾點到家。不用接我了——我會從車站走回去。」

「能聽到你的聲音真好。」她說。「你晚餐會在家裡吃嗎？」

「應該吧。我到家之後再自己煎個蛋，料理些吃的就好。」

她轉了下腦筋。「我做道砂鍋菜吧，這樣我們隨時都可以吃。」

「好。聽著，有件事要跟妳講一下。我們船上有人得了麻疹，所以我現在有點類似處於隔離期。」

「噢，彼德！可你之前不是得過麻疹了？」

「大概四歲之後就沒得過了。醫官說我可能會再長。潛伏期是三個禮拜。妳得過麻疹嗎？我是說最近。」

「我是差不多十三歲的時候得的。」

「那妳應該不會被傳染。」

她馬上想到這個。「那珍妮佛呢？」

「對啊，我也一直想到珍妮佛。我得離她遠一點了。」

「哎呀……珍妮佛這個年紀的孩子會得痲疹嗎？」

「我不知道，親愛的。我可以問問軍醫中校。」

「他會知道寶寶的狀況？」

他想了一會兒。「我不覺得他這方面有多豐富的經驗。」

「你問問他，彼德，我也打電話問問哈婁朗醫生。無論如何，我們都要做好準備。真高興你回來了。」

他掛斷電話，繼續埋首工作，瑪麗則犯起她積重難返的老毛病，開始講電話。她先打到住在馬路另一頭的佛斯特家，請這位正打算進城參加鄉村婦女協會會議的佛斯特太太帶一磅牛肉排和幾顆洋蔥出門。她也打給醫生，而醫生告訴她嬰兒也會得麻疹，得多加注意、小心防範才行。接著她想起昨晚打到家裡詢問蠍子號音信的莫依拉・戴維森。瑪麗致電時，莫依拉正在柏威克附近的牧場裡用下午茶。

「親愛的——」她說。「他們回來了。彼德剛從船上打電話給我。他們全都得了麻疹。」

「他們得了什麼？」

「麻疹，就以前我們念書時得的那個。」

忽然之間，電話線彼端傳來一陣有點歇斯底里，也有點刺耳的狂笑。「一點都不好笑。」瑪麗說。「我很擔心珍妮佛。她說不定會被彼德傳染。他之前長過麻疹，可這次也可能會發病。我真的好擔心……」

那陣狂笑漸漸平息下來。「抱歉，親愛的，但這聽起來也太妙了吧。他們得麻疹和輻射無關吧？」

「噢，應該吧。彼德說就只是痲疹。」她暫停一下。「不覺得很可怕嗎？」

戴維森小姐又笑了。「他們淨會幹這種事。這回他們出海兩個禮拜，直接殺進那些人們全被輻射害死的城鎮，結果卻得了痲疹！我晚點要訓訓杜威特，嚴詞厲聲地訓訓他。他們在當地有發現生還者嗎？」

「我不曉得，親愛的。彼德沒提到這點。啊，那不重要啦。珍妮佛要怎麼辦？我該怎麼辦？哈婁朗醫生說她有可能被傳染，而彼德的傳染期有三個禮拜欸。」

「只好叫他到屋外的迴廊吃飯睡覺囉。」

「別說傻話了，親愛的。」

「那就讓珍妮佛待在迴廊吃飯睡覺啊。」

「蒼蠅啊。」這位母親說。「還有蚊子。說不定還會有貓趴到她臉上把她給悶死。這種事常常發生啊，妳知道的。」
「那在嬰兒車周圍罩個蚊帳好了。」
「我這兒沒有蚊帳。」
「我們應該有幾組，爹地之前在昆士蘭的時候挺常用的。不過上面大概都是破洞了。」
「親愛的，可以幫我找出來看看嗎？我真的怕會有貓來。」
「我等下就去看。如果我找到可以用的，晚上會拿去寄，或乾脆直接送去妳那兒。既然人都回來了，你們會再邀陶爾斯指揮官下來玩嗎？」
「我完全沒想到這個。不曉得彼德想不想找他過來。他們都在那艘潛艦連續待上兩個禮拜了，說不定暫時不會想看到對方的臉。妳希望我們邀他下來玩嗎？」
「我沒差啊。」女孩漫不經心地說。「你們要不要請他過來，我都無所謂。」

「親愛的！」

「真的啊。別再用妳的手杖戳我耳朵了。不管怎麼說，他都已經結婚了。」

感到疑惑的瑪麗說：「不可能啦，親愛的。他單身。」

「妳是只知其一，不知其二。」女孩答道。「總之事情挺複雜的。我去找蚊帳。」

彼德晚上到家後，發現瑪麗時時掛記著自己的孩子，不甚關心凱恩斯目前的情況。莫依拉早些時候回電說已經派人拿蚊帳過去了，不過顯然還要一段時間才會送達。瑪麗臨時以一塊長長的平紋薄棉奶油包布權充蚊帳包住停在迴廊間的嬰兒車，卻不是很紮實。這位聯絡官只好在休假返家的第一晚花點時間與心思將薄棉包布改製成能夠貼合嬰兒車篷的棉罩。「但願這樣不會悶壞她。」他的妻子憂心忡忡地說。「彼德，你確定她在這塊棉布裡可以呼吸到足夠的空氣吧？」

他向她保證再保證，嘴都快說破了，她夜裡仍舊下床了三次，從他身邊跑到屋外迴廊確認自己的孩子還活著。

對她而言，蠍子號拓展而出的交際圈比其技術上臻及的成就有趣得多。「你會再邀陶爾斯指揮官下來玩嗎？」她詢問。

「我還沒想到這件事。」他回答。「妳想請他過來嗎？」

「我挺喜歡他的。」她說。「而莫依拉可是非常喜歡他。好稀奇哦，他這麼安靜的說。不過這種事誰也沒把握。」

「我們這次出海前他就帶她出去過啦。」他說。「他先帶她參觀蠍子號，然後和她出去晃晃。我敢說她一定讓他疲於奔命。」

「她在你們出海這段期間撥了三次電話來打聽你們的消息。」他的妻子說。「我不覺得她是因為擔心你才這麼做的。」

「她可能只是閒著沒事幹。」他說。

隔天他得北上到海軍部與約翰・歐斯朋及首席科學官開會。會議大約中午結束。當他們步出辦公室，科學家說：「對了，有個包裹要給你。」他拿出一件用細繩捆起的牛皮紙袋。「是蚊帳。莫依拉要我轉交給你。」

「哦──謝了。瑪麗夢寐以求的蚊帳。」

「你午餐要怎麼解決？」

「還沒想欸。」

「一起去田園俱樂部吧。」

年輕的海軍軍官睜大了眼。這地方頗有幾分格調，消費尤其不菲。「你是那裡的會員？」

約翰・歐斯朋點點頭。「我打定主意到死之前一定要成為他們的會員。現在不入會，更待何時？」

他們搭乘路面電車抵達座落於城鎮彼端的俱樂部。彼德．荷姆斯曾進去過一兩次，也一如預期露出了欽佩的神色。這棟樓建於那個恬適閒逸的年代，風格承自當時倫敦頂尖的俱樂部之一，如今已是澳洲超過百年的老建築了。但任憑時代日新月異，田園俱樂部仍保有原初的傳統和作風，讓十九世紀中葉對食物和服務挑剔講究的水準延續到二十世紀中期，比現今的英國人更有英國味。在戰前，田園俱樂部或許正是澳洲聯邦第一流的俱樂部，而戰後的今日仍是。

他們先將帽子寄放在大廳，再到甚有古意的洗手間洗手，然後便走向戶外品酒花園的迴廊點酒喝。迴廊裡有不少會員，大多年逾中年，彼此討論著當今時事。彼德．荷姆斯還看見幾個國務大臣和聯邦政府的部長。有位年長的紳士朝他們揮揮手，並離開身旁的人群從草坪走來。

約翰．歐斯朋低聲說：「我叔公，道格拉斯．法勞德。陸軍中將。知道吧？」

彼德點點頭。他出生前，道格拉斯．法勞德爵士便已統御陸軍；他出生後不久，爵士退役，自此便離開了國家的繁政要務，在馬其頓附近的一小塊土地過起澹泊的日子，還養了羊，並嘗試撰寫個人回憶錄。二十年後，他仍嘗試下筆撰寫，雖然已漸漸不去強求回憶錄的寫成。有段時間他喜歡進院子蒔花弄草，也愛在書房裡研究澳洲野生鳥類。而這每週一次進城到田園俱樂部吃午餐的行程，則是他行之有年的社交活動。儘管白髮蒼蒼、面有紅斑，爵士的風姿依舊挺拔。他高高興興地和姪孫打招呼。

「嘿，約翰。」他說。「我昨晚就聽說你們已經回來了。這一趟還愉快吧？」

約翰．歐斯朋為他介紹身旁的海軍軍官。「挺愉快的啊。」他說。「我不知道這一趟的發現究竟算不算可觀，倒是船隊裡有人得了麻疹。不過這些都不足為奇啦。」

「麻疹是吧？哎呀，得麻疹總比得現在這什麼霍亂的強。希望你們沒有人染上霍亂喲。來喝一杯吧——這兒有記在我名下的酒。」

他們跟著他走到桌邊。約翰說：「謝謝你，叔公。沒想到今天會在俱樂部碰到你。你不是一向都禮拜五來嗎？」

他們各自調了杯粉紅杜松子。「哦，不、不。我以往都禮拜五來。我的醫生三年前告誡我，說我要是再這麼喝俱樂部裡的波特，他可無法擔保我活得過一年。可是現在一切都不同啦，沒錯。」他舉起盛著雪利酒的酒杯。「來吧，這杯就為你們平安歸來而乾。這個嘛，我知道我們該灑灑酒，搬弄一點祭酒謝神的排場，不過目前的局勢可容不得我們這樣搞。你知道我們還有超過三千支特定年分的波特，就存放在這間俱樂部的地窖裡？只剩下六個多月啊——要是你們這些科學家真的說中了。」

約翰．歐斯朋得體地展現感佩的表情。「可以入口了？」

「此時入口風味絕佳。沒話說，就是一等一。Fonseca可能澀了點兒，再放個一兩年應該會比較好，但Gould Campbell正值醇香。這都是葡萄酒委員會的錯啊。這群人真是錯得離譜，竟然沒料到會發生這種事。」

彼德．荷姆斯憋著笑。「可能也不好把錯推到誰頭上。」他和顏悅色地說。「誰會有那種先見之明，料到會發生這種事呢？」

「胡說八道，我二十年前就曉得會出這種狀況了。不過現在怪誰都於事無補啦。當務之急，就是好好活完剩下的人生。」

約翰．歐斯朋問：「那些波特該怎麼辦？」

「只有一個辦法。」老人家說。

「什麼辦法？」

「喝了它，孩子，喝掉——喝得一滴不剩。那些鈷的半衰期都長達五年以上，我們還為之後的客人留酒幹嘛？我現在一個禮拜來俱樂部三次，每個禮拜帶一支酒回家。」他又啜了一口手中的雪利酒。「如果我要死，而我確實也活不久啦，那我情願死在波特酒下，也不要死於這場要命的霍亂。你說你們沒人因為這次的航巡任務而得了霍亂吧？」

彼德·荷姆斯搖搖頭。「我們有預防的方法。我們大多時間都待在水中，保持下潛狀態。」

「啊，不錯的防護手段。」他瞧瞧他們兩人。「昆士蘭北部那些地方都沒有活人了吧？」

「凱恩斯是沒有，先生。湯斯維爾那兒我就不清楚了。」

老人家搖著頭。「我們這邊從上週四起就和湯斯維爾斷了聯絡啦。現在伯溫也是疫區了。先前還有人說麥凱那裡也出現了一些患者。」

約翰・歐斯朋咧嘴笑笑。「波特得加緊喝了，叔公。」

「是啊。情況真的太糟了。」太陽從無雲的天幕灑下溫暖而令人心安的光芒，花園中高大的栗樹在草坪投下斑駁的樹影。「不過，我們全力以赴，值得嘉許。祕書說我們上個月已經清掉三百多支了。」

接著他轉向彼德。「在美軍艦艇上執勤的感覺如何？」

「我覺得很棒，先生。當然，船上的規矩跟我們皇家澳洲海軍的作風是有點出入，我之前也沒上過潛艦出任務，不過這些人都很好相處。」

「他們不會太陰沉？裡面應該不少鰥夫吧？」

他搖搖頭。「除了艦長之外，大家都很年輕。很多人應該都還沒結婚。當然，艦長和一些士官都已婚了。大多數的軍官和士兵才二十出頭而已，好像有蠻多人都在這邊交了女朋友。」他稍停一會兒。「蠍子號不是一艘抑鬱悶船。」

老人家點點頭。「當然啦，都過了好一陣子了。」他又喝上一口，然後說：「蠍子號的艦長……是不是那位陶爾斯指揮官？」

「沒錯，先生。你認識他嗎？」

「他來過俱樂部一兩次。那時候有人介紹我跟他認識。我想他是這兒的榮譽會員吧。比爾．戴維森說莫依拉認識他。」

「是的，先生。他們是在我家認識的。」

「哎呀，希望她沒給人家捅什麼婁子吶。」

而這個時候，她也正為自己的人生全力以赴，撥打電話給人在航空母艦裡的指揮官。「杜威特，是我，莫依拉。」她說。「怎麼搞的？聽說整船的人都得了痲疹啊你們？」

他一聽到她的聲音，心情就愉快了不少。「妳的消息非常正確。」他說。「但那屬於機密情報。」

「什麼意思？」

「需要保密的意思。當任何一艘美國海軍軍艦暫時因故失去作戰行動力，我們絕不會敲鑼打鼓、四處張揚。」

「這麼一艘大型作戰機械就因為麻疹這種芝麻小事失去了行動力？在我聽來，這根本是管理疏失。你認為蠍子號的現任艦長就是這份工作的最佳人選嗎？」

「我強烈認為不是。」他慍意地說。「讓我們約個地方仔細談談職務替換的事宜。我就是看這位艦長不順眼。」

「你這週末要下來找彼德．荷姆斯嗎？」

「他沒找我過去啊。」

「那如果他開口，你會來嗎？還是我們見了面之後，你就因為他以下犯上，用龍骨拖行[註2]那招對付過他？」

「他沒抓到海鷗。」他說。「真要指責他的話，我大概也只有這個理由。我才沒有記他一筆咧。」

「你要他去抓海鷗？」

「當然。我已經命他為首席海鷗捕手，但他沒有完成這項工作。貴國總理，也就是閣下的李奇先生，可會因為我們沒抓到海鷗而對我大發雷霆。真虧他能當上潛艦艦長——結果還不是跟他那班軍官沒兩樣，哪有什麼多大的能耐？」

她問：「杜威特，你不是開喝了吧？」

「沒錯，開喝了。可口可樂。」

「啊，難怪。你需要的是雙份白蘭地——不對，威士忌。我可以跟彼德．荷姆斯講一下話嗎？」

註2　Keelhauling是舊時嚴懲水手的刑罰：將該名水手用船底的繩索縛緊，然後把他拋進海裡，讓他在船的龍骨下被拖著走。

「不可以。他不在這兒。我想他正和約翰·歐斯朋在哪裡吃午餐。他們大概在田園俱樂部吧。」

「真是越來越不像話了。」她說。「如果之後他剛好邀你下來玩，你會來嗎？我是想看看你開那艘小船的技術有沒有比上回進步。我已經在比基尼胸罩上加好鎖頭了。」

他哈哈大笑。「我很樂意下去，即使是在那樣的前提下。」

「不過他也可能不會開口。」她點明。「我覺得那份捕抓海鷗的差事聽起來非常不妙，好像你們船上出了什麼亂子。」

「詳細的我們見面再說。」

「當然。」她答道。「我就聽聽你有什麼話好說。」

她掛上電話，然後立刻撥到俱樂部，剛好在彼德正準備離開時接通了。她開門見山地問：「彼德，你要不要請杜威特·陶爾斯下去你們家過週末？我可以邀他。」

他迂迴地答道：「如果珍妮佛被他傳染了麻疹，瑪麗會讓我吃不完兜著走。」

「我會告訴瑪麗是你傳染給珍妮佛的。你要不要請他來？」

「妳想邀就邀啊，但我不覺得他會答應。」

「他會的。」

她駕著那輛輕型馬車到弗茅斯車站接他，就跟上回一樣。他走出驗票口，看見她之後的第一句話是：「咦，那套從頭紅到腳的衣服呢？」

她穿卡其長褲、卡其襯衫，而這一身卡其裝扮讓她看起來實事求是、專業老練。「既然是和你見面，我就得好好考慮了。」她回答。「我可不想弄髒那套衣服。」

他朗聲大笑。「妳對我很有意見哦！」

「女孩子家還是小心點好。」她一本正經地說。「不過穿了一身乾草樣，就不用太擔心了。」

他們往下走至栓上欄杆的馬匹和輕型馬車。「我想我們最好在見到瑪麗之前就把海鷗那件事給了結掉。」她說。「我的意思是，這應該不是能在大家面前攤開來講的事情吧。碼頭飯店如何？」

「我都好啊。」他說。他們坐上木材搬運車，驅車穿過無人街道抵達飯店。她將韁繩套上上回那輛廢棄車的保險桿，然後和他一起走進淑女吧間。

他為她點了一杯雙份白蘭地，也幫自己叫了威士忌。「好了，你說的海鷗究竟是怎麼一回事？」她詰問。「你最好全盤托出，杜威特，不管說出來會多麼有辱名聲。」

「這次蠍子號出海前，我去見了總理。」他告訴她。「是第一海軍人員帶我過去的。總理交代了一些大大小小的事，其中一項任務就是我們得儘量蒐集輻射汙染區的鳥類行為資料。」

「懂了。那你們有幫他找到什麼嗎？」

「什麼都沒有。」他悠悠地說。「鳥類、魚類，什麼都沒有，其他方面的收獲也是屈指可數。」

「你們沒有抓到半條魚？」

他看著她，露齒而笑。「如果有人能在下潛中的潛艦裡抓到魚，或是不用登上甲板就能抓到海鷗，我願聞其詳啊。可能需要某種特殊裝備吧。不要緊，天下無難事，只是總理到了最後的行動指示時間才提出這個要求，而我們半小時之後就要下水啟程了。」

「所以你們沒抓海鷗回來？」

「對。」

「所以總理很火大？」

「我不知道。我沒臉見他。」

「嗯，可想而知。」她喝了口酒，然後神色愈加嚴肅地說：「告訴我，那些地方的人是不是全死光了？」

他點點頭。「大概吧，不過除非我們派人穿好整套的防護裝備登陸調查，否則這事兒很難就這麼蓋棺論定。一回想這段航程，我就覺得當時應該派人進入某些點巡視的。不過那不屬於這次指派行動的內容，船上設備也不足。上岸的人回到船艙後，我們還得為他消毒。這會是個大問題。」

「『這次』？」她重覆他的話。「你們之後還要出海？」

他點點頭。「應該吧。目前是還沒接到這樣的命令，但直覺告訴我下一次，我們會被派去美國。」

她瞪大了雙眼。「去得了嗎？」

他點了點頭。「離這兒很遠，必須待在水下的時間也會很長，船員們會很操，但還是去得了啊。劍魚號就出過類似的任務，我想蠍子號也辦得到。」

他為她說明劍魚號的種種，包括他們先前航巡北大西洋的經過。「麻煩的是用潛望鏡觀察根本看不到多少東西。我們拿到劍魚號艦長寫的航巡報告了，而整體來說，他們掌握到的狀況真的十分有限，幾乎就是我們靜下心來仔細推敲後就能得知的那種資訊。妳只看得到濱水區，還是從大約二十呎的高度往下俯視的哦。妳當然看得出這個城市或港口有沒有被炸過，可是能看出來的大概也就這麼多了。我們的情況就是這樣。這一趟實在沒什麼收獲啊。我們只能停在水上用擴音喇叭呼叫個一時半刻，而要是沒人過來瞧瞧或出聲回應，我們就認為那個地方的人全都死了。」他頓了一下。「只能這麼認為。」

她點點頭。「之前有人說麥凱那兒也開始出狀況了。你覺得這是真的嗎？」

「應該沒錯。」他答道。「這狀況會持續且穩定地往南漫開，一如那些科學家先前的預測。」

「按現在這種速度來看的話，多久之後就會輪到我們這裡？」

「差不多九月的時候吧。也可能再早一點。」

她慌亂地站起身。「杜威特，再給我來一杯。」而當他端著酒來，她又說：「我想出去——去做點什麼——我要跳舞！」

「都聽妳的，親愛的。」

「我們可不能一味地呆坐在這裡，連聲抱怨著就要臨頭的大禍！」

「妳說得對。」他說。「但妳想做的，不就是妳現在就會做的那些事嗎？」

「別耍小聰明。」她不耐地說。「我就是忍無可忍。」

「好、好。」他不慍不火地回答。「妳喝完這杯之後，我們就上山去找彼德他們，然後出發駕帆船。」

當他們到達荷姆斯夫婦的一樓公寓，彼德和瑪麗已為傍晚策劃了到海灘野餐的行程。比起舉辦派對，這活動能以較低開銷讓人更舒爽地置身於炎夏的高溫之中，而且在瑪麗稍嫌混亂的思維裡，早認定越能讓這兩個男人遠離公寓，小寶寶被傳染麻疹的機會就越低。當天下午，莫依拉和杜威特匆匆吃過午飯，便直接到帆船俱樂部為船裝上帆具下水參賽。彼德和瑪麗約莫兩三點才騎著腳踏車，車尾鉤著坐了珍妮佛的小拖車上俱樂部。

這回參賽，他們跑得順利多了。起先他們的帆船撞上了浮標，繞行第二圈航道時則因為想壓制對手而展開迎風爭奪戰，最後雙方還因為不諳賽規而起了小小的衝突——這種狀況在這間俱樂部裡並不罕見，不過很少有人會提出抗議。比賽結束，他們得了第六名，不僅縮短上回全程所花的時間，在名次上更是一大躍進。他們乘著帆船往海邊漂，然後將船就近停上沙壩，再涉水走上海灘與彼德和瑪麗一起喝喝茶、吃吃小蛋糕。

他們浸著晚霞的輝光，一派悠閒。穿著泳裝的他們拆卸船上索具、收攏帆面，再把船拖上海灘的乾沙地停好。夕陽正緩緩沒入地平線。他們換回原本的輕裝，拿出了野餐籃裡的飲料走到防波堤尾端看日落，彼德和瑪麗則留在原處忙著準備晚餐。

她和他並肩坐在防波堤的木條上欣賞平靜海面映出的玫瑰色波光，感受斜陽下的溫暖幸福和飲品的撫慰，然後開口：「杜威特，跟我說說劍魚號那段航程吧。你之前提到他們去了美國？」

「沒錯。」稍稍停頓之後，他繼續說：「劍魚號沿著美東的濱海區走，哪邊有路哪邊去，但能走的也只是一些小港口和海港罷了：德拉瓦灣、哈德遜河，當然還有新倫敦。為了一探紐約市，他們可是冒了極大的風險。」

她不解。「那麼做很危險嗎？」

他點點頭。「地雷區——我們自己埋下的地雷。東部沿海地區的主要港口和河口都有好幾塊地雷區捍衛著。至少我們是這麼認知的。西部的沿海地區也是。」他思考片刻。「那些地雷理當都是戰前布下的，但不管是戰前布下、戰後布下，還是地雷區裡究竟有沒有埋地雷，我們一概不曉得。我們只知道那附近應該就是地雷區，而如果手邊沒有地雷區平面圖好掌握安全路線，就不該貿然進入。」

「你是說，船碰到地雷也會沉下去？」

「當然啊，肯定會沉。沒有示意圖的話，我們根本不敢靠近。」

「那他們駛進紐約前就拿到那張示意圖了？」

他搖搖頭。「他們手上拿的是八年前的平面圖，上頭還蓋了好幾個作廢章。這些地雷區示意圖算是國家機密，只會發給需要進港的船隻。他們那張平面圖早就過期了。他們一定想進去得不得了。劍魚號開始計算哪邊的地雷分布可能做了變動，並留下主要導航標找出安全的駛入航道。他們當時發覺地雷的配置應該不可能和手上那份示意圖所標示的相差太多，只有某一區塊例外。他們賭上自己的運氣開進紐約港，最後也逃過一劫。或許那裡根本沒有地雷。」

「他們進入港灣之後有蒐集到很多重要的資料嗎？」

他搖搖頭。「都是一些他們早就知道的事。用這種方法進行實地勘察，得到的結果似乎就是如此這般。不會有太多發現的。」

「那邊的人都死了嗎？」

「噢，親愛的，整個地形都走樣了，當地的輻射指數也是高得驚人。」

他們安靜下來，只是坐看落日西照，喝著飲料抽著菸。「你說他們還去了哪邊？」一陣子後，女孩開口問。「新倫敦？」

「沒錯。」他回答。

「那在哪兒？」

「在康乃迪克的東部。」他告訴她。「位於泰晤士河河口附近。」

「他們是冒著生命危險進去的嗎？」

他搖搖頭。「新倫敦是劍魚號的基地港。他們有那邊的地雷區示意圖——最新的版本。」他暫停一會兒。「新倫敦是美國海軍潛艦在東岸的主要基地。」他低聲地說。「我猜劍魚號大部分船員的家都在那邊，或是在整個基地區含括的範圍之內。就像我。」

「你家在那邊？」

他點點頭。

「那邊也和其他地方一樣嗎？」

「似乎是的。」他的語氣沉重。「報告裡沒有提到太多，只記錄了他們在當地測出的輻射讀數。他們都累壞了。這群人直接駛進基地，回到他們當初出發的港口。應該有些地方不對勁吧，就這麼回到那邊，但報告裡並沒有特別提到什麼。多數軍官和士兵的家一定就在附近。當然，他們什麼也不能做，只是在那邊待上一陣子，然後就駛出基地繼續他們的任務。艦長在報告裡寫到那些船員在船裡舉行了某種宗教儀式。他們一定很痛。」

在夕陽溫煦的玫瑰色餘暉下，這個世界還有美。「我懷疑他們真的有駛進新倫敦。」她論道。

「我也懷疑過，但只有一開始的時候。」他說。「是我就會經過一下，應該吧。雖然……嗯，不知道欸。但仔細想想，劍魚號就是得進新倫敦啊。這是他們唯一握有地雷區示意圖的港口。還有德拉瓦灣啦。他們只有這兩個地方能安然無恙地駛入。他們只能善用既知的地雷區資料。」

她點點頭。「你家在那邊？」

「不在新倫敦那一區。」他輕聲回答。「基地在河的對岸，在東邊。我家就在差不多十五哩外，從河口沿著海岸而上的地方。那是一個叫西秘斯蒂克的小鎮。」

她說：「你不想說的話就別說了。」

他瞧了她一眼。「不會不想說啊，跟一些人談談也無妨。我只是不想讓妳無聊。」他溫柔地笑了。「也不想開始放聲大哭。畢竟我已經看到他們的寶寶了。」

她雙頰微微漲紅。「那時候你讓我到你的臥艙換衣服——」她說。「我就看見你那些照片了。他們是你的家人？」

他點頭。「我老婆，和我們的兩個孩子。」他有點自負地說。「雪倫、在上小學的小杜威特，還有海倫。她秋天就要上小學了。她現在讀的幼稚園就在我們家附近的街上。」

她早知道對杜威特來說，他妻子和家人的形象鮮明而真實，顯然比那個遠在世界彼端，從戰爭開始之後便強扣在他身上的半衰期還更真實。慘遭蹂躪的北半球對他而言並不真實，她也覺得那太不真實。他還沒看過戰爭留下的殘相，而她也是。當他想著妻子想著家鄉，是不可能將想念的場景更換為他離開時以外的模樣的。他這人沒什麼想像力，不過也正是這種匱乏為身在澳洲而樂天知命的他形塑了一個堅硬之核。

她知道自己現在也非常容易踩到杜威特的「地雷」。她想對他寬厚一些，而且，總該說點什麼吧。她有點怯怯地問：「小杜威特長大之後想當什麼？」

「我希望他去念官校。」他說。「美國海軍官校，畢業後就當一名海軍，跟我一樣。這對男孩子來說是條不錯的出路啊——我也只知道這條出路就是了。至於他能不能加官晉爵，嗯，這就是另外一回事啦。他數學不太好，不過以後的事還很難說。他七月就滿十歲了。真想看著他進官校。他應該也想進官校。」

「他很喜歡海嗎？」她問。

他點點頭。「我們家就在海邊啊。他夏天大都跑去游泳，或是開著尾掛式馬達的小艇在水上玩。」他若有所思地頓了一下。「他們曬得好黑。」他說。「小朋友好像都是這樣哦？我有時候會想，明明曬的時間一樣長，但小朋友就是比我們這些大人容易曬黑。」

「這邊的孩子也曬很黑。」她說。「你還沒讓他開始玩帆船嗎？」

「還沒欸。」他回答。「我打算接下來出海回到家之後，就去幫他買艘帆船。」

他從原本坐著的橫木上起身，站著看了會兒落日的景致。

「我想就是九月吧。」他低聲說道。「在秘斯蒂克那邊，到了夏末的九月才開始駕帆是有點晚了。」

她沉默，不知道該說些什麼。

他轉身面向她。「妳大概會覺得我瘋了。」他沉重地說。「但這就是我看待這件事的方式，而且我似乎也無法用別的方式去想這件事。不過，我無論如何都不會因為看到寶寶而哭。」

她也站了起來，然後轉過身和他一起走下防波堤。

「我不覺得你瘋了。」她說。

他們靜靜走向海灘。

第四章

到了隔天，荷姆斯家的男女老小一概精神奕奕地起床，有別於上回陶爾斯指揮官南下拜訪後的週日晨況。這次沒有派對為他們的週六夜助興；他們度過了一個清醒的夜晚後便一一就寢。瑪麗在吃早餐時問這位訪客晚點要不要上教堂做禮拜，心想若能讓他離家遠一點，珍妮佛被他傳染麻疹的機率就小一點。

「方便的話——」他說。「我想去。」

「方便啊，怎麼不方便？」她說。「你想做什麼都可以。我們下午可能會帶些點心去俱樂部喝茶。或是你想來點別的活動？」

他搖搖頭。「我可以再游個泳，不過晚上就得回到船上了。或許吃完飯就走。」

「不待到明天早上再回去嗎？」

他搖搖頭。他知道她在擔心麻疹的事。「今晚就得回去了。」

他想減緩瑪麗的憂慮，於是用完早餐馬上離開屋內到外頭的院子抽菸。莫依拉幫忙洗好碗之後，走到屋外就看見他坐在躺椅上眺望著遠處的港灣，便也一起坐下。「你待會兒真的要去做禮拜？」她問。

「對啊。」他說。

「我可以一起去嗎？」

他轉過頭驚訝地看著她。「當然可以。妳常上教堂？」

她微微一笑。「除非太陽打西邊出來。」她承認道。「或許我應該多去教堂走走。說不定就不會喝這麼凶了。」

他思量著這前後的因果關係。「大概吧。」一會兒後，他無法論斷地說。「不曉得欸，好像也不能說得這麼斬釘截鐵。」

「你不會比較想自己一個人去？確定？」

「確定啊。」他答道。「有妳陪著也不錯。」

他們離家前往山下的教堂，彼德．荷姆斯則拉起橡膠水管，趁太陽轉烈之前澆澆花。不一會兒，他的妻子也到屋外來了。「莫依拉呢？」她問。

「跟艦長上教堂做禮拜了。」

「做禮拜？那個莫依拉？」

他咧嘴笑笑。「信不信由妳，那個莫依拉就是去做禮拜。」

她靜靜杵在原地。「希望他們能順順利利的。」半晌之後她說。

「怎麼會不順利？」他反問。「他是個老實人，和她相處久了，也會發現她本性其實不壞。他們或許還會結婚。」

她搖搖頭。「就是覺得什麼地方怪怪的。希望他們兩個能順順利利。」她又說了一遍。

「這種事輪不到我們操心吧。」他說。「最近怪怪的事實在太多了。」

她點點頭，接著便慢悠悠地整理起院子裡的植栽，他也繼續澆花。不久後，她又開口：「我在想哦，彼德，你覺得我們要不要撤走那兩棵樹啊？」

他走過來和她一起瞧著這兩棵樹。「我得問問房東。」他說。「幹嘛要把樹撤走？」

「我們可以種菜的地方太少了啦。」她回答。「現在店裡的蔬菜都超貴的。把那兩株撤走，再順便砍短這棵金合歡的話，我們就能在院子裡搭個菜園哦。你看，從這邊到這邊。」她比出菜園的範圍。「如果我們自己種菜吃，一個禮拜就能省下將近一塊英鎊的開銷。而且種菜很好玩啊。」

他上前研究了一番。「樹是砍得倒啦。」他說。「再把這些木頭劈一劈，我們就有不少木柴可燒了。不過那都還只是新柴，沒辦法這個冬天就燒來用。得先堆個一年。麻煩的是樹樁。要挖掉那些根部可是項大工程。」

「只有兩株嘛。」她說。「我也可以出點力。你出海的時候，我有事沒事就來挖一下。如果我們這個冬天拔走樹根，再翻翻土，我春天就可以播種，然後整個夏天我們都有蔬菜可吃。」她沉默了一會兒。「就種些豆類蔬菜吧。」她說。「還有魚刺瓜。我可以做魚刺瓜醬。」

「好主意。」他說，並上下打量著樹。「這兩株不算高大——」他說。「撤走之後，這邊比較適合種松樹吧。」

「我還想要——」她說。「一棵開花的尤加利樹，就種在……這裡。夏天的時候一定很美。」

「得等個五年花才會全數盛開哦。」他說。

「又沒關係。光是襯著蔚藍海面的尤加利樹就夠美了。我們從臥室的窗戶就可以看到這片美景。」

他稍停了一下，開始想像清朗日照下，高大的尤加利樹在一片湛藍海色中開滿緋紅鮮花的明媚之景。「看著開花的尤加利樹肯定是一大享受。」他說。「妳想種在哪兒？這裡？」

「再過來一點。這邊。」她說。「等到尤加利樹枝繁葉茂了，我們就砍了這株冬青，坐在樹下乘涼。就這裡。」她稍作停頓。「你這次出海的時候，我有去威爾森苗圃看過。」她說。「他們那兒有不少開了花的小尤加利樹，很漂亮哦，而且一株只賣十六便士。我們這個秋天就來種一株怎麼樣？」

「這種樹不太好種。」他說。「我覺得要種就一次種兩株，然後讓它們挨著長，這樣就算到時候死了一株，至少還有一株種活。過了一兩年，我們再把其中一株拔起來。」

「但問題是，只有一株的話就種不起來啦。」她說。

他們興高采烈地為這座院子做起十年的規劃，整個早晨也就在不知不覺間過去了。莫依拉和杜威特做完禮拜從教堂回來時，這對夫妻還在討論。夫妻倆把他們叫來，詢問他們對菜園的整體布局有何看法。隨後，彼德和瑪麗便雙雙進屋，一個去拿飲料，一個去準備午餐。

女孩瞄了瞄美國人。「有人瘋了。」她小聲說道。「是我有問題還是他們？」

「為什麼這麼說？」

「六個月之後，他們都不在這裡了啊。我不在了，你也不在了。他們明年根本不會需要什麼蔬菜。」

杜威特默默站在原地看著遠方的藍色海面，以及水岸之間那道長長的弧線。「那又怎樣？」頃刻之後，他總算開口。「或許他們不認為會發生那種事，也或許他們覺得可以帶著那些蔬菜離開，到某個地方之後就有東西可吃。我不知道。」他緩了一口氣。「總之，他們只不過喜歡為自己的院子做點規劃罷了，妳別跑去跟他們講什麼瘋不瘋的，壞了他們的興致。」

「我才不會。」說完後，她靜靜站了一會兒。「我們誰都無法真的相信那種事會發生——會在我們身上發生。」她說。「單就這點來看，我們每個人都瘋了。」

「妳這話說得對極了。」他說得斬釘截鐵。

飲料端來了，也為他們這段對話劃下休止。再過不久，午餐也上桌了。飯後，瑪麗這邊和莫依拉洗碗，那邊又想起屋內的男人都是傳染病患者，便連哄帶勸地把他們趕到院子裡。他們現在各自端著咖啡坐在躺椅上。彼德問他的艦長：「長官，關於我們接下來的任務，你有聽到什麼消息嗎？」

美國人側過身看了看他。「什麼都沒聽說。你呢？」

「不算有吧。只是那次和保安隊的人開會時聽到一點風聲，我才在想他們是不是有什麼動作了。」

「你聽到什麼？」

「幫我們加裝全新的定向無線電之類的。你知道這件事嗎？」

杜威特搖搖頭。「我們的無線電已經夠多了啊。」

「這種是用來測定方位的——精準的方位。或許是讓我們在潛望鏡深度的時候用的。蠍子號無法自行測定方位，對吧？」

「就船上現有的設備來說是不行。他們為什麼需要我們測定方位？」

「我不清楚。這件事並沒有排進議程，是那群智囊大佬裡的一個人說漏了嘴。」

「他們是要我們去追蹤什麼無線電訊號嗎？」

「我真的不知道啊，長官。之所以提到定向無線電，是因為他們問起能不能將輻射探測器移到艄部的潛望鏡，好將這東西裝在艉部那支潛望鏡上。約翰·歐斯朋認為可行性很高，但得先和你討論看看。」

「沒錯，是可以把輻射探測器移到艏部的潛望鏡上。我還以為他們打算兩支都裝。」

「應該不會，長官。我認為他們只想將這個小裝置安上艉部那支。」

美國人看著他香菸燃出的裊裊菸雲，然後說：「西雅圖。」

「怎麼了，長官？」

「西雅圖啊。之前西雅圖附近曾發送出無線電訊號。你知道他們現在還有沒有收到那些訊號嗎？」

彼德搖了搖頭。他感到驚訝不已。「我完全不曉得這件事。你是說那邊有人正在操作訊號發射器？」

艦長肩膀一聳。「有可能。如果真有其事，傳發那些訊號的人應該是個門外漢。對方有時候會傳來成組的訊號，而這些訊號裡有時候會出現一個清楚的單字，不過更多時候都是一團雜亂無章的符號，看起來就像哪個孩子跑到無線電基地台傳著玩的。」

「一直都有這些訊號嗎？」

杜威特搖搖頭。「我不這麼認為。訊號出現的時間並不規律，偶爾才傳來一次。我知道他們常常會監聽那組無線電頻率，至少聖誕節之前是這樣。後來我就沒聽說了。」

聯絡官說：「所以這就表示那邊一定還有人活著啊。」

「那只是其中一種可能。要發送無線電訊號，就得有電。換句話說，這人需要啟動某種馬達，某種大型的，足以驅動整座訊號範圍廣及全球的巨大無線電基地台的馬達。只是……我不知道。你或許覺得這人知道啟動和操作這座大型機體的方法——你或許料想對方是懂摩斯電碼的，但他也可能是參照手邊的書，才有辦法在一分鐘之內打出兩個字。」

「你認為我們接下來會去那裡？」

「是有可能啊，畢竟去年十月的時候，那裡就是他們想瞭解的地區之一。他們想知道美國境內所有基地台的狀況。」

「你們手邊有這種資料嗎？」

杜威特搖了搖頭。「我們只拿得出美國海軍無線電基地台的資料。我們對空軍和陸軍的無線電基地台所知甚少，也毫無一般民用電台的資訊。西岸那邊的電台才多，根本多不勝數。」

這天下午，除了陪小珍妮佛顧家的瑪麗之外，其他三人都閒散地晃下山到海邊游泳。莫依拉和這兩個男人躺在溫暖的沙灘，然後問：「杜威特，劍魚號現在在哪裡？他們會過來這邊嗎？」

「這我就不知道了。」他回答。「我得到的最新消息是他們正待在蒙特維多。」

「劍魚號可能會來啊，隨時都有可能。」彼德·荷姆斯說。「那艘船有這種續航力。」

美國人點點頭。「沒錯。或許他們哪天就會派劍魚號護送郵件或人員過來。外交官什麼的。」

「蒙特維多在什麼地方？」女孩問。「我應該要知道的，卻不曉得。」

杜威特說：「在烏拉圭，南美的東部。蒙特維多就在烏拉圭的最底端。」

「你上次不是說劍魚號在里約熱內盧？那地方不是在巴西嗎？」

他點點頭。「劍魚號結束了北大西洋的航程之後，的確是回到里約。他們當時以里約為基地，不過後來又往南進入烏拉圭。」

「是因為輻射？」

「嗯嗯。」

彼德說：「我不知道輻射塵究竟飄到里約了沒。或許那邊已經受到輻射汙染了。廣播什麼也沒報。那地方就在回歸線附近吧？」

「是啊。」杜威特說。「就像羅克漢普頓。」

女孩問：「羅克漢普頓也出現輻射塵了？」

「我沒聽說這件事。」彼德說。「今早無線電廣播說南羅德西亞的索爾茲伯里[註1]已經中了。我想輻射塵還在比較北邊的地區。」

「應該沒錯。」艦長說。「現在內陸地區也有了，整個情況或許會因此產生變化。我們剛討論的那些地方，除了索爾茲伯里之外都是沿海地區。」

「愛麗斯泉不就在回歸線附近嗎？」

「大概吧，我不太清楚，但愛麗斯泉也算內陸地區啊。」

註1　即辛巴威首都哈拉雷的舊稱。

女孩問：「輻射塵飄到沿海地區的速度會比到達內陸地區還快？」

杜威特搖搖頭。「我不知道。他們現在應該還沒找到可以支持或推翻這個說法的證據。」

彼德笑了。「等輻射塵飄到我們頭上，他們就會知道到底是怎麼一回事了。然後他們就能把這整件事蝕刻在玻璃上。」

女孩蹙著眉頭。「蝕刻在玻璃上？」

「妳之前都沒聽說嗎？」

她搖搖頭。

「是約翰．歐斯朋告訴我的。就昨天的事。」他說。「看來C.S.I.R.O.的人正忙著記錄歷史，記錄我們這陣子發生的一切。他們是用玻璃磚記錄的：先在一塊玻璃磚的平面上蝕刻文字，接著蓋上另一塊玻璃磚，再用某種方法熔接起來，那些文字就會被保存在整塊玻璃磚的中層。」

枕著雙肘的杜威特大感興趣，便轉頭一動。「我都不知道有這回事。他們打算怎麼處理那些玻璃磚？」

「會放在科修斯科山的山頂。」彼德答道。「那是澳洲第一高峰。假使這個世界恢復成適合居住的環境，總會有人去爬山吧？科修斯科山並非什麼崇山峻嶺，應該不難登頂。」

「是哦，原來如此！他們真的在進行這件事了，對吧？」

「約翰是這麼說的。他們已經在那邊用混凝土蓋了一座類似地窖的建物，就像金字塔的內部結構。」

女孩問：「但這段歷史含括的時間有多久？」

「不知道欸。我不認為會有多久。倒是他們也會撕下書頁，然後以厚玻璃片封住一張張的內頁。」

「可是就算之後誰來了——」女孩說。「也看不懂我們這些東西吧？登頂的可能是……動物啊。」

「我相信他們也為了這個問題而竭思苦想。首先，他們得解決閱讀上的問題，做法就是，比如說，先拿貓的照片，然後在旁邊寫下『貓』。約翰說他們及至目前所完成的大都屬於這一階段的工作。」他頓了一頓。「那應該會耗上不少工夫吧。」他接著說。「那群聰明人得暫時安分一點了。」

「放上貓的照片也不會有多大幫助吧。」莫依拉評道。「以後不會有貓了。誰也不會知道貓是什麼東西。」

「魚的照片可能實際一點。」杜威特說。「『魚』。不然……啊，海鷗的照片應該也不錯。」

「你再這麼一橫一撇寫下去，很快就會患上嚴重的筆畫障礙。」

女孩好奇地看向彼德。「他們都保存了什麼樣的書？製作鈷彈一百問？」

「天殺的。」他們都笑了。「我不知道他們會留下哪種類型的書。從《大英百科全書》著手應該是個不錯的選擇，但那分量太重了。我真的不曉得他們會如何取捨。約翰·歐斯朋可能知道——或是可以去打聽打聽。」

「我只是隨口問問。」她說。「反正那對你對我都沒差。」然後她擺起嘲諷的姿態，故作驚慌地注視著他。「他們不會保存新聞報導吧？我會崩潰的啊。」

「他們不會吧。」他答道。「那些人還沒那麼瘋啦。」

杜威特坐起身子。「可惜了這大好的溫暖海水。」他說。「我們該好好利用才是。」

莫依拉站了起來。「善用我們還擁有的一切。」她贊同地說。「我們還擁有的也不多了。」

彼德打了個呵欠。「你們兩個儘管下水游個夠，我要曬曬我還擁有的太陽。」

於是他們撇下躺在海灘上的彼德，一起走進海中。當他們施展泳技，她說：「你游起泳來倒是敏捷得很嘛。」

他停下，然後踩著水移向她身邊。「我年輕的時候常游，還代表我們官校跟西點軍校比賽過一次。」

她點點頭。「我就想你應該是箇中好手。現在還常游嗎？」

他搖搖頭。「是不會再參賽了。這就是一件不得不當機立斷然後作罷的事情啊，畢竟沒那個時間能好好游泳，也無法持續鍛鍊泳技了。」他笑著。「現在水溫應該比我小時候的冰冷吧。哦，我說的當然不是這裡的水。我是指秘斯蒂克。」

「你是在秘斯蒂克出生的？」她問。

他搖搖頭。「秘斯蒂克並不是我出生的城鎮。是一個叫威斯波特的地方，一樣在長島海灣。我爸是當地的醫生。他在第一次世界大戰時當過海軍醫官，戰後便到威斯波特開業行醫。」

「那是個靠海的地方嗎？」

他點點頭。「能游泳、能開船、能釣魚——我還小的時候，威斯波特就是這麼一個地方。」

「你幾歲了，杜威特？」

「三十三。妳呢？」

「沒禮貌！我二十四歲。」她稍稍停頓。「雪倫也是威斯波特人？」

「算是。」他說。「她爸在紐約市當律師，住在中央公園附近西八十四街的公寓裡。他們在威斯波特有間避暑別墅。」

「然後你們相遇了。」

他點點頭。「一見鍾情。」

「你一定很早婚。」

「畢業沒多久就結婚了。」他答道。「我當時二十二歲，是富蘭克林號上的海軍少尉。雪倫那年十九歲；她沒能念完大學。我們一年多之前就決定要結婚。我和她的父母都看出我們心意已決，於是雙方家長見了面，還願意資助我們一段期間。」他安靜了一會兒。「她爸真的很支持我們。」他低聲說道。「只要我們能設法賺到一點錢，生活就不成問題了，但他們認為這種日子對我們兩個都沒什麼好處，最後便同意我們結婚。」

「他們會發零用錢給你們。」

「是啊。我們靠他們的錢過了三、四年，後來有位姨婆過世，我也升遷了，生活才總算定了下來。」

他們游向防波堤尾，然後離開水中，在一片溫煦的陽光裡坐上片刻後，再走回海灘找彼德，和他一起坐著抽菸。過沒多久，他們各自換裝，換好後便拎著鞋子回到海灘集合，從容地曬腳、拍掉腳上已乾的沙子。杜威特穿起襪子。

女孩說：「這就是一個跑遍大江南北的人穿的襪子！」

指揮官瞧了瞧自己這雙襪子。「只有腳趾頭而已啊。」他說。「別人又看不到。」

「才不只腳趾頭。」她彎身一探，還抬起他的腳。「我剛明明看到另外一個。一個從腳跟破到腳底的大洞欸！」

「別人還是看不到啊。」他說。「把鞋子穿好就行了。」

「沒有人幫你補襪子嗎？」

「他們最近才資遣雪梨號上大半的船員。」他說。「是有人幫我整理床鋪，但他現在忙得不可開交，我也不好麻煩他幫我補破襪。反正我在那艘船上走來走去，襪子補好了也撐不久。有時候我也會自己補補襪子，不過通常就直接丟掉，拿別雙來穿。」

「你襯衫也掉一顆扣子了。」

「這個喔，別人同樣看不到啊。」他平心靜氣地說。「那是襯衫前排最下方的扣子。皮帶一繫就遮住了。」

「我看海軍的顏面都被你掃光了。」她評論。「我知道那位中將看到你穿著這身行頭走來走去的時候會說什麼。他會說蠍子號需要一名新艦長。」

「他不會看到啊。」他回答。「除非他命令我脫褲子。」

「算了，再講下去只是多費口舌。」她說。「你這種破爛襪子有幾雙？」

「不知道。我很久沒去翻櫥櫃的抽屜了。」

「把你那些破襪子都拿來給我，我可以帶回家幫你補好。」

他瞧了她一眼。「謝謝妳的好意，妳真體貼。但妳不需要做這種事啦。反正我也該買新襪子了。這些破襪子差不多都壽終正寢了。」

「你買得到新襪子？」她問。「爹地都買不到欸。他說襪子彷彿從市面上消失了，還有很多東西也是啊。他也買不到新手帕。」

彼德說：「對啊。我之前去挑襪子，就已經找不到我的尺寸了，只好買大了差不多兩吋的襪子回來穿。」

莫依拉順著話追問下去。「你最近還有去買襪子嗎？」

「呃——沒有欸。我上次買了一大堆。應該是去年冬天的時候。」

彼德又打了個呵欠。「就讓她幫你補補襪子好了，長官。新任務也快派下來了吧。」

「如果只能這麼辦——」杜威特說。「我就先謝過了。」他轉向女孩。「不過妳真的不用勉強哦。我可以自己補。」他露齒一笑。「妳知道，這種事還難不倒我。我手挺巧的。」

她嗤哼一聲。「你會補襪子，我大概就會開你那艘潛艦了吧。勸你還是把需要縫縫補補的東西全都打包好給我，包括你身上這件襯衫。那顆扣子還留著吧？」

「應該不見了。」

「小心一點嘛。扣子又不是掉下來讓你丟的。」

「如果妳繼續用這種態度跟我講話——」他不甘示弱地回嘴。「我真的會把需要縫補的東西都帶過來，用那些破爛活埋妳。」

「這下我們總算講到了重點。」她說。「我就在想，你應該不會老老實實把東西全都交來。你最好把那堆東西裝進一個——或是兩個行李箱裡，然後拿過來給我。」

「真的很多欸。」他說。

「我知道啊。如果真的做不來，我會塞一些給媽咪，然後她大概會分出去請街頭巷尾的婆婆媽媽幫忙。第一海軍人員跟我們住得蠻近的；媽咪或許會把你的破內褲交給哈特曼夫人補。」

他故作慌張地對她說：「哎呀，到時候蠍子號就真的需要一個新艦長了。」

她回答：「這對話怎麼又兜回原點了呢？總之，你把那些待人縫補的東西全都拿來給我，剩下的我來想辦法。我就不信無法讓你成為一個有頭有臉的海軍軍官。」

「好、好。」他說。「我要把東西送到哪裡？」

她考慮了一會兒。「你現在在休假吧？」

「也隨時可能收假。」他說。「他們准了我們超過十天的假期，但我的假不會這麼長。艦長不能跑太遠，或是應該要有這種自覺。」

「假如該名艦長沒這種自覺，他那艘船倒應該樂得輕鬆吧。」她說。「最好的辦法，就是你把東西帶到柏威克來，然後在那邊住個一兩晚。你會拉閹牛嗎？」

「從沒拉過。」他說。「可以試試啊。」

她打量著他。「我看你應該沒問題。你都能駕馭潛艦了，我家閹牛到了你手上應該不至於被操得多慘。爹地現在有匹叫做王子的拉貨馬，但我不認為他會讓你碰牠。他應該會讓你拉拉閹牛。」

「都好啊。」他順從地說。「我拉閹牛要做什麼？」

「鋪肥囉。」她說。「就糞便啦。閹牛身上加了挽具，可以拖著鏈耙在草地上走。你就跟在牠旁邊牽著籠頭帶牠走。我也會給你一根藤條，你可以用來拍拍牠。這是一項極其悠閒的消遣，有助於身心放鬆。」

「肯定是的。」他說。「但這要幹嘛？我意思是說，做這件事的目的是？」

「要養出好牧地啊。」她說。「如果我們就讓那些糞肥堆在原地，從那些土裡長出的草就會難聞得要死，動物根本不會去吃。然後整座牧地來年的品質就比你耙過之後差了一大截。爹地非常講究這個；那些動物排便後，他一定堅持把牧場裡每一吋地都耙好。我們以前都開牽引機耙地，現在就拉閹牛。」

「這麼做都是為了來年有片好牧地？」

「是。」她堅決地說。「好了，你什麼都不用說。好的牧場都是耙出來的，而爹地是個稱職的牧場主人。」

「我沒有要說什麼啊。他的牧場有多大？」

「差不多五百英畝。我們養安格斯肉牛和綿羊。」

「你們會剪羊毛來賣嗎？」

「會。」

「你們都什麼時候剪？」他問。「我沒看過人剪羊毛。」

「通常是十月。」她回答。「不過爹地覺得如果我們今年還是十月才開始剪，到時候恐怕會剪不完。他最近有說要提前到八月剪。」

「明智的選擇。」他嚴肅地說，並彎身穿上鞋子。「我已經很久沒有去牧場了。」他說。「要是妳願意擔待一下，我很樂意到府上叨擾個一兩天。我應該多少幫得上忙。」

「這你不用擔心。」她說。「爹地會讓你覺得自己大有所用的。牧場來了個男人，對他而言簡直有如天降神兵。」

他微微一笑。「所以妳真的要我把所有需要縫補的東西都帶過去？」

「如果你到時候只帶兩三雙破襪子來，還聲稱你的睡衣完好得很，我絕對饒不了你。再說，哈特曼夫人還等著幫你補內褲呢。她是還不曉得這件事啦，但她絕對會非常期待。」

「我就姑且信妳一次。」

當天傍晚，她駕著那輛艾伯輕型馬車送他到山下的車站。當他步下馬車，她說：「星期二下午柏威克車站。我就恭候大駕囉。可以的話，先打個電話告訴我車次的時間，不然我會清晨四點多就到車站瞎等。」

他點點頭。「我再打給妳。妳真的要我把破舊的衣物也一併帶來嗎？」

「如果你沒帶，我絕對饒不了你。」

「好、好。」他稍稍遲疑。「妳到家天都黑了吧？」他說。「小心一點。」

她對他笑了笑。「我不會有事的。星期二見。晚安，杜威特。」

「晚安。」他回話時，聲音有點粗啞。她駛離車站，而他站在原地，直到那輛輕型馬車拐進轉角、不見蹤影之後才離開。

當她駛進屋宅外圍的庭院，已是晚上十點了。她的父親聽到馬車駛來便走出屋子，在一片漆黑之中幫女兒卸馬具、拉車入棚。父女倆在幽微的燈照下小心停妥車子，罩上遮蓋布時，她說：「我邀杜威特・陶爾斯下來住個兩天。他星期二到。」

「到我們這兒？」他訝異地問。

「對。他們正在休假，之後又要出海遠航了。你不會介意吧？」

「當然不介意，只是不希望我們這兒把他給悶壞了。妳打算怎麼安排？」

「我和他說了，就是拉著閹牛耙耙牧場。他可以幫很多忙。」

「也可以跟我一起餵餵青貯飼料。」她的父親說。

「嗯，他應該辦得到。他都會開核潛艦了，不過鏟個青貯飼料而已，應該很快就能上手。」

他們進屋。稍晚的時候，他告訴這位做母親的他們即將有名訪客，而她露出意外但不失莊重的表情。「你覺得有戲嗎？」

「我不知道。」他說。「她一定很喜歡他。」

「從那個叫弗瑞斯特的孩子之後，她就沒邀過男人來家裡住了。那是戰前的事了吧。」

他點點頭。「我記得。我一直不怎麼喜歡他。真高興那段戀情已經結束了。」

「她看上的是他那輛奧斯汀希利啦。」做媽的說。「我不覺得她真心喜歡過他。」

「現在這位可是有艘潛艦吶。」做父親的在一旁敲邊鼓。「估計這回也是出於同樣原因。」

「他又沒辦法以每小時九十哩的速度開著潛艦載她上路兜風。」她停了一下，接著說：「可想而知，他現在是位鰥夫了。」

他點點頭。「大家都覺得這小伙子挺正派的。」

做媽的說：「真希望這事兒有個結果。我真想看到她定下來，高高興興地為人婦、為人母。」

「那她得加緊腳步，才來得及讓妳親眼見見。」做父親的說。

「對哦，我老是忘了。反正你懂我的意思。」

週二午後，他來找她，她和她的輕型馬車也正等著接他。他下火車後環顧四周，聞了聞清暖的鄉間空氣。「啊——」他說。「這邊的鄉間風景真美。妳家在哪個方向？」

她朝北一指。「就在那裡。離這邊大概三哩遠。」

「在那列山的頂峰？」

「沒那麼上面。」她說。「稍微往上走一段就到了。」

他將隨身攜帶的行李箱提上輕型馬車，然後推進座位下方的空間。「就這些？」她質問。

「沒錯。裡頭全是需要縫補的衣物。」

「看起來不多啊。你一定沒把需要縫補的東西都帶過來。」

「沒有了啦，全都在這了。不騙妳。」

「你最好別騙我。」他們蹬上馬車坐進駕駛座，然後駕馬駛向山村。才剛啟程，他就說：「那是山毛櫸！又有一棵！」

她滿是好奇地瞄了他一眼。「這附近都是山毛櫸啊。山上比較冷的關係吧。」

他看著這條林蔭道路，喜出望外。「是櫟樹欸。怎麼會長這麼高？這就是我這輩子看過最高的櫟樹也不一定。啊，那頭有幾棵槭樹！」他轉過身對她說：「嘿，這條路跟美國鄉鎮的道路簡直是一個模子刻出來的！」

「是嗎？」她問。「美國的鄉間道路就是這個樣子嗎？」

「沒錯，毫無疑問。」他說。「這些都是北半球的樹種欸。我跑過澳洲這麼多地方，看到的不是尤加利樹，就是金合歡。」

「你看到這些樹不會感傷嗎？」她問。

「不會啊，怎麼會？能再看到這些北半球的樹，我高興都來不及了。」

「牧場的裡裡外外都長了好多這種樹。」她說。他們經過山間聚落，穿過荒無人煙的柏油路，然後接上通往哈卡威的路段。沒多久後，道路便攀坡而上；馬兒緩下腳程開始踏行，身體也開始吃力地磨著馬軛。女孩說：「我們到了這邊都下車用走的。」

他和她一起下了馬車，牽著馬走上山。過慣了造船廠悶不通風和鋼皮船鬱熱難當的生活後，他覺得這林間的空氣既清新又涼爽。他將身上的外套脫下放進馬車，並解開襯衫領口的扣子。隨著他們爬坡登高，他們身後也逐漸展現山下一大片平野延伸至十哩外的菲利普港灣，那水壤交接的遼闊全景。他們繼續向前，路平了就坐上馬車，路陡了再下車步行，半小時就這麼過去。他們開始進入綿延起伏的丘陵地，也看見一處蔥翠僻靜的鄉間牧場；裡頭一圍圍保養良好的放牧草地之間穿插著矮林和許多樹木。他說：「妳能住在這麼美麗的鄉間真是太幸運了。」

她瞥了他一眼。「我們的確很喜歡這裡，不過這裡的生活也單調得可怕。」

他停下腳步，站在馬路中間欣賞周圍美不勝收的鄉野，放眼開闊無框的景致。「這兒說不定就是我見過最美的地方呢。」

「有那麼美嗎？」她問。「我是說，這裡有美國或英國那麼美？」

「肯定有。」他說。「英國我是不太清楚；大家都說英國有些地方簡直是人間仙境。美國也有不少山明水秀的美景，但我從沒看過和這裡一樣美的地方。不對，應該說這地方就是美，美得符合世上所有對美的標準。」

「很高興聽到你這麼說。」她回答。「我的意思是，我也覺得這個地方漂亮，但我又沒見過這個地方以外的世界。在這種情況下，人通常會覺得英國或美國的月亮一定比較圓吧。這裡在澳洲絕對稱得上美景，但那也不能代表什麼。」

他搖搖頭。「不，親愛的，完全不是這麼回事啊。妳儘管提出世上美麗的地方，這裡保證有那個水準。」

地勢已緩，他們便坐上馬車，女孩再驅馬轉入一扇大門，駛進一條松木夾道的寬大路面中間，通往一幢單層木造房屋的短車道。這屋子佔地廣大，外觀漆著白色，後方連著牲棚，前沿則搭了寬敞而傾斜的迴廊，部分還加裝玻璃頂罩。女孩駕著馬車經過房屋，停進牲棚外圍的院落。「不好意思，得讓你從後門進屋。」她說。「都是因為這母馬一接近馬廄就耐不住性子。」

牧場工人，也是牧場內唯一雇員的羅上前幫忙安置馬匹，她父親也走出來招呼接待。她為他們介紹杜威特，然後把馬和車子交給羅停放，與她父親和杜威特進屋找她母親。稍後，他們四人都坐在迴廊間，在溫暖夕陽中享用晚餐前的小杯烈酒。迴廊的前方是一片居高臨下的鄉村景致：綿亙的放牧草地和矮林，以及低於樹木的遠方平野盡收眼底。杜威特又一次論及這鄉間的美麗。

「是，我們這兒是挺不錯的。」戴維森太太說。「但終究比不上英國的景色。英國才美。」

美國人問：「妳是在英國出生的嗎？」

「我？不，我是土生土長的澳洲人。我祖父很早就過來澳洲，但他不是來這裡服刑的罪犯哦。後來他就搬到瑞福利納了。我還有一些親戚留在那邊。」她暫停一會兒。「英國是我的祖籍，不過我只回去過一次。」她說。「第二次世界大戰結束之後，我們在一九四八年到英國和歐洲大陸玩。我們當時都覺得英國真美，但現在那邊應該已經變了不少吧。」

不久之後，莫依拉和母親進屋準備茶點，杜威特和她父親兩人則繼續待在迴廊間。他說：「再幫你倒杯威士忌吧。」

「啊，好的。謝謝。再來一杯吧。」

他們坐在溫暖柔美的夕照下舒適而愜意地酌酒。一段時間後，牧場主人說：「莫依拉跟我們提過你這趟北上航巡的經歷。」

艦長點點頭。「我們的發現並不多。」

「她也這麼說。」

「從岸邊用潛望鏡觀測，能見的真的非常有限。」他告訴牧場主人。「那邊完全沒有被炸彈破壞過或其他殘敗的跡象，看起來就跟之前沒兩樣，只是已經沒有人住在裡頭了。」

「那邊的輻射指數很高吧？」

杜威特點點頭。「越往北走，當然，輻射汙染的情況就越嚴重。我們到達凱恩斯的時候，覺得如果有人留在當地，這人或許還能撐個幾天，但如果是達爾文港，他應該連幾天都撐不過。」

「你們是什麼時候抵達凱恩斯的？」

「大概兩個禮拜前。」

「那我想凱恩斯現在的輻射強度又更駭人了。」

「應該是的。我認為那邊的輻射量會隨著時間而持續增加，到了最後，當然，全世界都會曝露在強度一致的輻射環境裡。」

「大家到現在還在傳九月就會輪到我們。」

「這話挺有道理的啊。輻射塵會遍及全球，而且擴散得十分平均。目前看來，同一緯度上的每個地區差不多都在同一時間遭受了輻射汙染。」

「之前無線電廣播說羅克漢普頓也遭受汙染了。」

艦長點點頭。「我有聽說。愛麗斯泉也是。輻射塵正循著緯度非常平均地散落。」

這位主人笑了笑，只是笑得有點僵。「我們再苦惱也無濟於事。再來杯威士忌吧。」

「我不會為了這件事苦惱，至少現在不會。啊，謝謝。」

戴維森先生也替自己再斟上一小杯。「反正——」他說。「最後就是我們了。」

「似乎是的。」杜威特說。「如果輻射塵按目前的速度和方式繼續擴散，開普敦會比雪梨早一點點癱瘓，大致就是蒙特維多淪陷的時間。而到了那個時候，非洲和南美洲就空無一人了。墨爾本是全世界主要城市中最南的一個，所以我們幾乎是最後死去的那批。」他停下來思考了一會兒。「紐西蘭的大部分地區或許會比墨爾本晚一點點受到輻射汙染，當然，塔斯曼尼亞也是。晚個兩三週吧。不曉得現在南極洲有沒有人。如果有，那些人也許又能撐得更久一點。」

「墨爾本會是最後一個淪陷的大城市？」

「從目前的狀況來推算，是的。」

他們靜靜坐了一會兒。「你會怎麼做？」牧場主人開口問道。「你會開船離開這裡嗎？」

「我還沒決定好。」艦長緩緩地說。「或許這也由不得我決定。

我上頭還有位長官，蕭艦長。他現在人在布里斯本。我不認為他會有什麼動作，因為他的船已經跑不動了。他可能會下一些指示過來吧。我不知道。」

「如果你能全權處理，你會離開嗎？」

「我還沒決定好。」艦長重述。「我不知道這麼做到底有多大好處。我的船員每十人就有四個正和墨爾本的女孩愛得你儂我儂——有些甚至娶了當地的女孩。假設我決定把蠍子號開到荷伯特好了；我無法帶那些船員的女朋友或家眷一起走，她們也沒有別的管道能跟我們一起走，就算有，她們到了荷伯特也沒有落腳之處。要這些船員在人生最後幾天和自己的女人分開，對他們來說似乎是苛刻了點，除非到時候出現某些與海軍職務相關的不可抗因素。」他昂首一瞥，咧嘴一笑。「不過他們應該不會願意跟我一起走吧。大多數的人說不定還會跳船。」

「有可能哦。現在的他們應該只會把自己的女人擺第一。」

美國人點點頭。「很合理啊。所以說，何苦下達一道沒人會服從遵守的指令呢？」

「少了他們，你還能開船出海嗎？」

「哦，可以啊——短程的話沒問題。荷伯特不算遠，開個六七小時就到了。只要帶上十來位船員，甚至更少，我們就能啟程，只是無法下潛或長時間航行。人手不足，我們會忙不過來。如果蠍子號要去荷伯特，甚至紐西蘭的——比方說基督城吧，除非全員到齊，我們才有餘力發揮船的最高效能。」他暫停一會兒。「否則我們只是一批難民。」

他們又陷入沉默，對坐無語。「有件事一直讓我感到很訝異。」片刻之後，牧場主人說。「這段期間始終沒出現什麼逃難的人潮。幾乎沒人從北部的凱恩斯、湯斯維爾，或其他輻射汙染區逃來這兒避難啊。」

「是嗎？」艦長問。「因為他們在墨爾本也很難找到容身之處吧。或是其他地方。」

「他們是有開放一些避難場所，但準備的床位沒有我預料得多。」

「無線電廣播的關係吧，我猜。」杜威特說。「總理一直都蠻規律且持續地以無線電發表談話，澳洲廣播電台也相當忠實地報導各地的災情。專程從北部的家跋涉到南方這兒搭帳篷或直接睡在車上可不是什麼大享受，何況這些人往南避了一兩個月之後，還是得面臨同樣的情況。」

「或許吧。」牧場主人答道。「我聽說有人到這邊過了幾週露宿的生活之後就北上回昆士蘭去了，但我不覺得這就是事情的原委。他們之所以這麼做，應該是因為無法真的相信這種事會發生，而且就發生在他們自己身上。等到他們開始覺得身體不適，才會恍然大悟吧。而到了那時候，唉，在家發病至少也比較省事。只要一發病就好不了了，對嗎？」

「應該不至於。我認為發病之後，只要能離開輻射汙染的環境並且入院接受適當的治療，這種病是可以痊癒的。現在墨爾本幾間大醫院就收了不少從北部災區過來的病患。」

「這我倒沒聽說。」

「正常啊。他們不會在廣播裡發布這一類消息。畢竟，這麼做又有什麼用呢？那些人到了九月還是會再度罹病啊。」

「不錯的觀點。」牧場主人說。「那現在要不要再來一杯威士忌？」

「謝謝你，我還想再來一杯。」他自行起身倒酒。「你知道——」他說。「聽慣了這種事之後，我反而覺得這麼結束也好。我們終須一死，只是有人死得晚，有人死得早。而最叫人傷腦筋的，向來都是我們無法事先做好準備，因為沒人知道自己的死期。好了，現在我們都知道自己的死期，也曉得一切已是回天乏術。這樣還不錯吧？我是覺得挺不錯。能健健康康、好手好腳地過完八月底，然後——回老家。我寧可這麼死去，也不願到七十歲時病痛纏身，然後病懨懨地賴活到九十歲。」

「你是個正規的海軍軍官——」牧場主人說。「所以大概比我更能適應這種情況吧。」

「你會撤嗎？」艦長問。「當輻射塵逐漸逼近，你會撤離嗎？到塔斯曼尼亞？」

「我？離開這個地方？」牧場主人回答。「不會，我不會走。我到時候會待在這個迴廊、坐在這張椅子上，一酒在手，等著發病。不然就躺在床上等死。我不會離開這裡。」

「我想大部分接受了這種想法的人，也都是這麼打算的。」

他們坐在迴廊裡沐浴著夕照，直到莫依拉出來告訴他們茶點已經備好。「快喝完。」她說。「然後進來幫我們鋪餐巾紙——如果你還走得動。」

她的父親說：「不是這麼跟客人說話的吧。」

「爹地，你沒我瞭解我們這位客人。跟你說，他只要進了酒館，你就拖也拖不走了。什麼酒館都一樣。」

「我看進了酒館就賴著不走的人八成是妳。」他們進屋。

接下來的兩天，杜威特．陶爾斯過得寧靜而安適。他那一大箱需要縫補的衣物已被牧場的兩個女人拿走；她們稍加分類之後便開始縫針補線。他白天和戴維森先生在牧場裡幹活，從日出忙到日落。他學著為羊剪去臀部周圍羊毛的技巧，以及將青貯飼料鏟進推車，再把飼料鋪上放牧圈地的訣竅。他牽著閹牛在陽光普照的牧草地一連走上好幾個小時。這種生活與他先前受困於潛艦和母艦時大不相同，而這種改變對他的身心大有裨益。他每晚早早上床，香夢沉酣，起床時疲勞盡退，精神飽滿。

在杜威特拜訪牧場的最後一個早晨，莫依拉用完早餐就去找他，發現他正在洗衣房旁邊一間狹小的外室門口。這間外室現在被當作堆放行李箱、燙衣板、橡膠雨靴，以及各色廢舊雜貨的小倉庫，而他就站在敞開的門口抽著菸，看著門內雜七雜八的什物。她說：「我們每次大掃除之後，都會把清出的東西移到這個小房間裡，說是之後要拿去舊雜貨拍賣會場的。結果我們一次都沒把東西送過去。」

他輕輕一笑。「我們也有這麼一個小倉庫，不過裡頭沒堆得這麼滿。也許是因為我們在那邊還待得不夠久。」他興致勃勃地盯著那堆舊貨。「哈，那台小三輪車是誰的？」

「我的。」她說。

「妳騎那台三輪車跑來跑去的時候，個頭一定小不溜丟的。」

她瞥了腳踏車一眼。「那台三輪車現在看起來真的好小。應該是我四 五歲騎的吧。」

「那邊有支跳跳棒！」他伸手一探，抓出這支彈簧單高蹺。這件玩具已經鏽得厲害，經人一碰便嘎吱作響。「好多年沒看到跳跳棒了。有段時間大家都在瘋這個欸。我家鄉那邊的人。」

「跳跳棒有一陣子退了流行，之後又熱了起來。」她說。「現在這附近有很多孩子都人手一支。」

「這是妳幾歲玩的？」

她想了一想。「三輪車，然後滑板車，接下來就是這個，之後才是腳踏車。大概是我七歲的時候吧。」

他拿起跳跳棒若有所思地說：「七歲差不多啊，玩跳跳棒剛剛好。這邊的店家現在還會賣跳跳棒嗎？」

「應該有吧。孩子們都在玩啊。」

他放下跳跳棒。「我在美國已經好多年沒看到這種玩具了。如妳所說，跳跳棒又捲土重來啦。」他掃視整間外室。「那是誰的高蹺？」

「我兄弟的，後來由我接收。有一支被我摔斷了。」

「是妳哥哥，對吧？」

她點點頭。「大我兩歲——兩歲半。」

「他現在人在澳洲嗎？」

「沒有。他在英國。」

他點點頭。關乎這點，他多說也是無益。「這組高蹺還挺高的欸。」他說。「妳玩這組玩具的時候，年紀又更大了吧？」

她點點頭。「應該是我十歲、十一歲玩的。」

「還有滑雪板。」他目測滑雪板的長度。「是妳再大的時候玩的？」

「我大概十六歲才開始滑雪，不過後來就一直滑，剛好在戰爭開打之前把那組滑雪板滑壞。那個時候才開始用，我的滑雪板其實已經不太合腳了。另外一組是唐諾的。」

他環視這間堆滿舊貨雜物的小小房間。「啊——」他說。「那邊放了一組滑水板！」

她點點頭。「我們還會把滑水板拿出來玩——至少到戰前還會。」她稍作停頓。「我們本來每年夏天都會去巴望頭度假的。媽咪每次都會租同一間度假小屋……」她靜靜佇立著，任思緒騁至那間挨著臨海高爾夫球場的陽光小屋、那片溫暖的沙灘，以及她跟在汽艇後面疾速滑過一陣溫熱浪花時，與自己擦肩驟逝的沁涼風息。

「那邊有把木鍬。我很小的時候都用那把木鍬蓋沙堡……」

他對她微微一笑。「看著別人的玩具去想像別人當年的模樣還蠻有趣的。我就可以想像妳七歲時踩著那支跳跳棒蹦來蹦去的樣子。」

「然後動不動就大發脾氣。」她說。她站在門口，若有所思地往室內瞧了一陣子。「我從不讓媽咪把我任何一件玩具分送出去。」她低聲說。「我都說那些玩具是要留給我的小孩玩的。事到如今，什麼都不用留了。」

「我很遺憾。」他說。「不過，事情就是這樣。」他帶上門，也一併關上那扇門後堆了滿間的感傷與希望。「我應該今天下午就得回船上了；去看看我們的船沉進錨地了沒。妳知道幾點有火車嗎？」

「我不知道，不過我們可以打電話到車站問問。你不能再多待一天？」

「我很想，親愛的，但我最好回去看一看。我桌上一定堆了一疊需要處理的文件了。」

「我去問問火車時刻。你這個早上要做什麼？」

「我跟妳爸說我會耙完丘陵地上那片放牧場。」

「我得做些家務，大概一個鐘頭就能整理好，然後應該會直接出去找你，陪你走走。」

「好啊。妳家那頭閹牛做事非常勤奮，但和我說起話來總是有一搭沒一搭的。」

午餐後，她們將補好的衣物還給他。他為他們這數日以來的招待致上謝意，然後便收拾行囊，讓莫依拉駕車送往車站。這段期間，國家美術館正展出澳洲宗教繪畫作品；他們約在撤展之前一塊兒去看。他會再打給她。他坐上開往墨爾本的列車，踏上返回職務的旅途。

他約莫六點回到那艘航空母艦上。如他所料，他辦公桌上果真堆了一疊文件，其中還有一只加黏安全籤條的封口信封。他撕開信封，發現裡頭放了張行動草令，以及第一海軍人員隨信附上的私人便條。爵士要他致電敲定詳談草令內容的會面時間。

他迅速瀏覽了那張行動草令。上面寫的大抵就是他當初想的那些。他的船有足夠的能力去執行這項任務——假設美國西岸完全沒有埋下一枚地雷。而在他看來，這實在是個太大膽的假設。

他晚上撥了通電話給住給弗茅斯附近的彼德・荷姆斯。「那個——」他說。「我桌上放了一份行動草令，還有張第一海軍人員要我去見他的附信。我希望你明天可以回來船上讀讀這份草令，而且我覺得去找中將的時候，你最好也一道出席。」

「我明天早上就回船上。我會及早到。」聯絡官說。

「嗯，好。我真的很不想把你抓回來，你明明還在休假。不過我們有必要事先討論一下。」

「沒關係的，長官。我接下來在家也只是忙著砍樹而已。」

彼德隔天早上九點半抵達了航空母艦後，便與陶爾斯指揮官坐在他小小一方辦公艙裡讀著草令。「這或多或少符合你先前預想的任務內容，對嗎？」他問。

「或多或少吧。」艦長同意道。他轉向小桌子。「這是我們僅有的地雷區資料。這是他們要我們前往調查的基地台。他們已經將範圍縮小到西雅圖區了。嗯，這個應該難不倒我們。」他拿起桌上一張圖表。「這是胡安．德富卡海峽和普吉特海灣的地雷區示意圖。我們應該能平安通過布雷默頓海軍造船廠，珍珠港也沒有問題，只是他們沒要我們去那邊。巴拿馬海灣、聖地牙哥、舊金山——我們手上完全沒有這些地方的資料。」

彼德點點頭。「我們需要為中將說明一下。老實說，我覺得這些他都曉得。我知道他會鑾樂意聽聽我們對這項任務的看法。」

「荷蘭港。」艦長說。「我們對荷蘭港一無所知。」

「我們進入荷蘭港之後會遇上冰層嗎？」

「我覺得會。還有霧，又濃又重的霧。這個時節的荷蘭港很不好開，我們又派不了人上甲板巡察。我們在附近行駛的時候得非常小心。」

「真納悶他們為什麼要派蠍子號去那種地方。」

「我也不知道。或許他會給我們一個解釋。」

他倆就著圖表研究了一會兒。「你要怎麼走？」隨後，聯絡官問。

「先沿著南緯三十度在水上航行，經過紐西蘭上方、皮特肯群島下方之後，再由西經一百二十度下潛。我們就沿著這個經度北上，然後會從加州抵達美國，聖塔芭芭拉也在附近。從荷蘭港回來的時候也會用這種方式走。我會讓蠍子號順著西經一六五直驅向南，過夏威夷。我想抵達珍珠港之後，我們會偵察一下當地的情況，接著便下潛往南，直到接近友善群島或是友善群島再往南一點點的地方才浮出水面。」

「按這樣的走法，我們會下潛多久？」

艦長轉身，從桌上拾起一張紙。「我昨天晚上試算了下潛的時間。我想這次就不會和上回一樣在每個定點都停留好幾個小時了。我規劃的航程大約會走上兩百度，下潛里程一萬兩千哩。換算一下，差不多是趟長達六百小時的航程，也就是二十五天。加上定點勘察和一些耽擱的時間，一兩天吧。總括來說，我們約莫下潛二十七天。」

「待在水下的時間還挺長的。」

「劍魚號的下潛天數更長啊。他們潛了三十二天哦。重點就是從容一點，放輕鬆。」

聯絡官認真檢視著那張太平洋圖表，然後以手指按上夏威夷南方的群礁諸島。「輕鬆不了多少吧，我們得以下潛的狀態在這些玩意兒周圍行駛哦。而且這又是整趟航程的終點。」

「我知道。」他瞧了瞧圖表。「也許我們可以離開那個緯度稍微往西靠，然後由斐濟北端南下。」他暫停一會兒，然後說：「比起回程的終點，我更擔心回程一開始的荷蘭港那關該怎麼過。」

他們搭配行動草令研究各張圖表，就這麼站了半個鐘頭。最後，澳洲軍官說：「好吧，總之這會是一趟了不起的航程。」他咧嘴笑笑。「能拿出來跟後代子孫吹捧的航程。」

艦長迅速瞥了他一眼，然後破顏微笑。「你說得非常正確。」

聯絡官繼續待在辦公艙裡，等著艦長致電正在海軍部的中將祕書。他們敲定隔天早上十點會面。彼德．荷姆斯已經完成今早回艦的任務，便和艦長約好隔天早上會見中將前，直接在祕書的辦公室碰頭。他搭了下一班火車回到位於弗茅斯的家。

午餐時刻未到，彼德就抵達弗茅斯車站，跨上腳踏車騎上那段爬坡。他到家時大汗淋漓，於是換下軍服後，先舒舒服服沖了個澡再吃冷餐。這個時候的瑪麗對小珍妮佛四處亂爬的非凡行動力感到相當頭痛。「我讓她待在客廳——」她告訴他。「放她一個人在壁爐前的地毯上就進廚房削馬鈴薯。後來我只知道她爬到了門廊邊，就是廚房外面的門廊邊。這個小惡魔。她現在腳程好快，到處爬來爬去的。」

他們坐下來吃午餐。「我們得買個嬰兒護欄之類的東西把她圍起來。」他說。「木製的，可以折疊收起的那種。」

她點點頭。「我也有想到這個。可以選旁邊有幾排珠珠的那種，像算盤那種啊。」

「我想現在應該還買得到嬰兒護欄。」他說。「我們認識的人裡面，有誰生過小孩，之後也不打算再生了？他們既然不需要嬰兒護欄，說不定可以給我們？」

她搖搖頭。「我不知道欸。我們的朋友好像都是一胎接著一胎生。」

「那我再上街繞繞，看看店裡有賣哪種嬰兒護欄。」他說。

她一直到他們差不多吃完午餐才放下小寶寶的事。然後她問：「對了，彼德，陶爾斯指揮官怎麼了？」

「他接到行動草令了。」他告訴她。「別講出去哦，這應該屬於國家安全機密。他們要我們出海駛進太平洋。這整段航程會相當長，巴拿馬、聖地牙哥、舊金山、西雅圖、荷蘭港，然後回家。我們回程可能會取道夏威夷。不過目前這一切都還沒有定論。」

她信不過自己的地理知識。「你們這次真的會跑很遠吧，對不對？」

「是真的挺遠的。」他說。「我不認為我們每個地方都會跑。杜威特非常反對讓蠍子號駛進巴拿馬海灣，因為他無法掌握當地地雷區分布的情況。如果我們不去巴拿馬，就可以少跑好幾千哩，但這整段航程還是很長。」

「你們會去多久？」她問。

「我還沒算出準確的天數。大概兩個月吧。看哦——」他解釋著。「比方我們現在要到聖地牙哥。我們不會取兩點間的直線路徑。他想儘量縮減蠍子號下潛的天數，而這就表示我們得繞到東邊輻射汙染較不嚴重的安全緯度區域，才能持續在水上行駛，直到跑完三分之二的南太平洋再下潛，朝北開到加州為止。這種走法彎彎拐拐的，但可以減少我們下潛的時間。」

「那你們會潛幾天，彼德？」

「他估計是二十七天。」

「那不是很久嗎？」

「蠻久的啊，但也沒久到算得上一筆紀錄——連邊都沾不上。不過我們真的會有很長一段時間無法呼吸到新鮮空氣。接近一個月了。」

「你們什麼時候出發啊？」

「嗯，我也不曉得。他們原本打算派我們下個月中出海，不過現在船上殺出個麻疹來，就得等大家都沒事了才能出發。」

「還有其他船員長了麻疹嗎？」

「就一個——前天發現的。醫官似乎認為麻疹的傳染應該會到此為止，而如果事情就是他說的那樣，或許這個月底全部的船員都能恢復健康，蠍子號也就可以出海執行任務。不然的話——再出現一位麻疹病患的話——我們就得等到三月才會出海。」

「意思就是說，你應該六月會回來？」

「應該是。不管怎麼樣，我們都會在三月十號之前解決麻疹的問題。這就表示我們會在六月十號之前回到這裡。」

一提到痲疹，她又焦慮了起來。「真希望珍妮佛不會被傳染到。」

他們整個下午都待在自家的院子裡。彼德開始砍樹了。那棵樹的樹圍不算太寬，他沒兩三下便鋸開了一半，再綁上繩索將樹幹往草地一拉，免得樹倒下時壓毀了房子。到了下午茶時間，他已經削掉樹上的枝條，還將那些枝條堆整收好以供冬日燒用。他也開始將那株新嫩的樹幹鋸成一截截的短木，動作十分俐落。午睡剛醒的瑪麗抱著他們的孩子走到院子。她先在草坪上鋪了張小地毯，再放下嬰兒，讓她在地毯上爬。接著瑪麗進屋拿盛了茶具茶包的托盤，而等她回到院子，嬰兒已離地毯十呎，還抓著一小塊樹皮打算要吃。她責備自己的丈夫，並叮囑他在她進屋拿熱水壺時好好看顧他自己的寶寶。

「這樣下去不行。」她說。「我們真的得買一組那種嬰兒護欄了。」

他點點頭。「我明天早上會北上進城。」他說。「我們要去海軍部報到，不過會面結束之後應該就沒我的事了。我會去邁爾斯那間店瞧瞧他們還有沒有賣嬰兒護欄。」

「希望他們有賣。如果我們買不到護欄，我還真不知道該拿她怎麼辦。」

「我們可以打個木樁，然後牽條帶子綁住她的腰啊。」

「怎麼可以！彼德！」她憤氣填膺地斥喝。「她會把那條帶子拉到脖子上勒死自己的！」

他好聲好氣地安撫她。他已經習慣被她當成一個沒心沒肝的冷酷父親了。接下來的一小時，他們在溫煦的陽光下陪孩子玩，任她在草坪上爬個夠。後來瑪麗帶小珍妮佛進屋洗澡，再餵她吃點東西，他則留在戶外繼續鋸木頭。

他隔天早晨到海軍部與艦長碰頭，兩人隨後便依指示進入了第一海軍人員的辦公室。辦公室裡還坐著一位作戰處的上校。中將友善地招呼他們，請他們入座。「好啦——」他說。「你們都看過我們送去的行動草令了吧？」

「我非常仔細地研究過了，長官。」艦長回答。

「有什麼概略的想法嗎？」

「地雷區。」杜威特說。「我們幾乎可以篤定地說，草令上提及的部分任務點都有設置地雷區。」中將點點頭。「我們手上有珍珠港和西雅圖周邊地雷的詳細分布資料，但是其他任務點的地雷分布位置，我們完全不清楚。」

他們開始討論這道行動命令的局部細節。一會兒之後，中將往後靠向椅背。「嗯，這樣討論下來，我心裡也有個底了。這就是我的意圖。」他稍停一下。「我最好讓你們知道整件事的來龍去脈。

「總之，這只是他們一廂情願的想法。」他評論道。「所謂的他們，就是那群科學家裡一部分的人。這些人認為現在空氣中的輻射量有消散的趨勢——空氣中的輻射強度會降低，而且是銳減。他們所採的論點，籠統說來，算是北半球這個冬季的降水，包括雨雪，或許已經把空氣中的輻射給沖下來了。」美國人點點頭。「根據這派人的論點，空氣中的輻射因子會以我們意想不到的速度降落至地面或海面，如此一來，北半球的陸塊在好幾個世紀之內都無法住人，卻也大大削弱原本將轉移到我們這邊的輻射量。這樣的話，生命——人類的生命——或許得以在這裡，或至少在南極洲延續下去。喬根森教授強力主張這個論點。」

他稍作暫停。「這個嘛，以上只是那派論點的基本內容。多數的科學家都不予同意，並且認為喬根森太過樂觀了。由於多數人持反對意見，這道消息才沒有透過無線電向全國人民廣播，我們也免遭各界輿論的追訪套問。平白為大眾燃起一絲希望對誰都沒有好處啊，但那顯然是我們必須深究的事。」

「我明白了，長官。」杜威特說。「這的確事關重大。這真的是此番航行的主要目的嗎？」

中將點點頭。「對。如果喬根森的論點沒錯，你們由赤道北上之後就會發現整個空氣中的輻射含量會一度趨於穩定，然後開始下降。我可不是一時口快哦；有的時候，這種輻射指數降低的現象應該非常明顯才對。這就是我們要蠍子號儘量深入太平洋海域，遠至科迪亞克和荷蘭港的原因。要是事情真如喬根森所料，那些地方的輻射指數應該已經大大降低了，甚至可能趨近正常範圍。換句話說，你們到時候或許就能出艙上甲板觀察。」他停頓。「當然，岸上的陸地輻射指數依然會很高，不過海上可能會出現一些生命體。」

「請問長官，目前有任何實驗足以支持這項論點嗎？」

中將搖搖頭。「不多。幾天前，空軍那邊才遣了一架飛機出去探察。你們曉得這件事嗎？」

「沒聽說，長官。」

「嗯。他們派出一架滿油的維克多轟炸機從柏斯的正北方直直飛去，最遠到達東海，也就是位於上海南端，差不多北緯三十度的地方才不得不返回，但那些科學家還嫌航程不夠遠，雖說那已經是這架維克多能飛的最長距離了。他們並沒有因此得到決定性的證據。空氣輻射指數仍在攀高，只不過在維克多到達這段航程的最北端之前，攀升的速度比較緩慢罷了。」他笑了笑。「我知道那群智囊團還在為這件事吵個不停。可想而知，喬根森將此視為個人的勝利。他聲稱北緯五十或六十度的空氣輻射指數必定有所下降。」

「北緯六十度……」艦長說。「我們是可以深入阿拉斯加海灣，再往內逼近陸面。不過到時候，我們得處處提防的就是那些冰層了。」

他們繼續探討這次行動的各種技術細節，並決定加置成套的防護裝，以備潛艦駛進輻射指數沒那麼高的區域時能讓一兩名船員穿戴站上甲板。因此，他們也決議在船上其中一間逃生艙裡設置幾組消毒噴霧器。蠍子號的上層結構會放入一艘充氣式橡膠救生艇，艉部的潛望鏡上也會架好全新的定向天線。

最後，中將說：「好，甲板的問題我們這邊都安排妥當了。下一步應該就是我召開會議，請C.S.I.R.O.和其他相關人員到場討論。我會約他們下個禮拜開會。這段期間，指揮官，你不妨去找第三海軍人員或他的下屬軍官談談這幾項增補裝備的事宜。我希望你們下個月底之前就能出海。」

杜威特說：「時間上應該是可行的，長官。這些增補的工程並不繁重，我只擔心麻疹會拖慢我們的進度。」

中將簡慢地笑道：「全世界人類的存亡危在旦夕，我們卻被這區區麻疹困得無法前行！好吧，艦長，我相信你會盡力而為。」

杜威特和彼德走出第一海軍人員的辦公室後便分頭進行：杜威特前往第三海軍人員辦公處拜會，彼德則到約翰・歐斯朋位於艾伯特街的辦公室找他。他告訴科學家今早商談後的結果。「那個喬根森我可瞭得很。」歐斯朋先生不耐地說。「他是老傢伙放炮，虛張聲勢啦。我聽他在那邊癡心妄想。」

「你很不以為然嗎？那架轟炸機都發現緯度越高的地方，輻射指數上升的速度就越慢了。」

「我對這項發現沒有異議啊。這下搞不好會引發所謂的喬根森效應吧。說不定還已經出現了呢。但除了喬根森本人之外，沒有人會覺得這算什麼驚天動地的成就。」

彼德站了起來。「都交給那些智者去爭得面紅耳赤吧[註2]。」他嘲諷地引用這行詩文。「我得去幫我那未出嫁的大女兒買嬰兒護欄了。」

「你要去哪裡買？」

「邁爾斯。」

科學家從椅子上起身。「我跟你去。我有個東西放在伊麗莎白街，想讓你瞧瞧。」

他就是不告訴這位海軍軍官那到底是什麼東西。他倆一塊兒走進這座城鎮的機動車買賣街區裡空無一車的街心，然後拐進一條小路，折進由馬廄拆建而成的巷弄。約翰．歐斯朋掏出口袋裡的鑰匙打開一棟大樓的雙扇門，接著推門而入。

這裡曾是一家機動車經銷商的車庫。一輛輛沉寂的汽車順著牆面停成一排又一排，有些還沒掛上牌照。這些車全都披著一層塵土，輪胎疲軟地癱在地面。車庫中央停了一台賽車。賽車裡頭有單人座椅，外頭上了一層紅色的烤漆。這是台超低底盤又非常窄小的車，車的引擎蓋斜向前方快要貼地的散熱孔，輪胎都充飽了氣，車身也經人細心清洗與打磨過，還映著從門口穿入的光線閃閃發亮。它看起來快得有如電掣風馳。

「老天！」彼德說。「這什麼啊？」

「法拉利。」約翰．歐斯朋說。「唐尼薩提在戰爭爆發前一年的比賽用車。他就是靠這台法拉利拿下敘拉古大獎賽的冠軍啊。」

「那這台車怎麼會出現在這兒？」

註2　此為波斯天文學家、數學家兼詩人歐瑪爾．海亞姆（Omar Khayyám ,1048–1131）收錄於《魯拜集》（The Rubáiyát of Omar Khayyám）的詩文。

「強尼．鮑斯買下這台車，還把車運了出去。但後來戰爭就開打了，這車他一次都沒開上賽道過。」

「所以現在這台法拉利是誰的？」

「我的。」

「你的？」

科學家點點頭。「我這輩子始終對賽車著迷不已。我一直很想嘗試看看，只是沒那個錢。後來我聽說了這台法拉利的事。鮑斯在英國被捕；我去找他的遺孀，出價一百英鎊買下這台法拉利。她覺得我瘋了，但是能賣掉車子，她不亦樂乎啊。」

彼德繞著這台配備大型車輪的小車細細檢視。「我贊成她的說法。你買這台車到底想幹嘛？」

「我還不知道。我現在只知道這台或許是全世界跑得最快的車，而我就是車主。」

就連這位海軍軍官也看呆了。「我可以進去坐坐嗎？」

「請便。」

他彎身擠進塑膠擋風板後面的狹窄駕駛座。「這台車全力衝刺的話會怎麼樣？」

「我不太清楚欸，反正能飆到時速兩百哩。」

彼德握上方向盤，感受操控的手感。太棒了，這個單人駕駛座簡直有如他身體的一部分。「你開上路了沒？」

「還沒。」

他依依不捨地下了駕駛座。「這車要加什麼油？」

科學家咧嘴一笑。「它不吃油哦。」

「它不是汽油車？」

「這台法拉利是靠一種乙醚乙醇半摻的特殊燃料驅動的。一般車種就不適用了。這種特殊燃料我有八桶，就藏在我媽的後院裡。」他露齒笑著。「我可是搞定燃料之後才買車的。」

他掀開引擎蓋，和彼德花了點時間研究這組引擎。打從蠍子號結束首次的出海任務回來之後，約翰．歐斯朋就將所有的閒暇時間傾注於打磨和保養這台賽車上。他希望一兩天後就可以上路試車。「重點是——」他邊說邊愉快地笑著。「現在就不用擔心路上會有太多車子了。」

他們百般不願地離開法拉利，然後鎖上車庫的雙扇門，在無聲的巷內站了半刻。「要是我們在下個月底之前出海——」彼德說。「應該六月初就會回來。我在想瑪麗和孩子的事。你覺得我們回來之前，她們會沒事嗎？」

「你是指——輻射塵？」

海軍軍官點點頭。

科學家站著思考了一陣子。「這種事誰也說不準啊。」然後，他開口。「輻射塵擴散的速度可能會變快，也可能變慢。到目前為止，輻射塵一直以極其穩定的速度遍至全球，抵達南方的時間也差不多符合我們先前估算的時間。現在是在羅克漢普頓的南邊啊……按這個速度來看，這玩意兒六月初之前會飄到布里斯本的南部——就在那邊。呃，差不多是我們北邊八百哩的地方。不過，就如我說的，那速度可能會變快，也可能慢下來。我只能這麼告訴你。」

彼德咬著嘴唇。「我有點擔心。沒有人想讓家裡慌得雞飛狗跳的，不過沒差，如果瑪麗在我離開之前知道該怎麼應付這種狀況，我也能走得安心點。」

「你是真的可能有去無回啊。」約翰．歐斯朋說。「我們在這趟航程裡似乎會遇上不少天災——輻射不算哦。地雷區、冰層……各式各樣的災害。真不知道我們以下潛的狀態全速行駛，然後撞上冰山的時候會怎麼樣。」

「我知道。」彼德說。

科學家放聲大笑。「好啊，我們就祈禱不會發生這種事吧。我還想回來賽賽那台法拉利呢。」他朝門內的賽車點了點頭。

「我有點擔心。」彼德重覆說。他們轉向街道。「我得在出發之前想個解決的辦法。」

他倆一語不發地走進大街。約翰．歐斯朋得回辦公室了。「你跟我同一個方向？」

彼德搖搖頭。「我還得上街買珍妮佛的嬰兒護欄。瑪麗覺得我們千萬要買到那個東西，否則會害珍妮佛絞死她自己。」

他們轉往不同的方向，而科學家一邊走著，一邊慶幸自己還是個光棍。

彼德走進店裡詢問嬰兒護欄，問到第二間店就買到了。抱著一組折疊的嬰兒護欄穿過人群還真折騰；他抱著護欄奮身擠進路面電車，再提著護欄走進弗林德斯街車站。約莫下午四點時，他人和護欄一起抵達了弗茅斯。他先把東西留在寄物處，再牽著小拖車回來領貨。放妥之後，他跨上腳踏車緩緩騎往鎮上的商店街。他去了和他們家素有往來的藥房；他與這位藥房老闆相熟已久。彼德站在櫃檯前，告訴女店員他想找戈第先生。

藥劑師穿著白袍朝他走了過來。彼德問：「方便和你私底下談談嗎？」

「啊，當然沒問題，少校。」他領路進入批藥間。

彼德說：「我想請教一下輻射病的事。」藥劑師面無表情，態度平靜。「我要和那艘美軍潛艦蠍子號出海執勤，會有好一陣子都不在家。我們這次的航程挺遠的，最快也要到六月初才會回來。」藥劑師緩緩點了點頭。「這不是一趟說來就來、說走就走的航程。」海軍軍官說。「我們可能就這麼一去不回了。」

他們靜靜站了一會兒。「你在擔心荷姆斯太太和珍妮佛？」藥劑師問。

彼德點點頭。「我得在出發前確定荷姆斯太太瞭解整個狀況。」他暫停。「請明白告訴我輻射病的症狀。」

「會噁心。」藥劑師答道。「這是第一個症狀。然後是嘔吐、腹瀉。血便。所有的症狀都會越來越嚴重。輻射病患者的病情可能會出現些微的好轉，但那只是非常間歇性的，最後還是會精疲力竭而死。」他稍作停頓。「病毒感染或白血球病變也許就是染病末期導致死亡的真正原因。你想，患者體液中的鹽分流失了，所以造血組織也會遭到破壞。不管是哪個原因，都能致人於死。」

「有人說輻射病和霍亂很像。」

「是很像。」藥劑師說。「那些症狀的確和霍亂非常相似。」

「你這兒有應付的藥吧？」

「很遺憾，店裡的藥無法治癒輻射病。」

「我說的不是那種藥。可以結束一切的藥。」

「我們還不能發放這種藥物，少校。當輻射塵即將擴散到某個區域，無線電電台會在一週前發布詳盡的消息。在這之後，我們才能把東西發給前來索藥的民眾。」他暫停了一會兒。「這勢必會引發宗教界激烈的反彈。」他說。「我是覺得這種事見仁見智，自己決定就好。」

「我得確保我老婆明白這些狀況。」彼德說。「她得照顧寶寶……我又可能無法陪在她身邊。我必須在動身之前打理好這件事。」

「到了那個時候，我可以解釋給荷姆斯太太聽。」

「我想自己告訴她，否則她到時候鐵定會慌得手足無措。」

「是的，當然……」他杵了片刻，接著說：「來吧，我們去倉庫。」

他開啟一扇上了鎖的門，走進一間密室。房間裡的某個角落擱了只大貨箱，箱頂的蓋子已開了一道口。他扳開箱蓋，裡頭滿是紅色的盒子，共有兩種尺寸。

藥劑師兩種尺寸的紅盒子都取了一個，然後回到批藥間。他打開較小的盒子，內有一個裝了兩片白色藥錠的小玻璃瓶。他扭開瓶口一倒，謹慎收好藥錠後再投進兩片阿斯匹靈。他將小玻璃瓶裝回紅色盒子裡，然後蓋上盒蓋交給彼德。「願意服藥的人會領到這種紅色盒子。」他說。「你可以帶回去讓荷姆斯太太看看。瓶子裡的藥錠一顆就能致命，而且幾乎立即見效。另外一顆是多備的。我們到時候就會在櫃檯發放這種藥物。」

「太感謝了。」他說。「那小嬰兒該怎麼辦？」

藥劑師取出另一只紅盒子。「這是給嬰兒用的，小狗小貓之類的寵物也適用。」他說。「用藥的方法比較複雜一點。」他打開盒蓋，取走裡頭的小型注射器。「我這兒剛好有用過的注射器，就放進盒子讓你帶回去吧，喏。你按照盒子上的使用說明，用裡頭的皮下注射器把藥打進皮下就行了。她沒多久就會睡著。」

他將假藥放回盒內一併交給彼德。

海軍軍官滿心感激地收下這些藥盒。「謝謝你的關照。」他說。「時候到了，她就可以來櫃檯領藥對嗎？」

「是的。」

「需要付費嗎？」

「不用。」藥劑師說。「這些藥物有列進免費發放的藥單。」

第五章

彼德．荷姆斯當晚帶回家的三件禮物中，就屬那組嬰兒護欄最得人心。

那是套嶄新的淺綠色嬰兒遊戲用護欄，還有類似大算盤的欄面串著一顆顆漆色鮮豔的珠子。他先在草坪組裝好之後才進屋叫瑪麗到院子裡看。她站在這組嬰兒護欄前精研細究，還嚴格測試貨品是否夠牢固，不會因為小珍妮佛使勁一拉就倒在她身上。「這護欄可別掉漆才好。」她說。「你也知道她什麼東西都會抓來吸吸看。綠漆裡面有銅綠，很毒欸。」

「我問過店員了。」他說。「這組護欄用的不是油性顏料，是Duco的汽車噴漆。除非她口水含丙酮，才有辦法舔掉這層漆。」

「可是東西大多都會被她舔到掉漆啊……」她後退一瞧。「這顏色真可愛。」她說。「跟嬰兒房裡的窗簾好搭哦。」

「我當初在挑的時候也這麼覺得。」他說。「店裡還有藍色的，但我想妳會比較喜歡這個。」

「噢，我喜歡！」她環起他的脖子送上一吻。「這個禮物太棒了。你一定提著護欄戰戰兢兢地搭路面電車吧？真謝謝你。」

「還好啦。」他說，接著也親了她一下。「妳喜歡就太好了。」

她進屋抱孩子，再把孩子放進護欄裡。然後這對夫妻調了小杯烈酒，坐在草坪上邊抽菸喝酒，邊隔著護欄觀察裡頭的珍妮佛對這套新玩意兒有何反應。他們看見她伸出小小的手掌一把握住護欄上一根槓條。

「她應該不會因為有護欄可抓了，就能馬上站起來吧？」嬰兒的母親擔憂地說。「我是說，這樣下去的話，她會有很長一段時間都得依賴那些槓條學走路欸。如果小孩太早學步，以後會長出O形腿的。」

「不會吧。」彼德說。「我的意思是，大家小時候都用過嬰兒護欄啊。我也是，結果也沒長出O形腿。」

「我猜她如果真想站起來，就算不靠槓條，也會去抓別的東西吧。椅子之類的。」

瑪麗抱起小珍妮佛進屋幫她洗澡，準備哄她睡覺時，彼德便先把護欄拿進嬰兒房架好來，再到飯廳擺放稍後的晚餐餐具。接著他走到屋外，站在迴廊間撥弄口袋裡那兩只紅色盒子，思忖究竟該怎麼把剩下的兩份禮物交到妻子手上。

他隨即進屋灌下一杯威士忌。

那天晚上，他說出口了，就在他們該上床睡覺，而她正要把寶寶抱進臥房之前。他笨拙地說：「有件事情我想趁這次出海前跟妳商量一下。」

她抬起頭來。「什麼事？」

「就是關於大家最近患上的輻射病。有一兩件事應該要讓妳知道。」

她不耐煩地答道：「哦，那個喔。那是九月的事啊。我現在還不想談。」

「恐怕我們現在就得談談。」他說。

「有這個必要嗎？你大可等到時候差不多了再一次說個夠啊。等到我們確定輻射塵真的飄來了的時候。希瑞德太太那天才在講，她老公聽別人說那東西根本不會飄到我們這裡。好像說擴散的速度已經慢下來了還是怎樣。總之飄不到我們這邊啦。」

「我不知道希瑞德先生是聽誰說的，但我可以跟妳打包票，那些話沒一句是真的。輻射塵正往這邊飄來，這才是千真萬確的事，而且或許九月就會飄到我們頭上，也或許更早。」

她盯著他看。「你是說我們全都會得那種病？」

「對。」他說。「我們全都會得那種病。我們全都會死於那種病。

所以我才想先跟妳談談啊。」

「不能到時候再說嗎？等到我們真的確定會得那種病的時候？」

他搖搖頭。「我寧可現在就告訴妳。妳懂吧，事情發生的時候，我不見得會陪在妳身邊。輻射塵說不定會比我們預料的更快飄到這兒，就在我還在海上的時候。或是被公車——任何車——輾過去的時候。」

「現在又沒有公車。」她嘟噥著。「你說的應該是潛艦才對吧。」

「妳想怎麼說都行。」他說。「如果到時候我還在潛艦裡，想到妳至少比現在更瞭解狀況，也會安心得多。」

「好啦。」她不情不願地說，並點起一根菸。「說吧。請繼續。」

他理了理思緒。「人都免不了一死。」一會兒後，他終於開口。「很難說這就是我們最悲慘的死法，但總之我們會開始生病，然後開始想吐，然後就真的吐了。聽說會一直吐——吃什麼吐什麼。然後開始跑廁所。拉肚子。這種腹瀉的情況也會越來越嚴重。這種病情或許能暫時減緩，但之後仍然會繼續惡化。最後，我們都會變得虛弱不堪，虛弱到——就死了。」

她吐出一道長長的菸雲。「這過程有多長？」

「我沒問。我想是因人而異。可能就兩三天。如果這期間病況一度好轉，大概能活兩到三個禮拜吧，我猜。」

一時之間，他們都沉默了下來。「太慘了。」她最後說。「如果大家都同時染上這種病，誰也救不了誰吧？也找不了醫生，進不了醫院？」

「應該吧。我想這是一種從開始到最後都只能孤軍奮戰的病。」

「可是彼德，你會陪在我們身邊的，對不對？」

「我會的。」他安撫她。「我只是在說萬一我不在，妳就得一個人把事情處理好。」

「可是只有我一個人的話，還有誰能照顧珍妮佛？」

「珍妮佛的事我們暫且不談。」他說。「我等一下就會說到珍妮佛了。」他挨近她。「妳必須知道的是，親愛的，這種病是無法痊癒的，但我們不必死得這麼悽慘。我們可以趁病情劇烈惡化之前有個好死。」他拿出口袋中較小的紅色盒子。

她目不轉睛地盯著這只盒子。「那是什麼？」她竊竊地問。

他撥開紙盒盒口，取出裡頭的小玻璃瓶。「這只是樣品。」他說。「裡頭裝的不是真正的藥錠。這些是戈第給的；他讓我親自解釋給妳聽。妳只要吞服這瓶子裡的一顆藥就行了——配什麼吞都行。儘管選妳最愛的飲料一起服下吧。然後妳就躺好來，一切就結束了。」

「你是說，就、死了？」她的香菸在她雙指之間燃盡。

他點點頭。「在我們被折磨得不成人樣之前，這就是解脫的方法。」

「另一顆藥是幹嘛的？」她低聲問。

「是備用藥。」他回答。「我猜他們多備了一顆藥，以免有人不小心弄丟原本的那顆，或是吃了還想再吃。」

她只是坐著，悶不吭聲地凝視那只紅色盒子。

「到時候——」他說。「他們會用無線電告訴大家這件事。妳接下來就直接去戈第的藥房跟櫃檯的女店員領藥，然後回家吃藥就解決了。她會發給妳。她會發給每個決定服藥的人。」

她手一伸，夾在指間的菸蒂掉了。她接過他手中的紅盒子，讀著印在上頭的黑色說明文字。好一段時間之後，她說：「但是，彼德，無論我病得多嚴重，我都不行這麼做啊。我吞藥了誰來照顧珍妮佛？」

「我們全都會得病。」他說。「只要是生物都會。狗和貓和小寶寶——全世界的人。我會得病。妳會得病。當然，珍妮佛也會。」

她緊盯著他。「珍妮佛也會得這種……霍亂？」

「恐怕是的，親愛的。」他說。「我們全都會。」

她兩眼一垂。「太殘忍了。」她激動地說。「我自己是無所謂，可是，那實在……簡直是邪惡啊。」

他試圖安慰她。「對我們人類來說，這就是一切的終局。」他說。「我們會失去一直以來滿心期待的下半輩子，而珍妮佛會失去她所有的未來。但她不需要那麼難受地面對這個終局。在這個絕境裡，妳可以幫助她，讓她輕鬆好過。就看妳能不能提起勇氣了，但妳一直都很勇敢啊。這就是如果我不在妳身邊，妳要獨自完成的事。」

他掏出口袋裡另一組紅盒子為她說明施藥的程序，而她看著他，漸露強烈的敵意。「先讓我搞清楚一件事。」如今，她的聲音也明顯帶著怒氣。「你現在是打算告訴我要怎麼殺死珍妮佛嗎？」

他知道棘手的來了，但他非得正視不可。「沒錯。」他說。「必要的話，妳就是得動手。」

轉眼間，她勃然大怒。「我覺得你瘋了。」她吼著。「無論她病得多厲害，我都絕對不會幹出這種事。我會照顧她到最後的。你絕對、鐵定是瘋了。你的問題就是你根本不愛她嘛。你從沒愛過她呀。你老覺得她是個累贅嘛。告訴你，對我來說，她才不是什麼累贅。你才是。現在呢，好啦，終於走到你試著告訴我該怎麼殺死她這一步了吧。」她站起來，氣得臉色發白。「你膽敢再說一個字，我就殺了你！」

他從沒見過她氣成這樣。他也站了起來。「隨便妳吧。」他疲困地說。「妳不想用這些藥就別用。」

她暴怒地說：「這裡頭一定有鬼。你想說服我殺死珍妮佛，然後自殺，然後你就自由啦，可以跟哪個女人遠走高飛啦。」

他沒料到這場爭執會演變到如此不堪的地步。「媽的，別傻了好不好。」他厲聲說。「如果我在場，我就會自己動手了。如果我不在妳們身邊，如果妳得獨自面對這種狀況，那就表示我已經死了啊。妳可以好好想想，然後試著把這件事塞進妳遲鈍的腦袋嗎？我到時候已經死了。」

她瞪著他，怒不作聲。

「還有一件事，妳最好也想清楚。」他說。「珍妮佛或許會活得比妳久。」他舉起先給她看過的那只紅盒子。「妳大可把這玩意兒扔進垃圾桶。」他說。「妳大可死命地撐，能撐多久算多久。但是妳死了，珍妮佛可能還活著。她也許能活好幾天，就在妳倒在她身旁的地板上，再也沒有人向她伸出援手的時候一個人在嬰兒床裡泡著屎尿又哭又吐得滿身都是。最後，當然，她也會死。妳希望她這麼死掉嗎？就算妳希望，我也不希望啊。」他別過身去。「想想吧，然後拜託妳，別再那麼蠢了。」

她默然無聲地站著。他一度以為她就要昏倒，但他燒著滿腔的怒火，拒絕出手攙扶她。

「這一次，妳該拿出一點勇氣和魄力來面對現實了。」他說。

她轉身奔出房間，而他立刻聽見從臥室傳來的抽泣聲。他沒進臥室安慰她，只是調了杯威士忌蘇打逕自走到屋外的迴廊，坐在躺椅上望著遠方的大海。這些該死的女人，這些逃避現實，一味地感情用事，沉溺在自己幻夢之中的女人！如果她們願意正視一切，理當能扶持一個男人，理當能成為他極其龐大的助力。當她們死守著幻夢，就只是勒住他脖子的煩人重荷。

午夜時分，他在喝下當晚第三杯威士忌之後回到屋內，走進他們的臥室。她熄了燈躺在床上；他怕亮醒她，便摸黑褪去衣物。她背對著他側躺，他也背過身去，在威士忌的作用下入睡。他大概凌晨兩點醒了過來，聽見床邊的她抽抽噎噎地啜泣著。他伸出手哄她。

她轉向他，淚流不止。「噢彼德，對不起，我真是個大笨蛋。」

他們不再談論那兩只紅色紙盒的事，不過隔天早上，他把兩個盒子都放進浴室的藥櫃裡，就收在後頭沒那麼突兀，又不致隱蔽到她難以覺察的地方。他兩個盒子都貼上一張小紙條，提醒她盒內裝的是假藥，並交代她到時候該怎麼領到真正的藥盒。他還在兩張字條上留下一些愛的訊息。加了這些話語，他想，她至少會在他死後仔細讀過。

宜人的夏季天況一直持續到初秋的三月。蠍子號沒再掛上新的痲疹病號，這艘潛艦該增設的工程也在造船廠裝配工無他事可忙的作業下快速進展著。彼德．荷姆斯砍倒了第二棵樹，並將樹身劈成短柴堆好放乾，他們來年就有柴火可燒。他還掘起樹墩，做起搭建菜園的預備工作。

約翰・歐斯朋發動了法拉利的引擎，開著他的賽車上路。眼下政府並沒有頒布禁止民眾駕車的明令。大家都買不到汽油，因為據官方說法，這個國家已經不剩半滴汽油了；那些專為醫生和醫院儲備的油量也早已耗盡。不過，雖然極為罕見，偶爾還是有車子在馬路上跑。每個自小客車的車主早在物資開始缺乏時就儲了好幾桶汽油，或是放在車庫裡，或是藏入了別的所在，但若遇上某些迫在眉睫的緊急事態，國家就會徵用這些私人儲油。駕著法拉利的約翰・歐斯朋並沒有招來警察的關切，即使他在這次駕車初體驗中還沒抓穩催油加速的力道，就因腳滑了一下而誤踩油門，導致在市中心的柏克街以二檔猛衝時速八十五哩。警察並不會為了這點小事就大費周章地起訴他，除非他打算撞死人。

他沒有撞死人，自己倒被嚇得魂都飛了。有群熱愛賽車的人在南吉普士蘭一個叫圖拉丁的小鎮附近買下某個路段，打造並經營一間私人賽車場。那兒有一條長達三哩的寬闊柏油賽車道，純屬私用，不通往任何地方，因此也謝絕外車借道。整座賽道有一條長長的直線道路，亦有許多迂迴蜿蜒的大小彎道。這個賽車場仍會舉辦比賽，只是現在大家都缺乏交通工具，所以到場觀眾寥寥無幾。這群熱愛賽車之徒取得燃料的門路始終是他們一個嚴防謹守的大祕密——或許可算是許多大祕密，畢竟他們似乎各有各的私藏，一如將那八桶特殊的賽車燃料囤在母親後院裡的約翰．歐斯朋。

後來約翰．歐斯朋曾多次開著法拉利進入這座私人賽車場，一開始是為了練習，之後則是為了參賽——短程賽，好為他省點燃料。這台車在他人生中發揮了不錯的影響。一直以來，他的人生就是科學家的人生，鎮日關在辦公室或——幸運的話——實驗室裡建立理論的人生。而這種人生從不是充滿行動力的人生。他還過不慣孤注一擲、涉危履險的生活，他從沒體驗過這種生活。他被徵入蠍子號，肩負起艦上科學觀察的職務之後，的確曾因為終於能擺脫那日復一日的沉悶工作而感到愉快、興奮，但每當蠍子號潛入水中，他又覺得惶恐不安。在他們下潛北行的那個禮拜，他勉力自持，避免在工作時露出太過緊張的神色。而當他想到那即將成行的航巡任務還包括長約一個月的水下生活，他又開始緊張兮兮了。

但他的法拉利改變了這點。他一開車就覺得刺激萬分。起初，他還沒辦法駕馭這台賽車。當他駛上賽車場的直線路段，並一度飆到時速一百五十哩左右，又由於減速不足而無法安全地急轉過彎。起初，每個急轉過彎都像一場以命相搏的擲骰賭局。有兩次，他在打滑之後總算能在草地邊緣煞住。而這兩次，他都面無血色、錯愕不已，一邊顫抖，一邊為如此糟蹋這台車而深深自責。每場開上賽道的小比賽和熱身賽都叫他領悟到絕不可再犯的錯誤，都為他累積了險些命喪黃泉的體悟。

他的心頭縈繞著這些生死一瞬的驚險和刺激，蠍子號那日漸逼近的航巡任務也沒那麼可怕了。與開著法拉利賽車構成的威脅相比，搭乘潛艦出海一點都不危險。在他回到墨爾本，將人生的最後三個月全投入公路賽車之前，這份海上工作就是稍嫌無趣，但不得不完成的小小插曲，也是能夠浪擲時光，且彌足珍貴的一件差事。

他也經常苦苦追蹤更多的燃料供應源，就像那些賽車手。

大衛．哈特曼爵士依先前安排召開了他的會議。杜威特．陶爾斯以蠍子號艦長的身分與會，也帶上他的聯絡官。考慮到會上可能議及那座西雅圖無線電基地台的相關事宜，他還邀了艦上的無線電兼電信通訊官桑德史托姆上尉一同前往。C.S.I.R.O. 由董事和約翰．歐斯朋代表出席，第三海軍人員則偕同麾下一位軍官列席，再加上總理的祕書一員，與會人士全數到齊。

會議一開始，第一海軍人員便概述此番行動的難處。「我個人強烈希望——」他說。「同時，總理也這麼指示：蠍子號在這段航程裡不得曝露於過度危險的環境之中。首先，我們要的是蠍子號獲令出海後經科學觀察所得的結果。礙於潛艦低高度的無線電天線和保持長時間下潛的必要，我們無法隨時以無線電和船取得暢通的聯繫。單就這方面來講，蠍子號一定要平安回來，否則這趟行動毫無價值可言。此外，蠍子號也是目前我們手邊可遣出與南美、南非聯絡的唯一一艘長程艦。有了這幾項前提，我決定大幅更動上回和諸位開會規劃出來的航線。我要刪掉巴拿馬運河的勘察任務，聖地牙哥和舊金山也不用去了。這些都是基於地雷區的考量所做出的變動。陶爾斯指揮官，請為我們簡述你對本次任務點周遭的地雷區所持看法。」

杜威特向與會人士簡短報告自己針對地雷區進行的研究，並說明他們仍缺乏完整的地雷分布資料。「西雅圖可以去，我們也掌握了整片普吉特海灣的地雷區示意圖。」他說。「還有珍珠港的。我認為阿拉斯加海灣的冰川運動能降低當地地雷的危險性。不過，若要駛進那些高緯度地區，就得解決冰層的問題，而蠍子號並不是破冰船。但就我看來，我們還是可以慢慢摸索著走，審慎地避免船身受到非必要的損傷。如果我們真的無法順利進入北緯六十度區，這個嘛，我們也已克盡職責了。我認為蠍子號可以達成各位大部分的要求。」

他們轉而討論仍從西雅圖鄰近地區傳來的無線電訊號。C.S.I.R.O. 的董事菲力普．古鐸呈上他們自戰後開始監聽的信號摘要。「這些訊號大多不知所云。」他表示。「訊號出現的週期不定，冬季出現的次數又高於夏季。對方使用4.92 兆赫的頻率。」陶爾斯的無線電通訊官在眼前的紙上做了筆記。「我們這前後共監聽了一百六十九筆信號，其中三筆含有可辨識的電碼組，共達七組。有兩筆信號內含清楚的文字——英文字，一筆信號裡各有一個字。那七組都是無法破解的群組電碼。各位想看的話——就是這些，我都帶來了。至於那兩個英文字，一個是WATERS，一個是CONNECT。」

大衛．哈特曼爵士問：「你們一共花了多久時間監聽這些訊號？」

「約莫一百零六個鐘頭。」

「而這段期間傳來的訊號，就只有兩個字是清楚的？剩下的難道都是火星文？」

「是的。」

中將說：「我覺得文字不是重點。對方可能是誤打誤撞才傳出完整的文字。說到底，如果讓無數隻猴子玩起無數台打字機，也總有一隻能打出莎士比亞那種水準的劇本吧。我們調查的重點應該是：

這些訊號究竟是如何產生的？照目前的情況判斷，應該可以確定那邊還有電力，或許也就表示背後有實際的人為操作。聽起來像是無稽之談啊，但不是不可能。」

桑德史托姆上尉靠向他的艦長低聲講了幾句話。杜威特高聲說道：「桑德史托姆先生瞭解那個地區架設的無線電裝置。」

上尉謙和地說：「我不敢說自己對那些裝置有全面性的瞭解，只是我大概五年前到聖塔瑪麗亞島上過短期的海軍通訊課程，而當地使用的頻率裡，有一組就是4.92兆赫。」

中將問：「聖塔瑪麗亞島在哪裡？」

「報告長官，這個聖塔瑪麗亞島位於普吉特海灣，就在布雷默頓附近。美西的太平洋沿岸有好幾個聖塔瑪麗亞島，我們談論的這一座是美方在該區的主要海軍通訊學校。」

陶爾斯指揮官鋪平一張圖表，再將手指按上島的位置。「在這兒，長官。這個地方有一座通往美國本土的橋，落地處在這裡，曼徹斯特，就在蛤灣旁邊。」

中將問：「這個聖塔瑪麗亞島的基地台訊號範圍有多大？」

上尉答道：「我不太確定，不過我認為是全球。」

「那看起來像座能將訊號傳遍全球的無線電基地台嗎？天線的高度夠嗎？」

「夠，太夠了，長官。那些天線高到已在當地蔚為奇觀。我是認為這座基地台屬於美方常用的通訊系統之一，訊號範圍涵蓋了整個太平洋地區，但我不能斷定。我只有在通訊學校裡上過課。」

「你出海執勤時，都不曾在任何一艘船上直接和那座基地台聯絡過？」

「是的，長官。我們用別組頻率作業。」

他們花了點時間商討前往這座無線電基地台的技術層面。「如果聖塔瑪麗亞島才是那座基地台的廠址——」杜威特開口說道。「應該不難前往勘察。」他瞧瞧先前研究過的圖表，好進一步確認自己的看法無誤。「那邊水陸的距離是四十呎。」他說。「我們說不定還能停靠在碼頭邊。不管怎樣，我們現在也有橡膠救生艇了。如果當地的輻射強度還在人體可承受範圍之內，我們就可以派位軍官上岸觀察一陣子，當然，也會要求他著全套的防護裝。」

上尉說：「這樣的話，請容我自告奮勇。基地台附近的路我應該都很熟。」

這事兒就這麼敲定了。他們接下來議及所謂的喬根森效應，以及為了證實或反證喬根森效應所需要採集的科學觀測資料。

杜威特在會後和莫依拉．戴維森一起吃午飯。他們約好在城裡一間小館子碰頭，而他比她早到。她提著一只公事包朝他走來。

他打了招呼，還在午餐前請她喝一杯。她要白蘭地蘇打，他便為她點酒。「雙份？」他問。侍者站在一旁等著他吩咐。

「單份就好。」她回答。他未置可否，直接和侍者點頭示意。然後，他掃向她的公事包。「去逛街嗎？」

「逛街！」她不服氣地說。「我欸——這麼個良家婦女！」

「失禮、失禮。」他答道。「妳要去哪裡嗎？」

「沒有。」她邊說邊享受他投來的好奇。「給你三次機會猜猜裡面是什麼。」

「白蘭地。」他揣測道。

「不對。我都把白蘭地裝在肚子裡。」

他想了想。「切肉刀。妳要沿著畫框割下其中一幅宗教畫，然後把畫帶回家掛在廁所裡。」

「不對。還有一次機會。」

「妳織的東西。」

「我不織東西。我不做任何有益身心放鬆的事。你都認識我這麼久了，也該知道這點了吧。」

侍者端上酒飲。「好、好。」他說。「妳贏了。裡面是什麼？」

她打開公事包。包裡擱了記者專用筆記本、鉛筆，還有一本速記指南。

他看著這三樣物品。「哇——」他驚呼。「妳不是在學那個玩意兒吧？」

「有什麼好奇怪的？你不是勸我去學點東西嗎？之前的時候。」

關於自己之前在閒來無事的時候給了什麼建議，他只剩下一點朦朦朧朧的印象。「妳在上課？之類的？」

「每天早上啊。」她說。「我九點半就得到羅素街。九點半欸——我欸。不到七點就得起床！」

他咧嘴笑笑。「那還真叫人吃不消啊。妳為什麼要去上課？」

「有事可做啊。我受夠耙肥了。」
「這門課妳上多久了？」
「三天。我學得超快，已經可以把別人說的話記成又彎又歪的符號了。」
「那妳寫完之後能看出那些符號代表的意義嗎？」
「還沒啦。」她承認，然後喝了一口白蘭地蘇打。「那些是進階課程才會上到的東西。」
「妳現在也有學打字嗎？」
她點點頭。「還有簿記。全部都學。」
他瞧了她一眼，頗感驚訝。「想必妳結業之後就是位了不起的祕書了。」
「明年。」她說。「我明年就能找到一份好工作。」
「去上那門課的人多嗎？」他問。「妳是到學校上課，還是？」

她點點頭。「到那邊上課的人數比我想像得多。應該有正常人數的一半吧。那邊在戰爭剛結束的時候幾乎沒有幾個學生，大部分的教師也只好捲鋪蓋回家。現在學生漸漸多了，校方就得再把那些教師請回來。」

「上課的人比先前多了？」

「大多是青少年。」她告訴他。「我夾在他們裡面活像個老太婆。我猜他們的家人終於看不慣他們成天賴在家裡，才會叫他們出門找點事做吧。」她稍停一會兒。「大學的情況也是一樣。」她說。「現在來註冊的人是前幾個月的好幾倍。」

「我從沒想過事情會這麼發展。」他評論。

「一直待在家裡太無聊了。」她說。「他們到了工作坊就能遇到自己的朋友。」

他本想再請她喝一杯，但她婉拒了。他倆走進小館子吃午餐。

「你聽說約翰・歐斯朋和他那台車的事了沒？」

他哈哈大笑。「有啊有啊。他讓我看了。我敢說他一定讓每個去參觀那台車的人一飽眼福啦。那真是一部好車。」

「他真是一個不折不扣的瘋子。」她說。「他絕對會死在駕駛座上。」

他啜了口已放涼的清燉肉湯。「又怎麼樣呢？只要他別在我們這次出海之前害死自己就好。他可樂得呢。」

「你們準備什麼時候動身？」她問。

「依我看，一個禮拜之後吧。」

「這次的任務很危險嗎？」她低聲問。

他沒有立刻接話。「不危險啊。」他說。「怎麼會這麼想？」

「我昨天和瑪麗・荷姆斯通了電話。她似乎有點擔心彼德跟她說的事。」

「是關於這次的任務？」

「倒沒有這麼直接的關係。」她回答。「至少我不這麼覺得。從她的話聽來，彼德比較像在交代遺言，之類的。」

「那麼做一向是有益無害。」他說。「每個人，或是說，每個已婚男人都應該及早立好遺囑。」

兩道炙烤牛排上桌。「告訴我，這次的任務很危險嗎？」她又問了一遍。

他搖搖頭。「這趟航程是挺遠的。我們出海的時間將近兩個月，而且幾乎一半的時間都得待在水下。但這其實不比那些進入北方海域的任務危險多少。」他停頓一下。「要緩緩探進可能發生過核爆的海域，本來就是件困難重重的事。」他說。「尤其是在下潛的狀態下。妳根本不曉得接下來會撞上什麼。海床已經嚴重走樣了，蠍子號還可能會被某艘不知何時沉入海底的船給絆住。我們得小心翼翼地前進，隨時留心周遭的情況。不過還好啦，我覺得這次的任務並不危險。」

「你要平安回來，杜威特。」她輕聲說。

他露齒一笑。「沒問題，我們會平平安安回來的。這正是我們接獲的命令。中將要他的潛艦平安回來。」

她往椅背一靠，笑了出來。「你這人真是不可理喻。我才柔情密意感性了起來，你倒像戳氣球一樣把我的話給刺破。」

「我想我不是感性的料。」他說。「雪倫是這麼說的。」

「是嗎？」

「是啊。她很氣我這點呢。」

「這我倒不驚訝。」她說。「我向她致上莫大的同情。」

他們用完午餐後，便從餐館走到國家美術館參觀正在展出的宗教畫作。那些全都是油畫，絕大多數屬於現代派作品。他們繞著展館欣賞這四十幅畫作，女孩看得津津有味，海軍軍官看得滿臉疑惑、不明所以。他們兩人對其中幾幅用色偏綠的耶穌受難圖和一片粉紅的耶穌降生畫沒有太多異議，倒在觀看五六張以宗教觀點描繪戰爭的作品時提出了相左的意見。展出的首獎作品是幅基督在一大片慘遭毀滅的城市前，形容悲戚的油畫；他們駐足討論了一會兒。「我覺得這張挺有意思的。」她說。「唯獨這一次，我願意贊同那些最後的審判。」

他則回答：「我討厭這幅作品，討厭得要命。」

「這畫哪裡惹你討厭了？」

他直直瞪著畫作。「全部啊。這張畫未免太假了吧？熱核彈亂炸一通的，只有神智不清的飛行員才會把飛機壓這麼低。他會被活活燒死的。」

她說：「這張構圖很好，用色也不錯啊。」

「哦，當然。」他答道。「但主題就是假。」

「怎麼說？」

「如果這就是RCA大廈[註1]，那他把布魯克林大橋畫到紐澤西那個方向去了，還誤把帝國大廈放進了中央公園的中間。」

她看了看目錄介紹。「上面沒說這張畫的是紐約啊。」

「管他畫的是哪裡，這張就是假。」他回答。「不該是這個樣子的。」他停了一下。「太誇大了。」他轉過身，再厭惡地看向四周。

「我一點都不喜歡這幅作品。」他說。

「你沒從中看出什麼天使的宗教象徵嗎？」她問。她覺得很妙；她本料想這麼一個常上教堂做禮拜的人，理當會喜歡這麼一個宗教畫展。

註1　位於美國紐約市的曼哈頓區，1988年後更名為「通用電氣大樓」（GE Building）。

他挽起她的臂膀。「我不是什麼虔誠的教徒。」他說。「是我的問題，這些藝術家沒有錯。他們看事情的角度跟我太不一樣了。」

他們離開展館。「你喜歡看畫嗎？」她問。「還是你覺得那只是個無聊的消遣？」

「不無聊啊。」他說。「我喜歡色彩豐富的畫，不帶任何宣揚或訓示意味的畫。有個畫家，雷諾瓦，對嗎？」

她點點頭。「美術館收了一些雷諾瓦的畫作。你想看看嗎？」

他們找到這些法國藝術作品。某張畫中是條小河，側邊的河畔則接上樹影成蔭、綴著白色房屋和商家的街道；他立在這饒富法國風情也饒富色彩的作品前好一陣子。「這就是我喜歡的那種畫。」他說。「我願意花時間細細品味這種畫。」

他們悠悠晃過一間間館區，也閒聊也賞畫。然後，她該回家了。她的母親身體欠適，她也答應家人會早點回家幫他們準備下午茶。

他陪她乘坐路面電車到車站。

她在熙來攘往的車站入口處轉向他。「謝謝你請我吃午餐。」她說。「也謝謝你這個下午的陪伴。希望我們後來參觀的畫作能替之前的宗教畫扳回一點面子。」

他笑了出來。「有、有，扳回來了。我還想再去看看那類畫的其他作品。至於宗教畫嘛，我就敬謝不敏了。」

「你常上教堂欸。」她說。

「哎呀，那不一樣啦。」他回答。

她既無法與他爭辯這點，也不便在這擁擠的人潮裡和他拌嘴。她說：「你們出海前，我們還碰得到面嗎？」

「我白天應該都在忙。」他說。「也許我們可以約個晚上出來看電影，不過要看要快。他們一完成船上的工程，我們就會出發了，而現在的工程進度快得很。」

他們約了下星期二吃晚飯。她向他揮手道別，不久便消失在人群裡。他沒什麼得趕回造船廠處理的要務，再說附近店家一小時之後才會打烊。於是他離開車站回到街上，沿著人行道逛著商家的櫥窗。他過沒多久就看見一間運動用品店。稍稍遲疑後，他踏進店裡。

他走向釣魚區，告訴店員：「我要一組直柄式釣具，釣竿、捲線器、尼龍線都要。」

「沒問題，先生。」店員說。「是您要用的？」

美國人搖搖頭。「要送給一個十歲小男孩的禮物。」他說。「這是他第一支釣竿，所以我想要品質好一點，但是小小的、輕巧的釣竿。你們這兒有法柏格萊斯的竿子嗎？」

店員搖搖頭。「很抱歉，我們目前正好缺法柏格萊斯的竿子。」

他從架上取下一把釣竿。「這支鋼製的小型釣竿品質也很好。」

「這支耐得了海水嗎？容不容易生鏽？他住在靠海的地方，而且，你也知道，小朋友嘛。」

「這種釣竿還挺耐的。」店員說。「我們有不少海釣釣客都選用這種釣竿。」杜威特開始研究這支釣竿，並測試手感，店員則拿起捲線器讓他過目。「我們有這些海釣用的塑膠捲線器，或是您想瞧瞧不銹鋼的雙軸式捲線器？當然，那種捲線器的製作更為精良，所以價格也會貴上許多。」

杜威特檢視這幾組用具。「就雙軸式的吧。」

他選好釣線後，店員便將他挑定的三件商品捆成一件包裹。

「好了，送給小男孩的精美禮物。」他評論。

「可不是嘛。」杜威特說。「有了這組釣具，他就能高高興興釣魚了。」

他付了錢、拿了包裹，再走到店裡販售兒童腳踏車和滑板車的商品區。他問女店員：「有跳跳棒嗎？」

「跳跳棒？好像沒有欸。我去問問經理。」

經理朝他走來。「很抱歉，跳跳棒目前缺貨。已經好一陣子沒什麼人購買跳跳棒了，我們幾天前才賣掉最後一支。」

「你們會再進貨嗎？」

「我訂了一打，但不確定這批貨什麼時候會到。您也知道，大家現在都有點手忙腳亂的。您是打算買來送人？」

指揮官點點頭。「要送一個六歲的小女孩。」

「我們這兒有滑板車。對那個年紀的小女生來說，滑板車也是件不錯的禮物哦。」

他搖搖頭。「她已經有一台了。」

「我們這兒也有小朋友騎的腳踏車。」

太大太笨重——但他沒有說出口。「不了，我只想買跳跳棒。我到附近逛逛吧，如果沒找到跳跳棒，或許會再回來看看。」

「您不妨去麥克菲爾問問。」經理建議道。「他們可能還有一支。」

他走出這間運動用品店，然後踏進麥克菲爾詢問，但是店裡的跳跳棒也已售罄。他又跑了另一間，還是得到相同的結果。跳跳棒彷彿也從市面上消失了。他越找越是碰釘子，卻似乎也越篤定跳跳棒就是他心中所想，越堅持非買到跳跳棒不可。他晃進柯林斯大街找玩具店，不料該街區並非玩具用品販售區，而是較為高檔的精品商店街。

當這可逛街採買的一小時即將結束，他走到一間珠寶店的櫥窗前。這家店的珠寶素有品質保證；他站在外頭看著櫥窗內的商品。翡翠和鑽石應該最合適吧。翡翠與她那頭烏黑的秀髮十分相襯。

他走進珠寶店。「我想看看手鐲。」他對一位穿著黑色常禮服的年輕男子說。「翡翠手鐲……或是鑽石的也可以——還是翡翠的好了。這位女士膚色比較深，平常大多穿綠色的衣服。你們店裡有這類手鐲嗎？」

男子走向保險櫃，回來時捧著端放三只手鐲的黑色絨布墊盤。

「我們有這幾只，先生。」他說。「您想挑選哪種價位的手鐲呢？」

「我不知道欸。」指揮官說。「我想買個好手鐲。」

男店員揀起其中一只。「我們有這種貨色，四十基尼。或是這只，六十五基尼。這兩只都很漂亮吧，我覺得。」

「那個呢？多少錢？」

男子拾起鐲子。「這只手鐲比較昂貴，先生。您看，色澤相當美麗。」他檢視上頭的小小價標。「兩百二十五基尼。」

那手鐲在黑色絨布墊上顯得光彩奪目。杜威特拿起手鐲端詳一番。店員所言不虛，這只鐲子確實美得動人。她的首飾盒裡沒有這麼貴氣的珠寶。他知道她會喜歡這只手鐲的。

「這是英國還是澳洲的工？」他問。

男子搖搖頭。「道道地地的巴黎卡地亞手鐲。一位住在圖拉克的女士將她這只手鐲賣給我們。如您所見，這手鐲還挺新的。這種轉手的飾品一般都需要修換鉤環，但這只完全不勞我們費心處理。這只手鐲的狀況非常好。」

他已經能想見她配戴時那副歡欣的模樣了。「就買這個吧。」他說。「我得開支票付款。我明後天再過來取貨。」

他開立支票，也領了收據後，便轉過身準備離開店裡。然而他停下腳步，再次轉過身詢問男子：「有件事想請教一下。」他說。「你知不知道哪裡有賣跳跳棒？我想買回去送個小女孩。這附近現在好像都找不太到跳跳棒了。」

「我恐怕幫不上忙，先生。」男子答道。「您大概只能親自跑跑玩具店，一家一家問了。」

店家紛紛打烊；入夜後，他也無暇繼續打聽。他提著包裹回到威廉斯鎮，並在抵達航空母艦後直接往下走進潛艦，將包裹靠著自己臥鋪後面較不顯眼的地方放妥。他兩天後領回了那只手鐲，然後也拿著這件禮物直接回到潛艦，鎖進他存放機密文冊的鋼鐵櫃。

這一天，有位海克特．法萊瑟太太帶著一組破損的銀製牛奶調味壺到那家珠寶店請人用銀焊接提把。她下午走在街上時，巧遇了莫依拉．戴維森這位她看著長大的女孩。她停下來關心她母親是否安好，並說：「親愛的，妳認識陶爾斯指揮官吧？就那個美國人？」

女孩回答：「認識啊，我跟他很熟。他前幾天才到我們那兒度週末。」

「他是不是瘋啦？還是全世界的美國人都瘋了？我不知道。」

女孩微微一笑。「要論瘋，如今所有人都一般瘋吧。他幹了什麼好事？」

「他跑到席蒙斯那間店裡找跳跳棒欸。」

莫依拉猛然一驚。「跳跳棒？」

「老天爺，竟然跑到席蒙斯找跳跳棒，人家又不是玩具店！聽說他走進店裡，付了一大筆錢買下他們最漂亮的手鐲。該不會是要買來送妳的吧，親愛的？」

「我沒聽他提過這件事。這好不像他會做的事。」

「哎呀呀，男人哦，女人是摸不透的。說不定他哪天就忽然把手鐲遞到妳面前，給妳個驚喜。」

「那個跳跳棒又是怎麼一回事？」

「哦，他買了那只手鐲之後，就問湯普森先生——是金髮的那位湯普森吶，他真是個好青年——問他曉不曉得哪邊買得到跳跳棒。他說想買一支回去送個小女孩。」

「這有什麼好奇怪的？」戴維森小姐低聲問道。「如果那個小女孩正值玩跳跳棒的年紀，這份禮物就送對啦。」

「話是這麼說沒錯，但堂堂一名潛艦艦長要買跳跳棒？這話怎麼聽就怎麼怪。還跑到席蒙斯去打聽呢。」

女孩答道：「他大概在追一個有錢有女兒的寡婦吧。手鐲送媽媽，跳跳棒就送她的小女兒。這有什麼好奇怪的？」

「沒有啦。」法萊瑟太太說。「只是我們都以為他在追妳呢。」

「那你們就搞錯啦。」女孩平心靜氣地說。「是我在追他。」她撇過身去。「我得走了。很高興見到妳。我會跟媽咪轉達妳的關心。」

她繼續沿著街道走，也始終惦記著跳跳棒的事。當天下午，她為了打探哪裡還可以買到跳跳棒而四處奔走，結果卻令她大失所望。如果杜威特真想買到跳跳棒，他勢必得為了這個玩具歷盡千辛萬苦。

近來，不用說，大家好像都有點瘋瘋的——彼德和瑪麗．荷姆斯在瘋他們的院子，她的父親瘋著他那牧場計劃，約翰．歐斯朋瘋他那台法拉利，道格拉斯．法勞德爵士瘋著牛飲俱樂部裡的波特酒，而現在，杜威特．陶爾斯則瘋起了跳跳棒。她自己呢，可能也在瘋吧，瘋這個杜威特．陶爾斯。所有人接二連三染上古怪的癖嗜，而這些怪癖與因應時代而生的失心瘋僅只一線之隔。

她想幫他，她是多麼、多麼想幫他，但也知道自己在處理這件事時必須謹慎拿捏分寸才行。她晚上回到家後，便跑到那間堆放舊物的儲藏室挖出自己老舊的跳跳棒，然後用抹布撣掉上頭的灰塵。木製的手把或許能用砂紙磨細，再請專業的工藝師傅重新上漆，雖說木頭上因為長年受潮而留下幾道深色的汙跡，不過看起來大致還像一件新品。然而鏽斑已經蝕入金屬零件，變得頑強難去，金屬踏板似乎也整個鏽掉了。不管再怎麼補漆，都無法令那些老鏽的部分看起來煥然如新，何況她那仍舊清晰無比的童年記憶不時提醒她自己收到二手玩具是件多麼倒胃口的事……不行，這不是個辦法。

到了星期二晚上，她赴約和他看電影。她在晚餐席間問了蠍子號的工程進度。「還算不錯。」他告訴她。「他們正在幫蠍子號加裝另一組電解氧生成裝置，讓這組和船上原本那台並行運作。我猜這項工程明晚之前就會大功告成，然後我們星期四出海試航，或許這個週末就會北上執行任務。」

「那個東西很重要嗎？」

他笑笑。「我們這回需要下潛的時間相當久。我不希望到時候艙內缺氧，逼得我們苦陷不是在輻射汙染地區浮出水面，就是得選擇窒息而死的兩難處境。」

「所以那東西算是某種備用器材囉？」

他點點頭。「能拿到這種東西是我們運氣好。這組生氧裝置之前存放在海軍倉庫裡，就在遙遠的弗里曼特爾。」

他這個晚上老是心不在焉。他對她和善有禮、甚有風度，但她一直覺得他有心事。晚餐時，她曾多次嘗試引起他的注意，不過終告失敗。進了電影院也一樣；他的一舉手一投足在在表現出他喜歡這部電影、他想要讓她高興，唯獨那些動作之中是了無生氣的。而他之所以——這樣她告訴自己——應該都是那段即將成行的航巡任務使然。

看完電影後，他倆走向通往車站的無人街道。接近車站時，她終於在一條騎樓的漆黑入口處，可以讓他們低聲交談的地方停下。

「先等等，杜威特。」她說。「我有事要問你。」

「沒問題。」他和氣地說。「問吧。」

「你是不是在擔心什麼？」

「沒有啊。恐怕我今晚沒有盡到良伴的責任。」

「是關於潛艦嗎？」

「當然不是，親愛的。我說過，這次的任務一點也不危險。不過是工作罷了。」

「也不是關於跳跳棒囉？」

他在一片昏暗裡驚訝地望著她。「哎呀，妳怎麼會知道這件事？」

她莞爾一笑。「我有我的眼線。你幫小杜威特買了什麼？」

「一組釣竿。」然後，他們兩人都沉默無語。過了一會兒，他說：「妳大概會覺得我瘋了。」

她搖搖頭。「不會。你買到跳跳棒了沒？」

「還沒。看來跳跳棒已經完全沒貨了。」

「我知道。」他們又安靜地站了片刻。「我有瞧過我那支跳跳棒。」她說。「如果你覺得有用，就儘管拿去吧。不過那支跳跳棒又破又舊的，金屬的部分也鏽得差不多了。是還可以玩，但我不認為這會是一件多棒的禮物。」

他點點頭。「我明白。我想我們只能這麼算了，親愛的。要是出海之前還有時間，我會再上街逛逛，找找其他代替的玩具。」

她說：「我們應該有機會找到跳跳棒，我很確定。這種玩具之前一定是在墨爾本什麼地方製作的。再不然，整個澳洲總有一間生產跳跳棒的工廠吧？問題是得在這段期間之內找到。」

「別管跳跳棒了。」他說。「那只是我一時興起的瘋念頭。沒什麼大不了的。」

「這很重要啊。」她說。「這對我來說非常重要。」她揚起頭。「我能趕在你回來的時候把跳跳棒交到你手上。」她說。「我說到做到，就算得去訂做一支。我知道這有違你原本的打算，但這個辦法可行吧？」

「真的非常感謝妳。」他的聲音低沉而粗啞。「那我到時候就可以告訴她，是妳為她把跳跳棒帶來的。」

「我辦得到的。」她說。「反正我們下次見面的時候，我就會帶著一支跳跳棒。」

「那妳得抱著跳跳棒大老遠地過來欸。」他說。

「那不要緊，杜威特。下次見面的時候，我會帶著跳跳棒。」

他在這幽深而僻靜的漆黑一角將她摟進懷裡，並吻了她。「這一吻，謝謝妳所做的承諾。」他溫柔地說。「也謝謝妳所做的一切。雪倫不會介意我這麼做的。這是我們合送的吻。」

第六章

二十五天後，美國海軍軍艦蠍子號終於接近此行的第一個任務點。他們自南緯三十度下潛，一潛就是十天。看見洛杉磯下方的聖尼古拉斯島時，他們曾因未悉該區的地雷分布而大傷腦筋，最後決定停在遠處觀望。他們也曾繞著聖塔羅莎巡駛，亦曾靠近聖塔芭芭拉西部的沿海地帶，然後將船拉到潛望鏡深度，於離岸約莫兩哩的水中順勢北行。他們還小心翼翼地冒險開進蒙特雷灣勘察當地的漁港，然而陸上毫無生命跡象。他們沒什麼重大發現。外頭遍布著強烈的輻射，因此他們判斷維持下潛狀態才是當前萬無一失的做法。

蠍子號從金門海峽的五哩之外觀察舊金山，看到的卻是一座崩坍的金門大橋。大橋南端的支撐塔彷彿被推倒了一樣。他們從海裡觀看金門公園周圍的房屋，而視線所及者，無不遭受大火和爆炸的重創；每一間看起來都殘破得不堪居住。他們沒發現任何足以證明此地尚有人在的跡象。在如此這般的輻射環境裡，人存活的機率應該也微乎其微吧。

他們擷取潛望鏡照到的影像，做著難以觀察的觀察。數小時後，蠍子號折回南方，直到距離半月灣的海岸不到半哩才一度浮出水面，打開擴音喇叭對陸呼叫。這邊房屋的損毀情形看起來就沒那麼嚴重了，但陸上依舊無所動靜。他們在附近待到夕陽西下，才沿著雷斯岬的海岸在與陸地相隔三、四哩的水中航向北方。

為了接收西雅圖傳出的無線電訊號，他們在跨越赤道之後的每一個巡視時間都會讓蠍子號浮出水面，以便將天線升至最大高度。他們在北緯五度時就曾收聽到一次；那訊號隨機而不成意義，持續約莫四十分鐘之後便戛然而止。自從那次以來，他們就收聽不到西雅圖的無線電訊號了。這天夜裡，蠍子號由布雷格堡下方破水而出，乘著猛勁的西北風和高漲的海潮而行；他們隨即打開那組定向儀器，接著西雅圖的無線電訊號又再度出現了。這一回，他們總算能追蹤到無線電的方位，而且分毫不差。

桑德史托姆上尉埋首導航台測定方位時，杜威特也俯身向桌。「聖塔瑪麗亞。」他說。「看來就是你說的那樣。」

他們站在原地聽著艙內喇叭傳出一堆不具任何意義的雜訊。「真是無巧不成書。」一會兒後，上尉說道。「訊號不是經人輸入傳發的，更不是什麼不懂無線電的門外漢亂打亂送的。這只是一樁單純的偶發事件。」

「從那訊號聽來，似乎就是這樣沒錯。」他繼續聆聽。「那邊還有電力。」他說。「而有電力的地方就有人。」

「恐怕沒有這麼絕對。」上尉回答。

「水力發電啊。」杜威特說。「我知道的。但是沒人維護的話，老天，那些渦輪也無法連續轉上兩年吧。」

「我倒不會這麼想。那座基地台裡可有不少頂呱呱的機械啊。」

杜威特嘟噥了一聲，接著便轉回導航台上的一張張圖表。「蠍子號要在天亮時離開弗萊特瑞角。我們就按目前的模式行進，到了中午再看看狀況，也會調整速度。如果到時候陸上看起來沒什麼問題，我會讓蠍子號開進去，就維持潛望鏡深度。這麼一來，就算我們撞到不該出現在海裡的東西也能加速快閃。或許我們能順利駛達聖塔瑪麗亞，也或許根本到不了。要是我們開得進去，你願意登陸嗎？」

「當然。」上尉說。「我還蠻想離開船艙到外頭走走的。」

杜威特笑了笑。動身至今，他們已下潛十一天。雖然大家的身體狀態還算不錯，但精神方面已經變得十分緊繃。「祈禱吧。」他說。「祈禱我們能順利到達聖塔瑪麗亞。」

「還有個方法。」上尉提議。「如果蠍子號無法穿過海峽，或許我可以走陸路進入聖塔瑪麗亞。」他抽出一張圖表。「可以先讓蠍子號駛進格雷斯港，我再由霍奎厄姆或阿伯丁登陸。這邊有條直達布雷默頓和聖塔瑪麗亞的路。」

「而那條路長達百哩。」

「說不定我在路上能搞到一台車，還有汽油。」

艦長搖搖頭。單憑一套輕便的輻射防護裝就想在遭輻射嚴重汙染的國家裡，開著填充重度輻射汽油的重度輻射車走上兩百哩，簡直是癡人說夢。「氧氣筒裡的量只夠你呼吸兩個小時。」他說。「是可以讓你多帶幾瓶氧氣筒沒錯，但這樣還是行不通的。不管怎樣，我們都會失去你。這項任務還沒重要到必須不計犧牲。」

他們再度下潛，並依照先前規劃的航線行駛，而當蠍子號四小時後浮出水面，那陣無線電訊號又不見了。

次日，他們全天開往北方，大多時間都維持潛望鏡深度待在水下。艦長越來越在意船員們之間的士氣。接連多日足不逾艙的幽閉生活所造成的影響，在他們身上可見一斑。艙內已經好一陣子收聽不到廣播節目了，至於能用喇叭播放的錄音內容，大家也早就聽到麻痺。為了振奮他們的心神，讓他們有話可說，他特別放寬潛望鏡的使用權限，准允每個有心觀察外界情況的船員前來一窺，倒是外頭也沒什麼值得一窺的景物。這條巉岩林立又有點乏善可陳的海岸就是他們的祖國，而一間外頭停了輛別克轎車的咖啡店即景就夠他們開口交談，就夠療慰他們思鄉若渴的心。

他們於午夜時分離開哥倫比亞河河口，並循例浮出水面。班森上尉準備接替法洛少校的班。少校托起井孔中的潛望鏡貼臉一看，並左右擺弄著潛望鏡。然後他馬上轉向另一位在場的軍官。「快，去請艦長來。陸上有燈光，就在右艏三十至四十度的地方。」

一兩分鐘後，他們輪流湊上潛望鏡觀察，並研究起當地的圖表；彼德·荷姆斯和約翰·歐斯朋也在場。杜威特和他的執行官躬著身子就圖討論。「在港口偏華盛頓那一側。」他說。「那些燈光應該都聚集在長灘和伊爾沃科附近。俄勒岡州一片漆黑。」

他身後的桑德史托姆上尉說：「水力發電。」

「我想是吧。有燈光的話，很多事都說得通了。」他轉向科學家。「歐斯朋先生，外頭的輻射等級是？」

「紅色等級三十度，長官。」

艦長點點頭。這等強度的輻射雖不會立刻致人於死，卻也遠遠超過人體所能負荷的量。這五、六天檢測到的輻射等級大抵如此。他親自探向潛望鏡，站在鏡頭後面看了許久。他不想讓蠍子號於夜間駛向水岸。「好吧。」他終於開口。「就照現在這樣前進好了。班森先生，麻煩把這點記錄在航海日誌裡。」

他回到自己的臥鋪。明天會是個令人焦躁而難熬的一天；他得先睡個好覺。他在這間以帷幕隔出的狹小私人寢艙裡打開存放機密文冊的鎖櫃，取出那只手鐲。手鐲在人造光源下透著輝光。她會喜歡這只手鐲的。他把禮物輕放進軍裝的胸前口袋，再躺上床一手枕著那件釣竿包裹，然後闔眼入夢。

蠍子號於凌晨四點即將天亮之前浮出格雷斯港稍偏北側的水面。岸上不見任何燈光，不過該區本就沒有城鎮，道路也少，這項發現自然無法構成決定性的證據。蠍子號再度潛至潛望鏡深度繼續往北行駛。六點時，杜威特進入駕駛艙；他望著潛望鏡，望著外頭亮晃晃的白晝，非執勤中的船員也依次觀看潛望鏡鏡頭中那片無人之陸。他先去用早餐，然後站在圖表桌前抽著菸鑽研他早背得滾瓜爛熟的地雷分布示意圖，以及他已銘記於心的胡安．德富卡海峽峽口圖。

七點四十五分，執行官報告弗萊特瑞角就橫在他們眼前。艦長捻熄香菸。「好。」他說。「開進去吧，少校。航行方向洞拐五，時速十五節。」

蠍子號引擎發出的轟隆聲在出海三週之後頭一次降為微弱的低鳴，但隨之形成的相對安靜，在艙內卻是股隱約的壓迫。整個早上，他們從東南方切進這條夾在美加之間的海峽，然後不斷以潛望鏡觀測方位，也隨時到圖表桌前標記方才經過的位置，還多次變換航道。岸上沒什麼顯著的不同，唯獨溫哥華島的約旦河附近連接瓦倫泰山南坡的一大塊地區似乎被燒過、炸過。他們研判這片地區至少七哩長、五哩寬；該區的表土看起來並無異樣，但感覺光禿禿的，寸草不生。

「我看是空炸。」艦長說，然後背過潛望鏡。「或許有支導彈飛到那邊去了。」

船繼續前進。接近當地人口較為稠密的區域時，總有一兩個船員守在一旁等幾位軍官用潛望鏡觀察完畢後上前探探究竟。晌午剛過，他們便駛離湯森港，轉進南方的普吉特海灣。接下來蠍子號離開了左舷外的惠德貝島，於下午一兩點接近埃德蒙茲的陸上小鎮，而南方十五哩外即是西雅圖的中心點。及至目前，他們都成功避開了地雷防禦圈。從海中望去，這片土地似乎並未遭受多大的破壞，不過輻射數值仍舊高得驚人。

艦長貼上潛望鏡探察當地的情形。假若蓋格計數器顯示的數值毫無偏差，當地人是絕對活不過數日的。但他老覺得陸上一定有人。在春天暖陽的映照下，一切看起來都正常得不得了，就連房屋窗戶上的玻璃似乎也完好如初，只有一片窗玻璃碎落四處。他轉過身來。「再向左十度，時速七節。」他說。「我們要靠岸。讓船停在防波堤邊，然後用擴音喇叭呼叫一段時間。」

他讓執行官去發號施令，自己則交代下屬測試擴音喇叭準備對陸呼叫。法洛少校先升起蠍子號，接著命船駛向陸地，並於專泊小船的防波堤外一百碼處頂風停下，開始觀察。

水手長輕觸執行官的肩頭。「方便讓史旺瞧上幾眼嗎，長官？」他詢問。「這是他的家鄉。」這名雷夫．史旺文書上士是蠍子號的雷達兵。

「哦，當然。」

他讓到一邊，文書上士便靠向潛望鏡。他站著觀看了好久好久才抬起頭來。「肯．卜力亞的藥房還有營業。」他說。「門是開著的，窗簾也捲上去了，但藥房的招牌燈還亮著。這不像肯。他白天不會開招牌燈。」

水手長問：「路上有人走動嗎，雷夫？」

雷達兵再次俯向接目鏡。「沒有。蘇利文太太家的窗戶破了一塊。最上面那一塊。」

他又看了三、四分鐘，直到執行官拍拍他的肩膀，站回潛望鏡後面觀察。他退到駕駛艙一角。

水手長說：「看到你家了嗎，小雷？」

「沒看到。從海上是看不到的。我家在安心購量販店後面的雷尼爾大道上。」他不安地躁動著。「我沒發現任何異狀。」他說。「那邊看起來就跟之前一模一樣啊。」

班森上尉打開麥克風開始對陸呼叫。他說：「美軍潛艦蠍子號呼叫埃德蒙茲。美軍潛艦蠍子號呼叫埃德蒙茲。各位埃德蒙茲的民眾，聽到呼叫之後請至濱水區，請到主大街街尾的防波堤來。美軍潛艦蠍子號呼叫埃德蒙茲。」

文書上士離開駕駛艙往船頭走去。杜威特．陶爾斯請一名正在使用的船員讓出潛望鏡，開始觀察陸地情形。這座城鎮的地勢從濱水區節節攀高，路上街景與屋況也因此能一覽無遺。一會兒後，他放開潛望鏡。「陸上似乎沒有什麼不對勁的地方。」他說。「我本以為這一區既然是波音轟炸機的目標，應該會被炸得千瘡百孔。」

法洛回答：「這一區的防禦工事有如銅牆鐵壁啊。各式導彈應有盡有。」

「的確。但那些轟炸機就轟掉舊金山了。」

「看來他們是沒能飛到這裡來。」他停頓一下。「我們之前經過的海峽就發生過空炸。」

杜威特點點頭。「看見那間藥房了嗎？那上頭的招牌燈還亮著。」他想了想。「我們在這邊待久一點，繼續呼叫吧——停個半小時好了。」

「好的，長官。」

艦長讓出潛望鏡，執行官便上前觀看，並傳下幾道要蠍子號留在原處的指令。麥克風前的班森上尉繼續呼叫。杜威特點起一根菸並往後靠向圖表桌，又馬上熄菸，掃了一眼時鐘。

船頭傳來鋼製艙門被打開的鏗鏘聲響。他嚇了一跳，連忙看顧四周。片刻之後，那鏗鏘聲又出現了，還有腳步聲從他們正上方的甲板傳來。有人正奔向通道，接著，荷許上尉進入了駕駛艙。「報告長官，史旺從逃生艙跑到外面去了。」他說。「他人在甲板上！」

杜威特緊咬嘴唇。「逃生艙的門關上沒？」

「關了，長官。我確認過了。」

艦長轉向水手長。「各派一個人留守艄艉的逃生艙。」

正當摩帝莫跑出駕駛艙，他們聽見船外有陣落水聲。杜威特告訴法洛：「你看看能不能瞧見他到底在幹什麼。」

執行官隨即降下潛望鏡，然後將鏡頭調至最大俯角開始掃視海面。艦長問荷許：「怎麼沒人阻止他呢？」

「我猜他動作真的太快了。他從船艉走過來之後就坐下，在咬指甲的樣子。大家都沒怎麼注意他。我當時在艄部的魚雷艙裡，所以也沒看到他在做什麼。等他們發現的時候，他已經關上艙門進入逃生道了。再說，外艙門是通向外界的，沒有人願意為了追他而離開船艙。」

杜威特點點頭。「這是當然的。你先消毒逃生艙那塊區域，再進去確保外艙門已經關好。」

這個時候，站在潛望鏡後面的法洛說：「我看到他了。他要游向防波堤。」

杜威特將身子壓到幾乎要碰到地面才瞧見正在游泳的史旺。他起身對麥克風前的班森上尉說了幾句話。上尉按下發話鍵，開口說道：「史旺文書上士，聽好。」海上的游泳者停在原處，踩著水不再前進。「以下是艦長命令：立刻回到船上。如果你立刻掉頭，他願意冒著輻射感染的風險讓你登上蠍子號。快回來，現在就回來。」

接著，架在導航台上方的喇叭傳來他的回覆，而駕駛艙裡的每個人都聽見了：「見鬼去吧你們！」

一抹淺笑掠過艦長的臉。他再一次俯低身子，湊上潛望鏡看著他游到岸邊，看著他使勁蹬上防波堤的梯子。他隨即起身站挺。「好了，就這樣吧。」他說，然後轉向身旁的約翰．歐斯朋。「依你看，他能撐多久？」

「他暫時不會有什麼異常的感覺。」科學家說。「可能明晚就會開始嘔吐了，之後——呃，之後的事，誰也說不準啊，長官。這種事還得看個人體格。」

「三天？一個禮拜？」

「應該吧。照這種輻射強度來看，我不認為他撐得過一個禮拜。」

「那我們得在多久時間之內把他抓回蠍子號，才不至於連輻射也一併帶上船？有個期限嗎？」

「這我也是頭一回遇到啊。不過幾個小時之後，他排出的東西都會帶有輻射。萬一他上船後真的發病，而且還病得不輕，我們誰也無法擔保其他船員絕不會受到波及。」

杜威特執起潛望鏡對眼一看，史旺仍在鏡頭的視線範圍之內。他正拖著一身濕淋淋的衣褲走在街上。他們看見他停在那間藥房門口，然後探向店內，然後轉進某個街角，就此走出他們的視線。艦長說：「看樣子，他是執意要走了。」他讓執行官使用潛望鏡。「收起擴音喇叭。我們現在要從水道的中段航向聖塔瑪麗亞島，時速十節。」

轉眼間，潛艦上一片死寂，還是傳送舵令的聲音和渦輪運轉的低鳴、舵機引擎時斷時續的嗖嗖聲打破了這份寂靜。杜威特．陶爾斯沉重地走進自己的艙室，彼德．荷姆斯則緊跟在後。他說：「長官，你不打算把他帶回來嗎？我可以穿輻射防護裝上岸找他。」

杜威特看了看他的聯絡官。「謝謝你的好意，少校，但我不能接受這項提議。我之前就思考過這個做法了。好，假設我們派一名軍官領著兩三名人手上岸去帶他回來。首先，他們得找到他，而蠍子號可能就得在這邊耗上四、五個鐘頭，哪裡都去不了。他進船艙之後，我們也不確定他身上的輻射會不會危害到其他船員。說不定他在離船的那段期間吃了受到輻射汙染的食物，或喝了帶有輻射的水……」他稍作停頓。「還有一件事得考慮進去。我們這次的航巡任務需要下潛，也就需要靠那些人工空氣活過這二十七——或是二十八天。部分的人到了任務末期狀態一定很糟。然後，到了最後一天，如果我說我們得在海裡多待四、五個鐘頭，因為當初上岸找史旺文書上士就是花掉這麼長的時間——你覺得大家聽了會作何感想？」

彼德說：「瞭解了，長官。我只是想提點意見、幫一點忙。」

「當然。很謝謝你。我們今天晚上，再不然明天一大清早往回走時還會經過這裡。我們到時候再停留一下，呼叫呼叫他。」

艦長回到駕駛艙，站在執行官身旁和他輪流用潛望鏡觀察外界的情況。他們靠向華盛頓湖運河的河口審視岸上狀況，繞了勞頓堡，也開進深入城市中心的艾略特灣勘察附近的軍用港和多處商用港口。

這座城市毫髮無傷。海軍接待站停了一艘掃雷艦，那些商港則停了五、六艘貨輪。城市中心高樓大廈的窗玻璃大多安在。他們擔心水下會出現障礙物，因此刻意和陸地拉開一點距離，不過就他們從潛望鏡中所見，這城市看起來一點問題也沒有——只是少了人。許多電燈和招牌燈也都還亮著。

法洛少校邊用潛望鏡觀察，邊對艦長說：「這邊的防禦體系真完善，長官——比舊金山還要堅固。奧林匹克半島的陸地漫漫向西延伸，竟長達一百多哩。」

「這我知道。」艦長說。「他們在這兒設置了很多導彈，就像一道屏蔽的簾幕。」

該區沒有什麼異狀，他們也就沒有多做停留的必要，於是蠍子號駛出艾略特灣，航向西南方的聖塔瑪麗亞島。他們遠遠就看見那幾架高聳入雲的天線塔了。杜威特傳喚桑德史托姆上尉到他的艙室。

「準備好上岸了嗎？」他問。

「一切都已準備就緒。」無線電通訊官回答。「就只差跳進那身輻射防護裝了。」

「好。我們已經曉得聖塔瑪麗亞島上還有電力，所以這項任務在你動身之前就完成一半了。另外，雖然還有待查證，我們也幾乎能百分之百確定這座島上已經沒有任何生還者。至於當地發出無線電訊號的原因，應該就像益智節目在最後的決勝關卡竟然出了一道送分題，讓你輕鬆抱走那六萬四千美金的大獎[註1]一樣——除了意外，

註1　此益智節目名稱為The $64,000 Question，1955年至1958年於美國播出。參賽者答對第一道題目後可獲六十四塊美元，之後問題的難度與價值獎金會逐次提高，而最高額獎金六萬四千美元通常搭配最艱澀難答的題目。

還是意外。而既然這項任務只需調查是哪種意外導致了那堆訊號的傳發，我當然不願為此賭上我的船，更不打算賠上你的性命。瞭解？」

「報告長官，瞭解。」

「嗯。你聽好，那些氧氣筒填裝的量夠你呼吸兩個小時。我要你在出發一個半小時之後全身而退，未受輻射汙染回到船艙。別戴手錶上岸，我會在船上幫你計時。蠍子號每隔一刻鐘就會鳴笛。你離船十五分鐘之後會聽到一聲笛響，半小時後，兩聲笛響，以此類推。一旦聽到四聲笛響，不管你當時在做什麼，請開始收尾。五聲笛響時，你務必放下手邊的一切馬上往回走。你絕對要在六聲笛響之前回到蠍子號，然後進逃生艙消毒。目前為止，有沒有問題？」

「報告長官，沒有問題。」

「好。眼下的情況比較特殊，我不會要求你非完成這項任務不可，我只要求你安然無恙地回到蠍子號。其實我根本不想為了這點事就勞師動眾、派人上岸，畢竟你到現場後會發現什麼，我們現在大概也能猜到個八九成，不過這也是沒辦法的事，我都承諾中將會遣人登陸調查了。不用捨身冒險；就算沒有查出那些訊號的由來也無妨，人平安回到船上就好。除非你在陸上發現了生命跡象，否則任何鋌而走險的行為，我一概不接受。」

「明白了，長官。」

「我也不需要陸上的紀念品。到時候會進船艙的只有你，一絲不掛。」

「遵命，長官。」

艦長回到駕駛艙，無線電通訊官則步至船艄。蠍子號升至海水面下，曬著春天午後的明媚日照緩緩探往聖塔瑪麗亞島。這艘低速行駛中的潛艦既可隨時熄火，也能在碰到任何障礙物時即刻催速衝刺。他們步步為營，終於在下午五點左右頂風停在聖塔瑪麗亞島防波堤前水深六潯之處。

杜威特走進船頭。此時已著裝完畢，但尚未配戴頭盔和氧氣筒的桑德史托姆上尉正坐著抽菸。「好啦，小老弟。」他說。「出發吧。」

年輕軍官熄了菸，起身讓幾名船員幫他戴整頭盔、調好那組氧氣筒的背帶。他測試輸氧裝置，瞄了眼氧氣筒的壓力表，豎起一根大拇指後便爬進逃生艙，並關上身後的逃生艙門。

桑德史托姆站上甲板後伸伸懶腰，也深深呼吸，因能沐浴日光和暫時離開船艙而感到愉快。他抬起船體上部結構的艙口拉出救生艇包裹，拆去上面的塑膠封條再攤開救生艇，然後壓下為救生艇充氣的氣閥。他先綁好繫艇索，再將橡膠救生艇吊下水面，接著執槳將救生艇朝前拖到潛望塔邊的梯底旁邊，人再順著階梯小心翼翼地往下走。一上救生艇，他便推了推潛艦，讓救生艇往反方向移動。

單槳控艇並非易事；光是將救生艇划到防波堤邊就花了他十分鐘的時間。他加快手腳攀上防波堤的梯子，而正當他邁步走向陸地，就聽到潛艦發出的一聲笛響。他轉身朝蠍子號揮揮手，然後繼續前行。

他走到幾棟上了灰漆、狀似倉庫的建物前。附近有道牆面加裝了抗雨耐曬的電器開關；他上前一開，頭上便亮起一盞燈。他關燈繼續走。

他的斜前方有間公廁。躊躇片刻之後，他穿過馬路，然後往公廁裡一探。有具身著軋別丁卡其制服的屍體倒在其中一間廁所；那屍體一半橫在門內、一半在門外，不過全身都腐爛得差不多了。他早料到會看見這種景象，卻沒料到眼前這畫面嚴肅得叫人冷靜。他離開公廁，繼續沿著路走。

右前方便是那間通訊學校座落之處。那數棟教學樓宇互相為伴，周圍不見其他建物。通訊學校是他在這座無線電基地台裡唯一熟識的環境，但並非他此行的目的。編碼室就在他的左手邊，那麼——他推測——主要傳發室應該也在附近。

他步入編碼室這棟磚造建築，待在廊廳內試圖開啟裡頭一道道的房門。這些房間都反鎖了，只有兩間通往廁所的門開得了。他沒有走進去。

他走出編碼室，然後看了看周遭的環境。有座纏絡著電纜和絕緣器的變電所吸引了他的目光。他沿著線路走至另一棟雙層的木造辦公樓房，而當他一走近，便聽見一陣電動機械運轉的嗡嗡聲。就在這個時候，潛艦鳴了兩道笛響。

待笛響的聲音漸漸停息，機械的嗡嗡聲再度變得可聞。他循聲走去，發現了一間動力室。這具運轉中的變流器並不十分龐大；他估計應可供電五萬瓦左右。配電板上的儀器指針維持著正常運作的穩定狀態，但代表溫度的指針已經升到紅色警示刻度。除了那道微微的嗡鳴，這具機體還隱約發出一種嘎嘎的噪音。他想，這具變流器應該不久就會報銷了。

他離開動力室，走進剛才經過的辦公樓房。樓房內的門都沒有上鎖，有些門甚至是開著的。一樓的房間似乎就是各個行政部門的辦公室；此處紙張和訊號單被風亂掃，彷彿片片枯葉散落在地板上。有間辦公室缺了一整扇的門式窗，室內進水的情況非常嚴重。他走到這間辦公室的窗邊一看，就看到地上躺了一扇門式窗的窗架。應該是風從鉸鏈處把門式窗給颳了下去。

他登上二樓，找到主要的訊號發送室。這間房內有兩張訊號發送台，兩張台前各立著一組灰色無線電設備所屬的金屬訊號架。其中一組設備沒發出半點聲響，儀器上的指針皆已歸零。

另一組無線電設備架設在窗邊。這間訊號發送室的門式窗同樣從鉸鏈處被風吹倒，不過是往室內倒，就橫壓在這張發送台上。窗框的一端探出了辦公樓房，在和風中微微晃動，窗頂的一角則落在發送台一罐傾倒的可樂瓶上，而訊號發送鍵就被這麼一架歪歪傾傾、隨風輕擺的窗框給壓住。

他伸出一隻戴了防護手套的手碰碰窗框，窗框便在訊號發送鍵上左搖右盪，連帶使得無線電設備的毫安表指針往上拋升。他抽回手，指針就降至原本的位置。他已經完成美國海軍軍艦蠍子號此行的其中一項任務，完成這項在澳洲，在這個世界的彼端，人們曾投入大量精力與心神監聽研究，最終決定派他們跋涉萬哩，只為親睹的調查。

他扛起發送台上的窗架，再將窗架輕放在地上。窗架上頭的木製部分未遭損毀，若經人稍加修補，應不難裝回原本的窗上。接下來，他坐在發送台前，用他那戴著防護手套的手按下發送鍵，開始以清楚易辨的英文傳送訊號。

他送出的訊息是：「這裡是聖塔瑪麗亞。美國海軍軍艦蠍子號報告。此處沒有生命跡象。即將關閉站台。」他一而再、再而三地發送同一條訊息，然後聽見潛艦傳來的三道笛響。

他坐在發送台前一邊重覆傳發這些制式化，且澳洲那邊極有可能正在監聽的訊號，一邊掃視這間訊號發送室。他看見一條自己愛抽的美國菸，而且裡頭只少了兩包。他多想帶回去慢慢抽，可是艦長有言在先，而且這命令下得毫不含糊。他還看到一兩罐可樂、一落疊在窗台上的《週六晚間郵報》。

他估計自己已花了二十分鐘傳發訊號，便不再送出訊息。傳發最後三道內容重覆的訊號時，他補上一些字：「桑德史托姆上尉報告。船上一切安好。即將北上駛向阿拉斯加。」最後，他打下：「即將關閉站台。準備切斷電源。」

他的手自按壓發送鍵移開，然後人向椅背一倒。老天，這些真空管和阻風門，這組毫安表，還有下頭那具旋轉式變流器——這些東西真不是蓋的，竟能在乏人保養或汰舊換新的情況下正常運轉了將近兩個年頭。他起身檢視眼前的無線電器材，然後扳下設備上的三組開關，再繞到發送台後面打開發送裝置的嵌板尋找印在真空管上的製造廠商名稱。可以的話，他還真想寄張獎狀過去褒揚他們產品之精良。

他又瞧瞧那條鴻運香菸，但艦長是對的，當然；這些香菸或許已經受到輻射汙染，或許人抽了，命也就丟了。他只能抱憾撇下那條菸。他轉身下樓走回動力室，就著運轉中的變流器仔細觀察配電板，接著便撥掉兩道總電源。機器發出的聲響漸降漸弱，而他就待在原地守著，一直到那聲響完全消停為止。這玩意兒還真能撐。拆修裡頭的軸承之後，這配電板又能如常運轉了吧。他實在不忍心拍拍屁股就走，任由這機器持續運轉升溫，終至爆裂。

此時，待在動力室裡的他聽到蠍子號鳴出的四聲笛響。他已經完成登陸的任務了，而距離必須折返回船的時間還有一刻鐘。基地台的一切都值得細細探詳查，不過這麼做也只是白費力氣。他曉得宿舍區裡一定躺著他先前在公廁看到的那種屍體。他不想重溫那幅景象。他也曉得只要回到編碼室，再踹開其中一扇門，就可能找到澳洲那邊的歷史學家會感興趣的文件。問題就出在他不知道他們感興趣的是哪一類文件，何況艦長也禁止他帶任何東西進船艙。

他走回辦公樓房，步上二樓的訊號發送室。他還有幾分鐘的時間可自行利用，便徑直走向那一落《週六晚間郵報》。如他所料，雜誌在蠍子號於戰爭爆發前離開珍珠港後又陸續發行了三期——他和船上弟兄們都未曾讀過的三期。他熱切地翻著書頁。上頭分三回刊登了連載小說《大小姐與伐木工》的最後結局。他坐下開始閱讀。

他快看完首回結局的一半內容時，傳來的五聲笛響將他從故事的世界裡拉回了現實。他得走了。他猶豫了一會兒，然後捲起那三期雜誌塞進腋下夾著走。他乘坐的救生艇和身上這套防護裝鐵定沾粘了大量輻射；回到蠍子號後，這些都必須擱在潛艦外罩的置物間裡讓海水沖洗一段時間。他可以把這些高輻射量的雜誌捲好藏進洩了氣的救生艇。說不定雜誌不會被海水沖爛，說不定雜誌會一起被送去消毒、脫乾，那他們回到較安全的南緯地區後就能讀了。他走出訊號發送室，然後輕手輕腳地關上身後的門，準備朝防波堤前進。

基地台裡的軍官食堂面對海灣而設，與防波堤只隔了一小段距離。他登陸時並沒有特別注意這棟建築，現在倒發現那邊似乎有值得一探的地方，便繞了五十碼路過去瞧瞧。食堂外側有道面向海景的幽深迴廊。他看出來了；有人在這迴廊上舉辦派對。五名身著軋別丁卡其制服的男子和兩位女士圍坐在桌邊的休閒椅上。微風徐徐拂過他，也輕輕揚起桌邊一位女士的夏日洋裝。那張桌上還端放著高球杯和老式酒杯。

他一度信以為真，於是趕緊趨前看個仔細，然後又停下腳步。他嚇壞了，因為眼前這場派對已經歷時一年以上。他快步逃開，然後調頭走回防波堤。如今的他一心只想儘早回到那密不透風的閉塞空間，回到袍澤之誼的溫暖和潛艦的安全無虞之中。

上了甲板後，他將救生艇洩氣收整，並把那幾本雜誌塞進救生艇的摺層裡。然後他迅速剝光身上衣物，把頭盔和全部的衣服都放進置物間，再砰地一聲放下艙門鎖緊，接著往下走進逃生艙，轉開艙裡的淋浴設備。五分鐘後，他進入潛艦潮濕窒悶的內部。

約翰．歐斯朋已經在逃生艙口待命，準備用手中的蓋格計數器掃遍這位通訊官的身軀，測出零輻射指數才予以放行。一分鐘後，他腰間圈著一條浴巾走入杜威特．陶爾斯的艙室，向身邊站著執行官和聯絡官的艦長報到。「船上的無線電有收到你傳發的訊號。」艦長說。「就是不曉得訊號有沒有辦法傳到澳洲那邊……天還這麼亮啊。那邊差不多早上十一點了吧。你覺得呢？」

「我覺得他們應該收到了。」無線電通訊官回答。「澳洲現在是秋天，不太會有雷電交加的大雨。」

艦長准許通訊官離席著裝。他轉向執行官。「蠍子號今晚就停在這裡。」他說。「七點了。我們進入地雷區之前天應該都黑了。」他不願在沒有燈塔引導行進的情況下貿然夜探胡安．德富卡海峽的地雷區。「這邊快退潮了。日出時間大概是洞四么五──剛好是格林威治時間的正午十二點。我們到時候再動身。」

他們當晚停靠聖塔瑪麗亞島外的港口，在波瀾不驚的海中以潛望鏡察探岸上的燈火。天一亮，蠍子號便啟程折返，卻馬上因為撞到泥灘而擱淺。潮汐正退；此區在兩三個小時之內都會處於低水位。即便如此，據航圖所示，蠍子號龍骨下方的水深應該尚達一噚才對。他們驅速浮出水面，伴著艙內快速減壓而引發的耳鳴一邊衝刺，一邊痛斥航圖標記不實，也一邊試圖脫離那灘泥淖。他們試了兩次，但兩次都不得其道。他們只能停在原處苦等漲潮。蠍子號大約到了早上九點才擺脫泥灘，繼而駛進主要水道，開往北邊遼闊的外海。

十點二十分時，操作著潛望鏡的荷許上尉忽然報告：「前方有艘行進中的小艇。」執行官猛然湊上接目鏡看了一會兒，然後說：「去請艦長來。」當杜威特踏進駕駛艙，他說：「報告長官，前方出現一艘尾掛式馬達小艇。距離蠍子號差不多三哩。小艇上有一個人。」

「是活人？」

「我想是的。畢竟小艇正在前進。」

杜威特貼著潛望鏡觀察良久之後才走開。「依我看，這小艇上的活人就是我們的史旺文書上士。」他低聲說道。「不管那人是誰，反正在釣魚就對了。我想他是弄到一艘尾掛式馬達小艇，也弄到驅動小艇的汽油，然後就開船出海釣魚了。」

執行官看著艦長說：「還真是意想不到！」

艦長站在原地尋思片刻。「往前開吧，開到小艇旁邊就停下來。」他說。「我要跟他說說話。」

潛艦內忽然變得鴉雀無聲，只有執行官傳令的聲音。片刻之後，他熄火並報告那艘小艇就近在船邊。杜威特牽起長長的麥克風導線走向潛望鏡。他說：「早啊小雷，我是艦長。你好嗎？」

艦上所有人都聽到喇叭傳出的應答。「還不賴，艦長。」

「釣到魚了沒？」

小艇上的文書上士朝著潛望鏡的方向舉起一條鮭魚。「釣到一條囉。」然後他說：「咦，等等，艦長——你們快攪亂我的線了啦。」

潛艦裡的杜威特咧嘴一笑，說：「他在收線。」

法洛少校問：「要不要讓蠍子號稍微碰碰他的船頭？」

「不用——先別動。他快理好線了。」

他們等著這位釣客收妥他的釣具。接著釣客說：「呃，艦長，你大概會覺得我是個卑鄙小人吧。竟然就這麼跳船了。」

杜威特說：「別擔心，小老弟。我懂你的感受。不過我也不可能再讓你上船了。得為船上的弟兄們著想。」

「當然，艦長，我明白的。我沾滿了輻射，而且身上的輻射量每分每秒都在飆高。應該吧。」

「你現在感覺如何？」

「目前是還好。可以請你幫我問問歐斯朋先生我這狀況會維持多久嗎？」

「他認為可能再過一兩天，你就會開始吐了。」

小艇上的釣客說：「好吧，幸虧臨終前能碰上這樣晴朗的好天氣。如果還下雨，不就太慘了嗎？」

杜威特放聲大笑。「你願意這麼想就好。告訴我，陸上的情況怎麼樣？」

「這裡的人都死了，艦長——但你應該早就知道這點了吧。我回家了。老爸老媽死在他們床上——他們應該是吞了什麼藥。我繞到附近去找我女朋友，她也死了。去她住處找她真是個錯誤的決定。我沒有看到一隻活下來的狗、貓、鳥或是其他種類的動物——我猜動物也全死光了。除此之外，這裡的一切可說是景物依舊。艦長對不起，我跳船了，但能回家真好。」他稍稍停頓。「我有自己的車，也有油可加，還有自己的船、自己的尾掛式馬達小艇、自己的釣具。今天還是晴空萬里的好天氣。我寧願幾天後死在自己的家鄉，也不要活到九月，然後死在澳洲。」

「當然，小老弟。我能體會你的心情。你現在有欠什麼嗎？如果船上有，我們可以把東西放上甲板。我們已經上路了，之後都不會再折回來囉。」

「船上有那種吃了就不省人事的藥嗎？就是他們病入膏肓時吞的那種東西。是氰化物吧？」

「我們沒有那種藥，小雷。如果你需要，我可以放支自動手槍到甲板上。」

釣客搖搖頭。「槍我自己就有。我上岸後再兜到藥局看看好了——或許店裡還有那一類的藥物。不過我猜還是槍最靠得住。」

「你還需要其他東西嗎？」

「謝了，艦長，我需要的陸上都找得到，還不用花半毛錢哩。就替我跟船上的弟兄們打聲招呼吧。」

「我會的，小老弟。我們得出發了。祝你釣得愉快。」

「謝了，艦長。很榮幸成為你的部下，也很抱歉我跳船了。」

「好、好。我們要前進了，你小心螺旋槳的吸力。」

接著他轉向執行官。「交給你了，少校。讓蠍子號先向前走，再駛回航線上。時速十節。」

這天晚上，瑪麗．荷姆斯打了通電話到莫依拉家。這一夜，晚秋的雨下得滂沱，哈卡威那棟屋宅外還有風颼颼呼嘯。「親愛的——」她說。「有他們傳來的無線電訊號。船上的人都平安無事。」

女孩倒抽一口氣，因為從沒想過傳來的會是這種消息。「他們是怎麼傳送訊號的？」

「比得森中校才剛和我通完電話。他們這次要去調查一座神祕的無線電基地台，這筆訊號就是從那邊發送的。是桑德史托姆上尉發的訊號；他說大家都很好。太棒了，對吧？」

女孩大大鬆了口氣，反而一時感到頭昏眼花。「太好了。」她低語著。「告訴我，他們可以接收電報嗎？」

「我看不行吧。桑德史托姆說要關閉基地台了，還說當地的人都死了。」

「喔……」然後，女孩閉口不語。「那好吧。我想我們只能耐心地等下去。」

「妳有特別想傳達的事？」

「倒也沒有。不過有事想告訴杜威特罷了。但其實還需要一點時間準備。」

「親愛的！妳該不會是指……」

「不，不是的。」

「妳還好嗎，親愛的？」

「跟五分鐘之前相比，我現在是好多了。」她停頓一下。「妳怎麼樣？珍妮佛好嗎？」

「她很好。我們都好，就是這雨也下太久了吧。妳什麼時候才能過來一趟啊？我們幾百年沒見了欸。」

女孩回答：「那我哪天傍晚下課之後就去找妳吧，隔天再回去。」

「太好啦，親愛的！」

兩天之後，她在夜間抵達弗茅斯車站，然後冒著細雨爬了兩哩煙霧茫茫的坡道。瑪麗正在那間小小的單層公寓裡等待她，還為她點起客廳的壁爐、烤了明火。她換了鞋，跟瑪麗一起幫珍妮佛洗澡、哄她睡覺，接著才和瑪麗吃起晚餐。餐後，她們兩人挨著爐火坐在地板上。

女孩問：「妳覺得他們什麼時候會回來？」

「彼德說應該是六月十四號前後。」她伸手拿起身後桌上的月曆。「已經過了……三個多禮拜了。我每天都會劃日期做記號。」

「姑且不論他們是從哪邊發送無線電訊號的——妳覺得他們能在那個時候回到這裡嗎？」

「不知道欸。我應該問問比得森中校的。如果我明天打電話問他，會不會很失禮啊？」

「我想他不會介意的。」

「那我明天就打去問問。彼德說這是他在皇家海軍效命的最後一項任務；蠍子號回來之後，他就算失業了。我之前就想啊，如果我們六月或七月出去散散心、度度假，不也很好嗎？這裡一到冬天就變成只會颳風下雨的地方，真討厭。」

女孩點了一根菸。「妳要去哪裡？」

「就溫暖的地方啊。昆士蘭那種地方。沒車可開出去兜風真的好悶哦。要去的話，我們就得帶著珍妮佛一塊兒搭火車吧。」

莫依拉吐出一道長長的菸雲。「昆士蘭應該沒那麼容易去。」

「是因為疫情？那個病離昆士蘭還很遠呢。」

「馬里伯勒已經傳出疫情了。」女孩說。「那地方就在布里斯本上面啊。」

「但不一定得到那麼北邊的城市啊。還有很多地方也很暖和，不是嗎？」

「是沒錯，但輻射塵正往南擴散，而且擴散的速度非常穩定。」

瑪麗轉身看著她。「問妳哦，妳真的相信輻射塵會飄到我們這兒？」

「嗯，我相信。」

「妳是說，我們全都會因為那種東西死掉？就像那些男人說的？」

「應該吧。」

瑪麗又轉了身，從長沙發上一批雜亂不整的紙堆裡抽出一份園藝花種型錄。「我今天才在威爾森苗圃買下一百棵黃水仙。」她說。「都是還沒開花的鱗莖。阿爾弗雷德大王種——妳看，就這個。」她遞上圖片。「我打算把那些鱗莖埋在牆邊，就彼德先前撤走樹之後空出的那個角落。那邊有遮蔭，不怕太陽直曬。但要是我們真的活不久了，我這麼做好像就太蠢了點。」

「沒我蠢吧，我還學起速記跟打字呢。」女孩冷冷地說。「如果妳問我這是怎麼一回事，我會說現在大家都有點瘋瘋的。黃水仙什麼時候開花？」

「通常是八月底之前。」瑪麗回答。「當然，今年會開花的應該只有少數幾株，但到了明年，甚至後年，這些鱗莖一定會開成群花盛放的美景。妳知道，好像倍數成長一樣。」

「嗯，種黃水仙很正常啊。妳絕對會看到水仙開花的，也會因此得到某種成就感吧。」

瑪麗看著她，眼神裡溢滿感謝。「嗯嗯，我就是這麼想的啊。我意思是，我受不了——受不了停下手邊的一切，什麼也不做。那還不如現在就死掉，一了百了。」

莫依拉點點頭。「如果他們所言不假，那我們誰也來不及實現原本就計劃好的事。但我們還是可以繼續去做，能做多久算多久。」

她們坐在爐邊的地毯上，瑪麗玩著撲克牌，也偶爾撥撥柴火。一會兒後，她說：「我都忘了問妳要不要來點白蘭地什麼的。櫥櫃裡有一瓶酒，蘇打水應該還有一些。」

女孩搖搖頭。「我不需要。現在這樣很好。」

「真的嗎？」

「真的。」

「妳是改頭換面啦？還是有其他原因？」

「的確有其他原因。」女孩說。「我在家裡從不酗酒，只有出去參加派對或混在男人堆裡的時候才會。尤其是混在男人堆裡的時候。說實話，我甚至開始厭倦那樣灌酒了，現在。」

「親愛的，那些男人不是原因吧？至少現在不是。杜威特・陶爾斯才是。」

「對。」女孩說。「杜威特・陶爾斯才是。」

「妳都沒想過要結婚嗎？我是說，就算我們九月都會死掉。」

女孩凝視著火光。「我想結婚啊。」她輕輕回答。「我想擁有妳所擁有的一切。但太遲了，我已經什麼都抓不到了。」

「妳不能嫁給杜威特嗎？」

女孩搖搖頭。「不行吧。」

「可他肯定也喜歡妳啊。」

「嗯。」她說。「他是喜歡我沒錯。」

「他有親過妳嗎？」

「嗯。」她又應了一聲。「親過我一次。」

「那他肯定會娶妳。」

女孩還是搖頭。「他永遠不會娶我。妳想想，他已經結婚了。他在美國有老婆和兩個孩子啊。」

瑪麗注視著她。「親愛的，他不會有老婆和孩子的。他們八成已經死了。」

「他不這麼認為。」她疲憊地說。「他認為到了九月就可以回到他秘斯蒂克的家鄉，然後一家團圓。」她停了一下。「大家都有點瘋瘋的，而且瘋的方式一人一套。」她說。「這就是他的瘋法。」

「妳是說他真覺得他老婆還活著？」

「我不確定他是不是打從心底這麼想。不，我不認為他就是這麼想的。他應該是覺得自己九月就會死，但那時候他就回到家了，回到雪倫、小杜威特和海倫的身邊。他還為他們買了禮物。」

瑪麗坐在地毯上，試著瞭解情況。「但如果他有這種想法，又怎麼會親妳呢？」

「因為我承諾會幫他找到禮物。」

瑪麗起身。「我要喝一杯。」她說得毫不含糊。「我看妳最好也來一杯。」當她們調了酒，各自端著酒杯坐好時，她又難掩好奇地問：「感覺很怪吧？嫉妒一個已經不在的人。」

女孩舉起杯子啜了口酒，然後一動不動地盯著爐火。「我不嫉妒她。」片刻後，她總算開口。「那應該不是嫉妒。她叫雪倫，就是聖經裡的寫法[註2]。我想見見她。她人一定很好，我猜。妳也知道

註2　聖經中的Sharon是地名，常譯為「沙崙」，如雅歌2:1所載：「我是沙崙的玫瑰花，是谷中的百合花。」

他這人有多務實。」

「妳就不想和他結婚嗎？」

這回，女孩沉默了許久。「我不知道。」她終於說。「我不知道自己到底想不想和他結婚。若非眼下這種情況……我很可能會為了拆散他們而使出所有我不齒的卑劣招數。就算和別人在一起，我也不覺得自己會快樂。不過話說回來，現在也沒剩多少時間能讓我快快樂樂談場戀愛了。」

「總還有三、四個月吧。」瑪麗說。「我看過一條座右銘，就是大家用來掛在牆上自我勉勵的那種好話。那句話是這麼說的：『別杞人憂天了──那種事可能永遠不會發生。』」

「我想那種事就是會發生。」莫依拉論道。她撿起撲克牌玩。「如果我有一輩子的時間，情況就不同了。」她說。「假使我對她的惡意中傷能換得杜威特永遠的愛，還有小孩、家庭以及一個美滿的人生，那很划算啊。只要有機會見縫插針，我會使出渾身解數，然後就能過著妳現在的生活了。但如果耍盡心機也只能換來三個月的快樂，這段感情終究還是落得一場空——唉，那就另當別論啦。身為女人，我或許不太檢點，但應該沒有那麼墮落吧。」她揚起視線，輕輕一笑。「總而言之，時間非常有限，我根本無法出手。我想他得花很大的力氣才放得下她。」

「噢天啊……」瑪麗說。「很難為吧，對不對？」

「簡直糟糕透頂。」莫依拉同意道。「我看我到死還是個老處女。」

「但這沒道理嘛。不過最近發生的事似乎都沒什麼道理。彼德還……」她閉上嘴巴。

「彼德怎麼了？」女孩好奇地問。

「我不知道。就很可怕，而且太瘋狂了。」她開始坐立難安。

「出了什麼事？告訴我。」

「妳殺過人嗎？」

「我？目前還沒，殺人的念頭倒是常常有。對象大多是一些地方上的接線小姐啦。」

「這可不是鬧著玩的。殺人不是罪孽深重的惡行嗎？我是說，死後會下地獄吧？」

「我不知道。或許吧。妳想殺誰？」

做母親的黯然地說：「彼德說我可能得殺了珍妮佛。」一滴淚珠從她眼裡奪眶而出，順著她的臉頰滾落。

女孩激動地向前一傾，然後輕輕握住她的手。「親愛的，不可能有這種事！妳一定誤會他的意思了。」

她甩著頭。「我沒有誤會。」她嗚咽地說。「就是有這種事啊。他說我可能得殺死珍妮佛，還告訴我應該怎麼做。」瑪麗淚流如注。

莫依拉將她擁進懷裡，她則在莫依拉的撫慰中娓娓道出事情的經過。女孩一開始還不相信她所說的，但聽到後來又無法那麼堅決地否定她的話。最後，她們一塊兒走入浴室看著那兩只置放在藥櫃裡的紅色紙盒。「我聽說過這種發藥領藥的事——」她不苟言笑地說。「卻從沒想過情況已經嚴重到這種地步……」各式瘋狂終於層層堆疊了起來。

「這種事我一個人辦不到啊。」做母親的低聲說道。「不管她到時候有多難受，我都辦不到啊。如果彼德不在家……如果蠍子號出了什麼意外……莫依拉，妳過來幫幫我好不好？拜託……」

「我當然會來。」女孩溫柔地說。「我當然會過來幫忙。但彼德會陪在妳們身邊的。他們一定會回來。杜威特是那種說話算話的人。」她拿出已揉成一團的手帕遞給瑪麗。「擦乾臉來，我們去泡杯茶喝。我去煮水。」

她們在將熄的火堆前喝了杯茶。

十八天後，美國海軍軍艦蠍子號破水而出，駛進諾福克島附近南緯三十一度的低輻射塵量空氣裡。冬日的塔斯曼海海口寒氣凜冽、浪濤澎湃，波波猛浪不斷拍擊著下甲板。在這種天候下，杜威特只能讓船員分批登上船橋甲板，一次八個人。他們映著蒼白的臉，拖著顫抖的身軀緩緩走上甲板，再擠進防水油布下躲避急雨和猛浪的飛沫。這天泰半的時間裡，杜威特都讓潛艦頂風而行，直到所有人輪完可出艙呼吸真正空氣的半小時為止。然而，願意在船橋待久的人少之又少。

他們對這種濕寒交迫的環境沒轍，不過他至少帶著全體船員活著回來了——除了文書上士史旺之外。在艙內悶了三十一天後，他們個個已是面無血色、了無生氣，甚至有三名船員因為患了重度憂鬱症而不適值勤。杜威特還因為布魯迪上尉出現所有急性闌尾炎的症狀而一度心驚膽跳；在約翰．歐斯朋的協助下，他總算徹底讀完切除手術的整套流程，並準備在軍官室的桌上操刀應用。幸好那些急性闌尾炎的病症已漸漸消退，病人如今也舒服地躺在自己的臥鋪上休養，職務則全部暫由彼德．荷姆斯接手。艦長現在只希望他再撐五天，撐到蠍子號終於泊進威廉斯鎮的那一刻。彼德．荷姆斯的狀況正常，就像一名船員該有的表現。約翰．歐斯朋既緊張又暴躁，不過工作效率猶佳。他老是法拉利東、法拉利西的，簡直沒完沒了。

他們證實了喬根森效應的謬誤。蠍子號曾一邊藉水下地雷探測器防範流動的冰山，一邊低速駛進危機四伏的阿拉斯加灣，就這麼開到毗鄰科迪亞克的北緯五十八度區。由於近陸的冰層較厚，他們便決定不再深探。這裡的輻射指數仍然高得足以致命，幾乎等同他們先前在西雅圖地區探測到的數值。讓船繼續冒險開進那片水域似乎只是無謂之舉。他們取得當地的輻射讀數後便駛向南南東，等到達海水溫度較高、較不易生成冰層的水域再轉往西南方的夏威夷和珍珠港。

他們在珍珠港可說是一無所獲。蠍子號挺進港口，直逼早在大戰爆發前就曾經由此出發的港區。就心理層面來說，這邊對他們而言算是相對輕鬆的任務點，因為船上沒有一個人以檀香山為家，也沒有人和這片群島有任何密切的關聯——杜威特啟程之前特地確認過了。他本可比照查訪聖塔瑪麗亞島的方式派某名軍官穿戴整套輻射防護裝登陸勘察，不過抵達夏威夷群島前，他和彼德·荷姆斯就為了是否該派人上岸而討論了好幾天，卻苦思不著這麼做的好處。踏勘聖塔瑪麗亞島的桑德史托姆上尉完成任務後還剩下一點可自行運用的時間，但他在現場能做的也只是讀讀《週六晚間郵報》而已。他們實在想不出一名深入珍珠港的軍官能在當地取得多少更實際的收獲。此處的輻射值也相當於他們在西雅圖採集到的讀數。他們發現並記錄港內停靠的許多船隻，以及岸上已遭戰火大幅蹂躪的慘狀。然後，蠍子號離開了。

這一天，他們逆風駛進塔斯曼海海口，也進入了澳洲無線電基地台通訊的強度信號範圍。他們升起無線電天線塔，發送訊號告知目前所在位置和估計返回威廉斯鎮的時間。隨後，他們便收到詢問全體船員健康狀況的訊號，而杜威特回覆的內容又多又長，畢竟史旺文書上士之情事並非三言兩語就能交代清楚。澳洲無線電基地台又陸續傳來一些屬於例行作業的訊號，包括天氣預報、增補燃料的需求量、碇泊碼頭區後該著手的修繕工程。半個早上過去後，蠍子號收到一筆更為重大的訊息。

訊息上所載日期是三天以前。其內容如下：

派電者：美國駐布里斯本海軍司令

受電者：美國海軍軍艦蠍子號指揮官杜威特．L．陶爾斯

主旨：職務交接

一、現任美國海軍司令即將退役，並委你繼任海軍司令一職，以統全美各區海軍。此飭令即刻生效。你可自行調度各海軍軍隊，亦可終止各海軍人員之職務，或酌情將人員轉進並受募於皇家澳洲海軍。

二、我想這就表示你已經擢升為海軍上將了——如果你願意就任。再會，也祝你好運。傑瑞．蕭。

三、副本致皇家澳洲海軍之第一海軍人員。

杜威特在自己的艙室裡面無表情地讀完這筆訊息。而既然那些澳洲軍官早已收到副本，他便召來自己的聯絡官。待彼德走進艙室，他便一言不發地把這筆訊息交到對方手上。

荷姆斯少校讀著訊息上的內容。「恭喜了，長官……」他低聲說。

「恭喜嗎？大概吧……」艦長答道。一會兒後，他又說：「我想這就表示布里斯本也中了。」

若按緯度等比換算，布里斯本就在如今蠍子號所處位置的北方兩百五十哩外。彼德點點頭，內心則惦著那些輻射數值。「昨天下午的情況還很混亂。」

「我猜他大概已經拋下他那艘巡洋艦，往南移動了。」艦長說。

「他們完全無法開船嗎？」

「沒有燃油了啊。」杜威特說。「所有船艦上的一切勤務都必須停擺。那些油槽已經乾到擠不出半滴油了。」

「我早該想到可以請他下來墨爾本的。他畢竟是美國海軍的最高司令官……」

杜威特露出一道淺淺的苦笑。「事到如今，頂著這等軍銜也不能代表什麼了。不，重點在於他身為那艘船的艦長，而他的船卻動彈不得。他不願意再折損船員了。」

話說至此，他倆已毋須多言。他讓聯絡官退下，接著擬了份已接獲此訊的確認短信交由傳訊官透過墨爾本回傳過去，並隨信致上副本給第一海軍人員。不久後，一位文書軍士走進他的艙室，把一張訊息放在他的桌上。

承　編號12/05663訊息：

很遺憾，目前無法與布里斯本取得聯繫。

艦長點點頭。「好吧。」他說。「那就算了。」

第七章

彼德．荷姆斯在蠍子號開回威廉斯鎮的隔天向第二海軍人員報到。上將示意他就座。「少校，我昨晚和陶爾斯指揮官聊了一會兒。」他說。「就他的話聽來，你和他處得不錯嘛。」

「很高興艦長這麼說，長官。」

「是啊。我猜你現在最感興趣的應該就是接下來的委派了。」

彼德含蓄地回答：「是有點在意。我想整體情況還是一樣？我是說，現在我們還是只剩下兩三個月的時間？」

上將點點頭。「應該沒錯。我記得上回召見你時，你希望最後幾個月能待在陸上？」

「駐岸的工作會比較理想。」他稍稍躊躇。「得顧及我老婆。」

「當然。」他遞菸給這位年輕人，也替自己點了一根。「蠍子號即將進乾船塢修整內部。」他說。「這你應該有所聽聞了。」

「是的，長官。艦長希望這事能儘早辦妥。我早上就是去第三海軍人員辦公處商討修整工程的進度。」

「正常來說，那都需要大約三個禮拜的時間。但按目前這種狀況來看，工程或許會拖得更久。你願意在蠍子號進乾船塢的這段期間繼續留任艦上聯絡官一職嗎？」他停了一下。「陶爾斯指揮官是有提出暫時續聘你的請求。」

「那我可以住在家裡嗎？我家在弗茅斯，北上到造船廠差不多得花一小時又四十五分鐘。」

「關於這點，你還是跟陶爾斯指揮官談談好了。我想他沒理由反對吧，畢竟現在也不是蠍子號的任務期。據我所知，他接下來就會放大多數的船員離船休假了。我是覺得你這段期間的工作量應該不至於太重，不過多少能幫他和造船廠那邊交涉一下。」

「只要能住在家裡，長官，我很樂意繼續和陶爾斯指揮官共事。但未來如果蠍子號有出海的安排，還請你找人替代我的職務。我不太方便再接出海的任務了。」他語帶支吾。「說出這種話，實在非我所願。」

上將微微一笑。「無妨，少校。這事兒我會看著辦。打算卸任的話，隨時回來找我。」他站起身，準備結束這場短暫的面談。「家裡一切都好？」

「還不錯。和我出海之前比起來，家裡的雜務似乎又繁重了不少。我老婆得一邊處理家務一邊帶孩子，忙得幾乎跟打仗一樣。」

「可不是嘛。而且，日子恐怕只會越來越難過。」

莫依拉．戴維森於當天的午餐時間撥電話給人在航空母艦裡的杜威特．陶爾斯。「早，杜威特。」她說。「有人叫我打來道聲恭喜。」

「誰？」他問。

「瑪麗．荷姆斯。」

「那就恭喜我吧，如果妳覺得這件事值得恭喜。」他稍稍鬱悶地說。「但我寧可妳什麼都別說。」

「好吧。」她說。「那我就不說了。你怎麼樣，杜威特？你還好嗎？」

「還好。」他說。「今天老覺得諸事不順，但還好啦，我沒事。」事實上，自從他們回到這艘航空母艦，他盡在處理一些勞心費勁的苦差事。他晚上睡不好，白天精神也奇差無比。

「你是不是很忙？」

「照理說，我現在應該忙得不可開交。」他說。「也不知道怎麼搞的——事情好像總是做不完，然後做不完的事越積越多，就有越來越多的事等著我去做。」

這和她日漸熟悉的杜威特簡直判若兩人。「你聽起來好像快生病了。」她嚴肅地說。

「我不是快生病，親愛的。」他略略不耐地回答。「我只是有事情要忙，偏偏大家都休假去了。我們出海太久，都忘記工作忙起來就是這麼回事。」

「我倒覺得你該放幾天假。」她說。「出去走走啊。能撥個一兩天來哈卡威嗎？」

他考慮了一會兒。「謝謝妳的邀請，但我暫時還走不開。我們明天得送蠍子號進乾船塢整修。」

「叫彼德・荷姆斯幫你搞定。」

「親愛的，那可不行。山姆大叔會不高興的。」

她克制自己說出「山姆大叔永遠都不會發現」這種話。「蠍子號一旦進了乾船塢，就沒你們的事了吧？」

「啊，妳對我們海軍的行事流程真是瞭若指掌。」

「那是當然。我是傾國傾城的女間諜，別號蛇蠍美人瑪塔・哈里[註1]。只要一杯雙份白蘭地，我就能讓天真又爛漫的海軍軍官吐出所有國家機密。蠍子號一旦進了乾船塢，就沒你們的事了吧？」

「一點也沒錯。」

「那好。你把剩下的工作全都丟給彼德．荷姆斯，然後休假逍遙幾天。蠍子號幾點要進乾船塢？」

「明天早上十點。我們大概得忙到中午。」

「那你明天下午就出發到哈卡威和我們住個一兩天吧。山上天寒地凍的，風就在我們屋外呼呼地掃，而且幾乎整天都在下雨，不穿雨靴還出不了門。在這個時節牽著閹牛耙放牧草地，可是世人——當然，也包括女人——公認最侵肌透骨的工作。來體驗一下啊。和我

註1　瑪塔．哈里（Mata Hari，1876–1917）為荷蘭人，本名瑪格蕾莎．澤萊（Margaretha Geertruida Zelle），常藉交際花、艷舞演員的身分周旋於德、法、俄等國的權貴顯要之間，最終因間諜罪被法軍槍斃。

們住個幾天之後，我包管你只巴望能儘快下山，滾回你烏煙瘴氣的潛艦裡。」

他笑了出來。「哎呀，聽得我都躍躍欲試了。」

「知道就好。所以你明天下午出發？」

能將肩上的重擔暫時拋卻個一兩天，的確不失為一種自我調劑的放鬆方式。「應該沒問題。」他說。「工作上得做一些調度，不過應該沒問題。」

她和他約隔天下午四點澳洲大飯店見，而當她終於見到他的面，總覺得哪裡不對勁。他爽朗地打著招呼，也似乎很高興看到她，但那黝黑的面容下伏著一層蠟黃的臉色，憂忡的表情也在不經意之間展露無遺。她蹙著眉頭觀察他。「你看看你，儼然一副被貓叼走之後又被棄如敝屣的破玩意兒模樣。」她告訴他。「你還好嗎？」她抓起他的手測溫。「你很燙欸。你在發燒吧！」

他抽回手。「我沒事。」他說。「妳要喝什麼？」

「你要來杯雙份威士忌，還有差不多二十格令[註2]的奎寧。」她說。「總之你先點杯雙份威士忌來喝。到家之後，我再找奎寧讓你吞。你應該待在床上的！」

受人呵護備至的感覺真好，放鬆下來的感覺真好。「妳要雙份白蘭地？」他問。

「我小杯，你雙份。」她說。「你真該為自己的行為感到慚愧，竟然抱病在外頭晃來晃去的。這間飯店裡大概到處都是你散播的病菌了吧。你看過醫生沒有？」

他點了兩杯酒。「現在造船廠已經沒配軍醫了。蠍子號是目前

註2 舊制的重量單位；二十格令約重一點三公克。

唯一還有作業的船艦，今天早上也進廠維修了。他們在我們出海時就已經辭退最後一位海軍醫官。」

「但你在發燒吧？」

「應該只是輕微的啦。」他說。「我可能快感冒了。」

「我覺得你真的可能快感冒了。你把那杯威士忌喝掉，我去打電話給爹地。」

「怎麼了嗎？」

「我要他駕那輛輕型馬車到車站接我們。我本來告訴他們會和你一塊兒走上山，但我改變心意了。如果讓你用走的回家，你八成會死在我眼前，然後我就得跟驗屍官解釋一堆有的沒的，累死人了。搞不好還會演變成一樁外交事件。」

「和哪國啊，親愛的？」

「美國啊。害死美國海軍的最高司令官，這不太妙吧。」

他疲態盡顯。「我猜事到如今，我就代表了美國。我還打算競選總統咧。」

「哦，那就趁我打電話給媽咪的空檔好好規劃一下吧。」

她在狹窄的電話間對著話筒說：「媽咪，我想他是得了流感。原因之一就是他累壞啦。我們一回到家，就要讓他躺在床上好好休息。媽咪，幫他在要睡的客房裡升個火好嗎？床上也擺個熱水袋好了。對了，也撥通電話問問弗萊契醫生晚上方不方便過來一趟。我認為他得的就是流感，但他在輻射高度汙染區連續待了一個月以上，這幾天回來之後也沒看過醫生。記得告訴弗萊契醫生他是誰。他現在算是舉足輕重的大人物了，妳知道。」

「親愛的，你們會搭幾點的火車？」

她瞥瞥腕上的錶。「我們會坐四點四十那班。還有，媽咪，馬車裡也是冷得要命。妳叫爹地多帶幾條毛毯哦。」

她回到吧間。「快點喝完。要走了。」她說。「我們得趕四點四十的火車。」

他乖乖跟她走。過了數小時，他便進入燒著熊熊柴火的臥室，然後一邊因輕微發燒而打顫，一邊鑽入溫暖的床鋪。身體的抖顫漸漸停止了。此刻的他眼觀天花板，耳聽外頭聲聲雨打，心想能如此放鬆地躺著實是萬幸，實是人生一樂事。隨後牧場主人為他端來一杯加了檸檬片的熱威士忌，還問他想吃點什麼，他則回答沒有胃口。

約莫八點時，屋外出現了馬車聲，也有人在雨中交談。不久之後，弗萊契醫生便進入他的房間。他已經脫去濡濕的外套，不過身上的馬褲和馬靴也被雨打濕了，還在他挨近柴火時冒著微微的蒸氣。他神情愉快，看似一位年約三十五或初屆不惑的有能之人。

「啊，醫生——」床上的病人說。「還讓他們在這種又濕又凍的夜裡請你跑一趟，真的很不好意思。我這不是什麼大不了的毛病，躺個一兩天就會恢復了。」

醫生笑了笑。「能為你出診是我的榮幸。」他說。他抬起美國人的手量量脈搏。「聽說你們之前挺進北半球的輻射汙染區了。」

「唔，是啊。但我們沒有直接曝露在輻射環境裡。」

「你們全程都待在潛艦裡面？」

「全程都是。我們船上有個C.S.I.R.O.的人天天拿著蓋格計數器在我們身上掃來掃去。醫生，我得的不是那種病。」

「有出現嘔吐的症狀嗎？或是腹瀉？」

「完全沒有。我的船員也沒有。」

醫生將溫度計放進杜威特口中，再站好繼續測量他的脈搏。他一會兒後取出溫度計。「一百零二度。」他說。「最好在床上躺個幾天啊。你們這次在海上待了多久？」

「五十三天。」

「那下潛了多久呢？」

「超過我們出海天數的一半了。」

「會不會覺得很疲倦？」

艦長想了想。「可能吧。」他承認道。

「我想你應該很累了。你退燒之後還要多躺一個全天才能下床。我隔幾天會再來拜訪，看看你恢復得如何。我認為你只是得了流感——最近出現挺多流感病患的。建議你下床後起碼休養個一週再回到工作崗位。這麼說來，你就得多休幾天假了。你能這麼做嗎？」

「我得仔細想想。」

他們淺聊了蠍子號這次的出航經過，也稍稍提及西雅圖地區和當前昆士蘭的狀況。最後，醫生說：「我明天下午再過來一趟好了，也會帶些該讓你吃的藥。我得先去丹頓農一趟；我的同僚要進醫院替病人動手術，我負責施打麻醉。我會在醫院領些藥，回家時再順道過來看看你。」

「是很大的手術嗎？」

「不算大。那位女病人胃上長了顆腫瘤，還是切除比較好。畢竟動了手術，她就可以多享受幾年的人生了。」

醫生離開了。杜威特聽著窗外車伕跨上馬鞍後，馬車調頭和騰躍的聲音，以及醫生喊出的一聲咒喝。接下來，他便聽著他們在雨中策馬小跑，蹄聲也隨著馬車駛上屋外的車道而漸弱至無。這個時候，他的房門開了。女孩走了進來。

「不管怎麼樣——」她說。「你明天都得躺在床上了。」她走向爐火，丟了幾支柴進去。「他這人不錯吧？」

「他這人瘋了。」指揮官說。

「幹嘛這樣？因為他不准你下床？」

「不是。他明天要進醫院幫個女人動手術，好讓她多享受幾年的人生。」

她朗聲大笑。「他的確會做這種事。我從沒見過像他這麼克盡己職的人。」她停頓一下。「爹地打算明年夏天再築個水壩。這事兒他提了好一陣子了，現在終於下定決心準備動手。他已經打電話給一個還有推土機可開的小伙子，也講定了時間。只要牧場的土地開始乾硬，對方就會過來施工。」

「那是什麼時候？」

「聖誕節前後吧。他一看到這些雨水白白流掉，就覺得自己在暴殄天物。我們這裡夏天很乾，幾乎不太下雨。」

她拿起床頭櫃上的空酒杯。「想再來杯熱飲嗎？」

他搖搖頭。「現在還不想，親愛的。我舒服多了。」

「那想吃點東西嗎？」

他搖搖頭。

「幫你添個熱水袋？」

他還是搖頭。「我沒事啦。」

莫依拉離開房間，不過幾分鐘後又回來了，還拎著一件底部鼓起的長形紙裝包裹。「我把東西放你這邊囉。你就整晚盯著這玩意兒瞧吧。」

她將包裹放在室內一角，他則撐著一隻手肘坐起身。「那是什麼？」他問。

她大笑著說：「讓你猜三次。明天早上答案揭曉，你就知道自己有沒有猜中。」

「我現在就要知道。」

「明天。」

「不行──現在。」

她提起包裹，把東西交給坐在床上的他，再站到一旁看他撕去包裝紙。美國海軍最高司令其實不過是個小男孩罷了啊——她暗忖。

一支閃亮的全新跳跳棒就握在他伸出被褥外的手裡。木製的手把被透明漆刷得鮮亮，金屬製的腳踏板則因為紅色瓷漆而晶瑩。那木製手把上還工整印著「海倫．陶爾斯」的燙紅字體。

「哈！」他沙啞地說。「這超讚的。我從沒看過這種跳跳棒，還印了姓名！她一定會愛死這個禮物。」他抬頭看著她。「親愛的，妳這是去哪邊買的？」

「我找到製造跳跳棒的工廠了，就在埃爾斯登維克。」她說。「這玩具已經停產了，但工廠的人願意幫我做一支。」

「我真不知該怎麼謝妳。」他咕噥著。「我終於找齊大家的禮物了。」

她收拾著被撕碎的咖啡色包裝紙。「別在意。」她一派輕鬆地說。「我在找跳跳棒的過程中也得到不少樂趣。要幫你把東西靠著角落放好？」

他搖搖頭。「這樣就行了。」

她點點頭，然後走向房門。「我就關掉這盞吸頂燈囉。別太晚睡。你確定沒缺什麼東西？」

「當然，親愛的。」他回答。「我現在什麼都不缺。」

「晚安。」她說。

她拉上身後的門。他躺在床上，在火光之中思念著雪倫和海倫，緬懷著秘斯蒂克燦亮的夏日和泊港的大型高桅帆船，幻想著一條兩旁堆著掃開積雪的結冰人行道，而海倫就在路面上玩跳跳棒，也想著女孩和她的好。他單手枕著身旁的跳跳棒，不知不覺睡著了。

隔天，彼德．荷姆斯與約翰．歐斯朋在三軍俱樂部共進午餐。「我今早撥了通電話到雪梨號。」科學家說。「我要請杜威特幫我看看擬好的草稿，然後再找人打成正式的報告，但他們說他現在人在哈卡威和莫依拉一家待在一塊兒。」

彼德點點頭。「他得流感了。我昨晚就接到莫依拉的電話，說他一整個禮拜都不會出現——或是更久，如果她為了留他而變出什麼把戲。」

科學家非常擔心。「我等不了那麼久啦。喬根森已經打聽到我們調查的結果了。人家還放話嗆我們根本沒有仔細查證呢。我最晚明天就得把稿子交給打字員。」

「需要的話，我可以幫你看看啊。雖然執行官正在休假，我們或許也可以請他檢查一下。但無論如何，這份稿子打成正式報告之前還是該讓杜威特看過。你要不要先跟莫依拉說一聲，然後帶稿子去哈卡威找他？」

「她會在哈卡威？她不是天天都到墨爾本學速記打字嗎？」

「別這麼死腦筋，她當然會在哈卡威。」

科學家面露喜色。「我看今天下午就飆我那台法拉利殺去哈卡威吧。」

「照你這麼開，你那寶貴的燃料很快就見底了吧。這世上還有一種便捷的交通工具，叫做火車。」

「這是出公差欸，海軍公差。」約翰．歐斯朋說。「所以動用海軍補給品也是天經地義的吧。」他靠向彼德，壓低嗓門。「你知道吧？雪梨號這艘航空母艦的其中一個油槽就盛了三千加侖我那台法拉利吃的乙醚乙醇混合燃料。他們用這種燃料驅動那些不死也半殘的活塞式引擎，要全速前進，航空器才能勉強飛離甲板。」

「你不能動那個啦！」彼德震驚地說。

「不行嗎？我是出公差哦，公器公用啊。何況那燃料的儲量還這麼多。」

「呃，這種事就不用告訴我了。迷你莫利斯吃得下這種燃料嗎？」

「得先用車子的化油器實驗看看，還得調高空氣壓縮比。你先拔掉墊片換用薄銅紙塞進去，然後用水泥固定。值得一試哦。」

「你那台法拉利能開上路嗎？不會出事？」

「安啦。」科學家說。「反正現在路上根本沒幾台車可撞，只剩下路面電車。還有人啦，當然。我都隨車攜帶一組備用的火星塞，因為只要引擎轉速快接近三千，車就會自己催油了。」

「那如果轉速到達三千呢？」

「唔，那你就不需要排到高速檔啦。車子會自己跑到一百，或比一百再快一點點的速度。通常在那種轉速下，我的車自己就會先跑到四十五了。不用說，車子剛起步的時候難免有點橫衝直撞，所以得確保前方幾百碼的路面都空曠無人。我都先把法拉利從車庫推上伊麗莎白街，然後抓緊路面電車剛經過，而下一輛還沒抵達的間距出發。」

他們當天用完午餐後就直接跑到車庫。彼德・荷姆斯和他一起推車上街。他把裝了報告草稿的公事包塞進駕駛座旁的空隙，然後在眾人欽羨的目光下爬進法拉利、繫上安全帶，再戴好他的防撞安全帽。彼德小聲地說：「老天保佑，你可千萬別撞死人。」

「他們幾個月之後還不是都得死。」科學家說。「我也是啊，你也一樣。先讓我和這傢伙玩玩再說。」

一輛路面電車駛過之後，他便試圖以內建起動器帶動冷引擎，但沒能點著。第二輛路面電車經過了。而當這輛路面電車開走，十來位自願幫忙的路人協力推著這台賽車，直到引擎終於發動，車體也宛如火箭一般咻地飛離他們手邊，和排氣管發出幾要震碎耳膜的巨響、輪胎摩擦路面時的尖嘯、橡膠受熱的焦臭和一團灰煙疾騁而去。這部法拉利沒有也沒必要有喇叭，因為車還未到，那聲響便已傳到幾哩之外的地方。約翰．歐斯朋比較在意的是車子沒有任何照明的設備。在這季節，天不到五點就黑了。若他真要到哈卡威出他的公差，還得趁天色暗下之前回到墨爾本，他無論如何都得催油加速。

他以時速五十哩穿梭在路面電車之間，再利用減速時發生的側滑切進隆斯戴爾街，然後重新調整坐姿，以每小時七十哩的速度飇然過市。如今極少有汽車上路，所以除了得留意路面電車，他在市區的街道上可說是暢行無阻；人群也會自動散開讓他通過。不過郊區的情況就不同了。這裡的孩童從小就習慣在無車的路面上玩耍，絲毫沒有躲避來車的概念和打算。有好幾回，他都得急踩煞車，並在不小心滑掉離合器之後一邊伴著大作的引擎聲駛開，一邊因為可能造成的損傷而感到懊喪不已，又一邊安慰自己這組離合器本來就是為了參賽才安上的，沒必要耿耿於懷。

他在二十三分鐘之內，以七十二哩的平均時速且全程未排進高速檔的狀態抵達哈卡威。他一接近花圃便開始減速，然後一路轟然側滑到牧場的屋舍前再停車熄火。牧場主人和他的妻女聞聲而出，看著他解下防撞安全帽後四肢僵硬地下車。「我來找杜威特．陶爾斯。」他說。「他們說他在這裡。」

「他才正想睡個午覺而已。」莫依拉厲聲說。「這車蠢斃了，約翰。它到底有什麼本事？」

「能跑到兩百左右吧，我想。我要找他啦——是公事。我這兒有份文件必須在打成正式報告之前讓他看過，而且最晚明天一定要送打。」

「好吧，反正他現在應該也沒在睡覺。」

她領著他進客房，而杜威特已經坐在床上了。「我就猜八成是你來了。」他說。「撞死人了沒？」

「還沒。」科學家回答。「我倒希望自己先被撞死。我才不要在監獄裡度過人生的最後幾天呢。那種籠中之鳥的日子，我這兩個月已經受夠了。」他打開公事包，告知杜威特他這趟的來意。

杜威特接過草稿開始瀏覽，不時也提些問題。「我有時候會想，要是我們當初讓那座無線電基地台繼續運作就好了。」他一度說道。「說不定多少能瞭解史旺文書上士的狀況。」

「他那邊離基地台太遠了啦。」

「他有那台尾掛式馬達小艇啊。也許他哪天不想釣魚了，就會開著小艇到基地台發個訊號給我們。」

「我不認為他能撐到那個時候，長官。三天吧，我想他最多就活三天。」

艦長點點頭。「他大概也懶得跑這麼遠吧。換作是我，釣魚釣得好好的，我才不要在人生的最後一天專程跑到基地台發送訊號。」

他繼續閱稿，偶爾想到什麼問什麼。最後他說：「內容沒問題，不過寫到我和蠍子號的最後一段，還是刪掉比較好。」

「我倒覺得留著好，長官。」

「我則覺得刪掉好。那段讀來就好像這段航程只是趟常態性的出海勤務，我不喜歡。」

科學家執起鉛筆槓掉末段文字。「你說了算。」

「你的法拉利在這兒？」

「我開法拉利來的啊。」

「是啊，我聽見了。從窗邊往下望就能看到嗎？」

「嗯。車就停在外面。」

還穿著睡衣的艦長下床走到窗邊。「這車真的帥翻了。」他說。

「你想怎麼開它？」

「開去賽車啊。時間不多了，所以他們今年要提前賽季的時間。

往年差不多都是十月之後才會展開賽季，怕賽道太濕。但他們這整個冬季還不是接二連三辦了許多小型賽事？其實我這次出海之前就上場過兩次。」

艦長回到床上。「我有聽你說過。我從沒賽過這種車。不，應該說我從沒開過這種車。賽起車來是什麼感覺？」

「會嚇得魂不附體哦，然後一眨眼，比賽就結束了，你只想再賽一回。」

「你以前玩過賽車？」

科學家搖搖頭。「沒那個錢，也沒那個閒。我一直很想上場賽車。」

「而到頭來，這就是你一償夙願的方式？」

約翰．歐斯朋沒有立刻接話。「這就是我想做的事。」他一會兒之後說。「比起死在噁心的糞液或直接吞藥了事，我更想賽車。只有一個問題：我怎麼捨得讓我這台法拉利被撞得稀巴爛呢？這車是件多麼美好的藝術品啊。我想到了最後，我還是會狠不下心的。」

杜威特咧嘴一笑。「只要你以每小時兩百哩的速度在濕滑的賽道上狂飆，你所謂的『狠不下心』或許根本不成問題。」

「啊，我也考慮過這點。至於我介不介意這種事果真在日後發生，就很難說了。」

艦長點點頭，然後說：「目前輻射塵擴散的速度不可能慢下來，放過我們一馬吧？」

約翰．歐斯朋搖搖頭。「絕對不可能啊。完全沒有趨緩的跡象——若真要說起了什麼變化，大概也是擴散速度又稍微加快了些吧。這可能和輻射塵飄過赤道後，南半球地表涵蓋的陸地面積較小有關。現在各個緯度區受到輻射汙染的時間似乎都往前挪了一點。照這樣推算，應該就是八月底了。」

艦長點點頭。「嗯，謝謝你告訴我。我是覺得輻射塵多快飄來都不足為奇啦。」

「你會再開蠍子號出海嗎？」

「我還沒接獲這種命令。船七月初會修好，到時候也能出海作業。我打算把蠍子號交由皇家澳洲海軍發落，直到一切結束。而他們之後會不會配足夠的人手讓我駕駛蠍子號——這個嘛，就又是別的問題了。我大多數的船員都在墨爾本這邊交了女朋友，其中的四分之一還娶了當地的女孩。如果再來一次出海的任務，誰曉得會不會遭他們白眼呢？我看是會吧。」

他倆安靜了下來。「我其實有點羨慕你還有那部法拉利可開。」然後，他低聲說。「在一切結束之前，我只能不停煩惱、不斷工作。」

「但我不懂你這麼做究竟有何必要。」科學家說。「你應該休個假才對。應該去哪邊走走，遊歷澳洲風光啊。」

美國人笑了笑。「如今澳洲也沒幾個地方可去了。」

「這倒是。不過澳洲還有山區啊。很多人這時候都跑去布勒山或賀騰山滑雪，瘋得跟什麼一樣咧。你滑雪嗎？」

「滑啊，只是我大概有十年沒滑了。我可不想一滑就摔斷腿，只能一動也不動地躺在床上等死。」他稍停一會兒。「對了——」他說。「不是有人會跑到那些山區釣鱒魚嗎？」

約翰．歐斯朋點點頭。「那邊的漁場還不賴。」

「他們有限制垂釣的季節嗎？還是全年開放？」

「你可以去埃爾登湖釣鱸魚，那邊是全年開放的。釣客都坐在小船上拖著旋轉誘餌等魚上鉤。不過現在那邊的溪流裡，隨處可見肥美的鱒魚哦。」他淡然一笑。「現在還是禁釣鱒魚的季節，他們九月一號才會開放漁場。」

然後，又是一段短暫的沉默。「這種管理方式挺不錯的。」杜威特後來接話。「我的確很想上山釣個一兩天的鱒魚，不過就你先前的話聽來，那應該正是我們抽不開身的時候吧。」

「我是覺得今年這種狀況，早個兩個禮拜上山釣鱒魚也沒關係啦。」

「我不想做這種事。」美國人正經八百地說。「在美國就算了，但我既然身處異鄉、寄人籬下，就該遵守人家的規矩。」

時間分秒地過，提醒約翰．歐斯朋他那台法拉利一無照明設備，二無低於每小時五十哩的行車速度。他將稿子收整放進公事包，然後和杜威特．陶爾斯道別、離開房間，準備上車開回市區。他在客廳遇到莫依拉。「他狀況怎麼樣？」她問。

「很好啊。」科學家說。「就是有點神經神經的。」

她皺起眉頭。應該不是跳跳棒的關係吧？「怎麼回事？」

「他想在我們所有人都回老家之前上山釣個一兩天鱒魚。」她的表親說。「但他又不願意在釣季開始之前偷跑，而釣季九月一號才開始。」

她沉默了片刻。「哦，所以呢？他很守法啊，比你還守法。看看你那台噁爛的法拉利。你車子的汽油是從哪裡來的？」

「我的車不吃汽油。」他回答。「它吃的是試管調配出來的特殊燃料。」

「怪不得臭成這樣。」她說。她看著他拗著身子爬進駕駛座、調整頭上的防撞安全帽，看著他發動車子，引擎便歹毒地爆出充滿生氣的轟響。最後，她看著他衝出車道，還在某座花圃上留下兩道又寬又深的車轍。

兩週後的中午十二點二十分，光臨田園俱樂部的艾倫・瑟克斯走進窄小的喫菸室調杯酒喝。俱樂部一點之後才會供餐，因此他是本日最早進喫菸室的會員。他倒了杯杜松子酒站著獨飲，也一邊思考自己的問題。瑟克斯先生是國家漁業暨運動競賽局的局長，行事一絲不苟、恪守成憲，不願採取政治場上因時制宜的變通手段，但當前錯綜複雜的情勢已侵越他一貫的理事原則了。他感到十分為難。

片刻之後，道格拉斯・法勞德爵士也步入喫菸室。瑟克斯先生看著爵士，心想他的腿腳越來越沉，臉色也越顯暗紅。他說：「早安，道格拉斯。這兒有記在我名下的酒。」

「唔，感謝感謝。」老先生說。「那我就來杯西班牙雪利吧。」他抖著手倒酒。「我說啊——」他開口。「那些葡萄酒委員會的人鐵定瘋了。我們有超過四百支一九四七年分的Ruy de Lopez，上好的無甜味雪利啊，這群傢伙卻似乎打算讓那些佳釀原封不動地收在地窖裡。他們說那酒太貴，我們這些會員沒人喝得起。於是我告訴他們：『酒賣不掉就送掉，起碼比擱在地窖裡好。』所以這酒現在就以澳洲雪利的價位出售。」他停了一會兒。「來來，艾倫，我幫你斟上一杯。這酒正值最佳賞味時候。」

「我晚點再喝。告訴我，你之前是不是跟我說過比爾．戴維森是你親戚？」

老先生虛弱地點點頭。「要說親戚，不如說我們有姻親關係。沒錯，應該算姻親。比爾的母親嫁給我的……我的……啊不行，記不得了。看來我這記性是一天不如一天了。」

「你認識他女兒莫依拉嗎？」

「好女孩一個，就是酒喝太凶了。但我聽說她都喝白蘭地，所以也算不上酗酒吧。」

「她可替我找了不少麻煩。」

「唔？」

「她跑去見部長，然後部長要她帶著一張便條來找我。她要我們今年提早開放鱒魚漁場，否則沒人釣得到鱒魚。部長認為這辦法不錯，我倒覺得他是想為下一屆的選舉鋪路。」

「提早開放鱒魚漁場？你是說，不到九月一號就開放？」

「他們是這麼建議的。」

「恕我多嘴，這實在是非常糟糕的建議。鱒魚會來不及產卵的。就算產了卵，那數量也少得可憐。這決定一下，就得賠上好幾年的漁獲啊。他希望提前到什麼時候？」

「他是說八月十號。」他停頓了一下。「那女孩，就你那位親戚，才是導演這一切的黑手。若非她提起，我相信他怎麼也不會興起這種念頭。」

「而我相信這是項非常糟糕的建議。瞻前不顧後嘛。真不知這世界究竟會變成什麼樣子……」

就在他倆談話的過程中，會員一個接一個進入喫菸室，也一個接一個加入了討論。瑟克斯先生聽著現場普遍是贊成更動日期的聲音。「畢竟——」有人說。「不管你同不同意，只要他們進得了漁場，而天氣又不錯，他們愛怎麼釣就怎麼釣。你既罰不了他們錢也無法拘留他們，因為連提起訴訟的時間都不夠啦。還不如一開始就順應民心給個合理的日期，你自己也樂得輕鬆。當然——」他摸著良心補充。「這種做法只限今年，下不為例。」

一位頂尖的眼科醫師評論道：「這主意太棒了。如果鱒魚的狀況不好，我們釣到之後再放生就行了，不一定要帶回家。除非釣季過早展開，魚還咬不住毛鉤，那我們就一律得用旋轉誘餌來拉了。我無論如何都是舉雙手贊成的啊。真想在晴朗的德拉泰特河畔握著竿子釣鱒魚。」

不知誰說了這麼一句：「就和那個從美國潛艦跳船的人一樣。」

「沒錯，就和他一樣。那小伙子挺會想的。」

瑟克斯先生聽取了這座城市說話最具分量之人各自表述的意見，心情也輕鬆了不少。他回到辦公室後便打了通電話給部長，而且當天下午就擬了份準備送交無線電電台播送的新聞稿。於是，那些因時制宜的變通之策又多了一筆在幅員狹小、高教育水準的地方收效良好，卻也服膺整個澳洲特性的新條文。這個晚上，待在皇家澳洲海軍艦艇雪梨號上的杜威特．陶爾斯便在空蕩而冷清的軍官室裡聽到這則廣播。他大感驚訝，不過絲毫沒因此聯想到自己數日前與科學家閒聊的部分內容。他立刻開始構思出釣計劃，打算藉此試試小杜威特的新釣竿。交通運輸工具是這項計劃必須克服的一大難題，但他身為美國海軍的最高司令，種種難題自可迎刃而解。

這年仲冬之後，瀰漫著澳洲的緊張情緒已有所緩解。當布洛肯山和柏斯於七月初相繼淪陷，墨爾本的人們大多選擇放下工作，過起隨心所欲的生活。當地仍持續供電，基本糧食的供需也尚未失衡，但仍有群閒得發慌的人動起探找燃料和少許奢侈品的歪腦筋。過了幾週後，該區居民明顯冷靜多了。還是有人舉辦囂鬧的派對，也還是有醉漢栽進排水溝呼呼大睡，但這些情況已不比先前頻仍。接著，一部部私用汽車紛紛出現在荒無人煙的馬路上，宛如大地即將回春的報信者。

這些車或車裡的汽油究竟從何而來，一開始實在難有定論，因為查問結果只顯示這些車主各有各的理由。例如彼德．荷姆斯的房東某天就為了運送從樹上劈下的柴薪而駕著一輛霍頓上路，並尷尬地解釋自己本來就留了點寶貴的乾洗用溶液。有位隸屬皇家澳洲空軍的表親從萊沃頓的航空站開著一台M.G.來拜訪他們，而據他的說詞，這些都是他先前特別儲備的汽油，但如今似乎已沒有備而不用的必要了。這話顯然是一派胡言，因為比爾從不儲備東西。一名在科瑞歐灣的殼牌提煉廠工作的機師說自己曾跑到費茲洛伊，還設法混進黑市蒐購些許汽油；至於賣方是哪號地痞流氓，就恕他無可奉告了。此時的澳洲像塊海綿，被種種狀況匯聚而成的壓力絞出幾滴汽油。之後，隨著日子一週週地逼近八月，這汽油也慢慢滴成了細流一涓。

一日，彼德．荷姆斯提著一只罐子到墨爾本拜訪約翰．歐斯朋。然後當天下午，他終於聽見那台迷你莫利斯睽違兩年的引擎聲，團團黑煙也隨之衝出排氣管。他熄火取出噴嘴，再用鎚子稍微敲小。彼德開車上路了。瑪麗興高采烈地坐在駕駛座旁，小珍妮佛則坐在她腿上。「這感覺就好像重新擁有人生的第一部車欸！」她驚嘆。「太棒了，彼德！你還能弄到一些油嗎？你覺得？」

「這是我們先前預留的油。」他告訴她。「都是我們自己存的，還有幾罐埋在院子裡。別跟別人說我們藏了多少油哦。」

「莫依拉也不行嗎？」

「老天，不行。她最說不得啊。」他稍停一會兒。「現在該煩惱的是輪胎。如果輪胎出了問題，我就真的束手無策了。」

隔天他開著迷你莫利斯北上威廉斯鎮，進了造船廠的大門後，便停在碼頭區裡那艘幾乎無人留守的航空母艦旁。到了傍晚，他再開車回家。

彼德目前在造船廠裡的職務只是有名無實。蠍子號的工程進度十分緩慢，他每週只需安排兩天到造船廠露露臉，這倒也符合他那台小車的需求。杜威特．陶爾斯早上大多待在造船廠，不過近來也成為具機動能力的有車一族了。某個早上，第一海軍人員召他進辦公室，然後繃起一張撲克臉，嚴正聲明美國海軍的最高司令起碼要有一部能隨意使用的配車才說得過去。因此，杜威特得到一部灰色雪佛蘭，外加一等水兵艾德格當他的專屬司機。他用車時機多是到俱樂部吃午飯，或是上哈卡威——他們澆肥，他就牽閹牛耙地，一等水兵則幫忙鏟鏟青貯飼料。

多數民眾都度過了一個愉快而美好的七月底。這個季節雖然老是多雨多強風的惡劣天候，溫度也常掉到華氏四十幾度，但男男女女都擺脫了長久以來叫他們煩不勝煩的氣候限制。當週發放的薪水袋失去原有的意義和價值：星期五進工廠的人，不管前幾天有沒有工作，大都領得到薪水袋，只是拿到薪水之後，要花要買的東西還是寥寥無幾。如果你到肉鋪子硬塞點錢給結帳的人，對方會收下，但沒收到錢他也不會哀嘆連連。而如果鋪裡有肉，拿就對了，不然再轉往別間找找就好。你有一整天的時間做這件事。

跑到高山區滑雪的人則是不分平日假日地滑。在荷姆斯家那座小小院子裡，瑪麗和彼德播著新苗、在菜園周圍築起籬笆，還種了百香果，讓長出的藤蔓攀滿整條籬笆。他倆先前從抽不出這麼多時間來照顧院子，也不曾完成如此規模的改造計劃。「我們就快有座美麗的院子了。」她心滿意足地說。「這會是全弗茅斯同樣大小的院子中最美麗的一座。」

而約翰．歐斯朋正在他市區的車庫裡忙著改良法拉利，還有一小群熱愛賽車的同好前來幫忙。此時，澳洲大獎賽已經成為整個南半球一大汽車競速賽事，今年的比賽日期也敲定由原本的十一月提早至八月十七號。前幾屆的大獎賽都在墨爾本的亞伯特公園舉辦——場地大致相當於紐約的中央公園或倫敦的海德公園。主辦單位本打算在亞伯特公園舉行最終回的大獎賽，不料評估出的種種問題都使得這個想法窒礙難行。他們一開始就曉得無法找齊場邊工作人員，也知道不會有足夠的人手能為至多可達十五萬的進場觀賽人次提供最基本的安全管理。倒是沒有人太過擔憂比賽中的車子可能因打滑而摔出賽道，繼而撞死一些觀眾，或是未來以這座公園申辦大獎賽的要求可能都無法受理。目前看來，似乎無論如何都找不到足夠的場邊工作人員引導觀眾遠離賽道，或是避開賽車即將行經的路段了。不過話說回來，儘管在這般不甚尋常的年代，打算以每小時一百二十哩的高速直接衝撞觀眾群的車手還在少數。飆到這等速度的賽車往往不堪一擊；即使只和一人發生擦撞，也可能讓參賽者痛失繼續比賽的資格。最後，主辦單位遺憾地裁定亞伯特公園無法作為本屆澳洲大獎賽的賽場。他們只能借用那座圖拉丁的賽車場舉辦比賽。

如此一來，大獎賽就成為純屬賽車手互相較量的場合了，畢竟舉國上下正面臨嚴重的交通運輸問題，願意從市區開上四十哩路到圖拉丁觀賽的人應該不多。然而，他們萬萬沒想到比賽登錄當天湧入了一大批驅車而來的駕駛。似乎每個擁有快車——不論新舊——的維多利亞人和新南威爾斯較南區的居民都前來報名這史上最後一屆的澳洲大獎賽，統計後的參賽總車數竟約達兩百八十部。讓這麼多部車和速度更快的賽車同場競爭恐怕有失公正，於是主辦單位利用正式比賽前的兩個週末舉行了分組淘汰預賽。預賽參賽者的組別以抽籤決定，而約翰．歐斯朋的同場對手包括傑瑞．柯林斯駕駛的3000cc瑪莎拉蒂、兩輛捷豹、一部雷鳥、兩輛布卡堤、三台賓利老爺車，以及一位年輕的航空技師山姆．貝禮以蓮花汽車的底盤和曾經一度燒壞，但約有三百馬力的吉普賽女王航空引擎改裝而成，據說迅捷非常的驚人車子。那車的前景窗也被改小了。這位山姆．貝禮將親自上陣。

由於市區到賽場的路途遙遠，圍聚在這長達三哩賽道外的觀眾並不多。杜威特．陶爾斯開著他那台雪佛蘭公務車南下，然後順道接了莫依拉．戴維森和荷姆斯夫婦。當天會進行五場分組預賽，首先登場的是小車組的五十哩淘汰賽。主辦單位在首場預賽結束前倉促撥了通電話要墨爾本那邊加派兩輛救護車過來。本在會場待命的兩部救護車已經忙得不可開交了。

賽道因雨濕滑就是導致場面混亂的原因之一，儘管首場預賽的過程中並沒有真的下雨。小車組由六台蓮花和八輛庫柏、五部M.G.一決勝負，其中一位M.G.駕駛還是女性：費・高登小姐。賽道總長約莫三哩，而這條平整長道的中段微彎處即是維修區，再往前左轉則進入以整整一百八十度的彎道半徑大幅圈起一池湖水的路段。這就是名副其實的「湖彎」。接下來，參賽駕駛必須往右轉進約達一百二十度的急轉路段「乾草堆區」，然後進入「安全別針區」：這形如髮夾的路段在向左急轉的彎處有墩小丘，形成了視覺上的絕對死角；他們得開上這條緩坡，緊急轉彎後再開下來。後段的賽道彎彎曲曲的；參賽者會在這段連續蜿蜒路段的尾端碰上一個左急轉彎，然後駛過一道陡斜的下坡路面，再往右猛地一轉，跑完「滑坡」。而滑坡之後，就是一條長長的快速左彎路段，最後接回圈尾的直線賽道。

首場淘汰賽一展開，顯然也揭幕了勢必有別以往的賽車競賽。當比賽開始，賽道上齊發的刺耳車聲同時預告各個駕駛都將放手一搏、毫不留情——對他們的引擎、對手，甚至自己都是。所有小車都奇蹟似地跑完第一圈，不過一堆麻煩也接踵而至。一部M.G.在乾草堆區急轉時旋出路面，也旋出這圈賽道，衝進凹凸不平的矮叢區。該名駕駛馬上猛踩油門，停也不停便直接甩了一圈，終能重返賽道。此時，即將駛來的一台庫柏為了閃避突然切進前方的M.G.而緊急轉向，卻甩進濕滑的路面，被疾駛在後的另一台庫柏不偏不倚地痛撞車身。兩台庫柏疊在賽道一旁，被撞的駕駛當場喪命，撞人的那位則被遠遠拋出車外，斷了一根鎖骨，也負了不少內傷。當那位M.G.駕駛於下一圈再度路經此處，才在轉彎時恍然領悟這起車禍的原由。

到了第五圈，一輛蓮花在即將跑完該圈最後的直線賽道時超上費．高登駕駛的M.G.，然後在她前方三十碼的湖彎濕滑路段打滑；緊接著，又有一部蓮花朝她右後方駛來——腹背受敵的她只能往左避開。她以九十五哩的時速撤出賽道，為了先穿過湖前一小塊狹長的土地再右轉駛回賽道而孤注一擲，豈知車的側身撞上了矮叢區，然後整車翻進湖裡，濺起一大片水花。等到湖面漣漪不起，這輛M.G.已在離岸十碼的水中滾了個倒栽蔥，後車輪的底部正好露出湖面。蹚水協助的人員費了半小時的工夫才總算將小車扶正，扛出車裡的屍體。

比賽進行到第十三圈時，有三台車在滑坡處撞成一團，還起火燃燒。其中的兩位駕駛只受到輕傷，便合力將另一位在火勢蔓開之前就已撞斷雙腿的駕駛拖出車外。小車組十九位駕駛中有七人跑完全程，不過取得大獎賽參賽資格者，唯有率先抵達終點的那兩名。

當那面黑白方格旗幟為首場淘汰賽的優勝車手而揮動，約翰．歐斯朋點起一根菸。「可真看了一場好戲。」他說。他的預賽是當天最後一場。

彼德若有所思地說：「他們真的是來奪冠的……」

「哎，這還用說。」科學家答道。「一切都按正規比賽來辦。如果你接受這樣的遊戲規則，就沒什麼好顧慮的了。」

「除了撞爛一台法拉利。」

約翰．歐斯朋點點頭。「如果真是那樣，我會非常遺憾。」

小雨開始滴落他們身上，也再次濡濕賽道。杜威特．陶爾斯和莫依拉站在離他們稍遠的地方。「回車上去吧，親愛的。」他說。「妳會淋濕的。」

她不動作。「他們不能在這種雨中繼續比賽吧？」她問。「不都出這麼多車禍了嗎？」

「不知道欸。」他說。「我想比賽還是會繼續，畢竟這場雨下不下都沒差吧。他們不必非得開這麼快，讓車在雨中打滑啊。而且，如果要他們等天氣乾燥了再比，他們可能，嗯，今年可能等不到了。」

「可是這很不妙啊。」她反對道。「才第一場預賽就死了兩個人，還大概有七個人受傷。他們不能再比下去。那些人就像古羅馬競技場上互相廝殺的鬥士嘛。」

他在雨中靜靜站了一會兒。「不太像吧。」他終於開口。「現場沒有多少觀眾啊。他們沒必要這麼做。」他環顧四周。「扣除駕駛和他們各自帶來的團隊，我想這裡的人數還不及五百。他們也不需要購票入場觀賽。這些駕駛會如此義無反顧地賽車，親愛的，完全是出於自己的意願。」

「我不認為他們會喜歡做這種事。」

他微微一笑。「那妳上去找約翰．歐斯朋，叫他自己刮花那台法拉利然後直接回家看看。」她無言以對。「上車吧，我幫妳調杯白蘭地蘇打。」

「一點點就好，杜威特。」她說。「既然要看，我就要清醒地看。」

接下來的兩場預賽共發生九起車禍、四人被扛進救護車，但只有一人死亡——有四部車在安全別針區撞疊成一塊兒，被壓在底部的奧斯汀希利駕駛就是喪命的那位。大雨漸漸收斂成濛濛細雨，參賽者的心情也不再因雨而低落。約翰．歐斯朋在本日最後一場預賽展開前離開了友人，如今正坐在停進整備區的法拉利裡熱車，他的後勤維修團隊則圍在他身邊。隨後，他覺得沒問題了，便下車和附近幾位駕駛站著抽菸閒聊。開捷豹的唐．哈里森一杯威士忌在手，身旁一只倒著放的箱底上擺了幾瓶威士忌和許多酒杯。他請約翰喝一杯，但他拒絕了。

「我可拿不出什麼好東西來回敬你們這群盜匪。」他說，然後咧嘴笑笑。他或許有一部整座賽場上速度最快的車，但一論及經驗，他幾乎是全場最嫩的駕駛。他仍得借助分架在車尾的三組帶狀接收器賽這部法拉利，而這正是賽車新手才會加裝的設備。他仍非常清楚自己還無法憑直覺判斷車子打滑的時機。打滑這種事總是突如其來，慌得他手忙腳亂。但他不知道，其實所有得在這濕滑賽道上競速的駕駛都是半斤八兩——他們誰也不曾在如此惡劣的場地裡賽過幾次。而和那些人滿滿的自信相比，他自嘆弗如的自知之明，說不定是面更可靠的防護罩。

他的團隊把法拉利推上起跑位置。他停在第二排，前方是一部瑪莎拉蒂、兩台捷豹、那輛改裝車吉普賽蓮花，他的旁邊則停著一台雷鳥。他調整坐姿，然後加踩油門暖車，接著繫上安全帶，也將防撞安全帽和護目鏡不鬆不緊地戴牢。他暗忖著：「這就是我的葬身之地了。」不過總比在未來一個月內又噁又慘地上吐下瀉到死來得體面。瘋狂賽車，待在外頭盡情做自己想做的事才是上乘的死法啊。能掌控這大大的方向盤令他欣喜不已，法拉利那排氣管發出的震耳爆響猶如動聽的樂音。他轉頭對自己的維修團隊由衷亮出無比快慰的微笑，再擺過頭專注盯著起跑裝置。

大旗一降，他便穩穩前進，然後鑽入那部吉普賽蓮花的前方而暫居第三，也把雷鳥遠遠拋在身後──起跑的成績還不錯。他緊追著兩台捷豹進入湖彎區，但開上濕滑路段時仍不忘謹慎，畢竟這場比賽還有十七圈要跑。他只要在最後五圈加速，就有機會超越他們。他跟著捷豹的車屁股駛過乾草堆區、安全別針區，然後在曲折蜿蜒的後段路面兢兢業業地踩下油門──顯然踩得不夠用力。只見吉普賽蓮花發出一聲怒號就從他的右後方超車駛去，連帶激起大片水花，濺得他一身濕。這山姆．貝禮開起車來就像發了瘋一樣。

他稍稍減速擦拭護目鏡，然後繼續追趕。吉普賽蓮花在整條賽道上恣意竄行，完全受制於車內那位反應時間極短的年輕駕駛。約翰．歐斯朋在後方看著，意識到災難彷彿一圈光暈罩著吉普賽蓮花。目前這種狀況，還是拉出一段安全距離為妙，之後也好見機行事。他迅速掃了一眼後視鏡。那輛雷鳥離他五十碼，就快被後方的瑪莎拉蒂迎頭趕上。他還能從容不迫地開下滑坡，不過之後就必須催油狂飆了。

就在他駛進首圈圈尾的直線賽道時，吉普賽蓮花超上了其中一部捷豹。他旋即以每小時一百六十哩的飛速駛過維修區，追過另一台捷豹；他覺得隔著一台車跟在吉普賽蓮花後面比較保險。而進入湖彎前，他輕踩煞車，又瞄了瞄後視鏡，發現自己已和追趕在後的兩部車拉開一道長距。若他能守住這樣的行車間距，就能守住第四順位的名次再跑個一兩圈，也會有充裕的時間能小心過彎。

他就這麼跑完了第六圈。此時，以吉普賽蓮花為首的前四部車領先後方一部賓利整整一圈之多。他加速駛離滑坡時瞥了一眼後視鏡，卻瞬間瞥見堪稱當日過彎處最具戲劇性的混亂之景。在賽道的另一面，瑪莎拉蒂和那台賓利似乎因側身相撞而撞成了一塊兒，而雷鳥就在這兩部車的上頭騰空飛過。他不能再看了。前方那輛獨冠群雄的吉普賽蓮花正打算以一百五十哩的疾速使出要命的偏轉，並同時施展超車時必然用上的招數，企圖與後方一輛布卡堤拉出一整圈的車距——不過無法如願以償。那兩台捷豹已謹慎拉開了車距。

他再度駛上滑坡路段時，瞧見過彎處凌亂不堪的事發現場只停了兩部車：那輛雷鳥上下倒置在賽道外五十碼處，賓利則癱在路面，車尾盡毀，漏了一大灘油。顯然那台瑪莎拉蒂已經回到賽道上。他繼續驅車向前；當他進入第八圈，天空驟然下起滂沱大雨。該是催油的時候了。

而他前方的幾位駕駛也正有此意。其中一位捷豹駕駛看準山姆．貝禮每逢彎道必因車身偏移而張皇失措的時機，終於在這第八圈超越了吉普賽蓮花。如今，分居一二的車子已領先一輛布卡堤一個圈數，另一台賓利則在後方逼車。約翰．歐斯朋緊緊尾隨另一部捷豹，跟著那位駕駛在乾草堆區超越了那些車。此時發生的一切只能用迅雷不及掩耳形容。布卡堤在過彎處滑轉，緊接著就被賓利一頭撞上，賓利因而跌進捷豹正猛衝向前的車道，致使捷豹連翻兩圈，最後壓著左側車身立在路邊，車內不見駕駛。約翰．歐斯朋既無暇停下，也無處可躲。他的法拉利以時速七十哩擦撞布卡堤，隨後便停在路旁紋風不動。車的左前輪已經變形了。

約翰．歐斯朋震懾不已，不過毫髮無傷。至於唐．哈里森，這位曾在上場前請他一杯酒喝的捷豹駕駛，因為多處重傷倒臥在矮叢區，一命嗚呼。他在捷豹翻滾時被甩出車外，接著又遭賓利輾過。

科學家躊躇了片刻，但已經有人趕過來了。他試著發動法拉利。引擎開始運轉，也能驅車前進，只是那變形的車輪一壓到輪架便嘎吱作響。他已退出這場預賽，也與大獎賽失之交臂。等吉普賽蓮花穿過迂迴的賽道，他沉著臉走到賽道的另一頭，看能不能為死去的駕駛出一點力。

而當他無可奈何地站在那兒，吉普賽蓮花又駛過一圈。

他在依舊滂沱的大雨裡呆立了好幾秒，才驀然驚覺吉普賽蓮花行經的這兩趟後面都沒有半台車子跟著駛來。他一想通，就拔腿衝進法拉利。倘若這場淘汰賽只剩一部車還在場上，他就有機會晉級大獎賽了——倘若他能重返賽道，再撐個一圈就能進站換車輪，就能拿下這場預賽的第二名。當他開著法拉利緩緩前進，為了掌控方向而絞盡腦汁時，那台吉普賽蓮花三度從旁駛過。雨水滾落他的頸間。

他的車在差不多有六台車相撞互疊的滑坡處爆胎，但即便拖著輪圈，他還是堅持到了維修站，只是那吉普賽蓮花又跑完一圈了。

他的維修團隊花了約莫三十秒換裝車輪，再迅速檢視車體，確認鈑件之外的其他零件都沒什麼大礙。他再次上路，不過此時已落後那台吉普賽蓮花好幾個圈數，現在還有台布卡堤從滑坡處那撞成一團的車堆中掙脫而出，一同加入賽局。不過，這輛布卡堤根本不是法拉利的對手。約翰．歐斯朋慎重地循著賽道駕駛，穩穩拿下本場預賽的亞軍和晉級大獎賽的資格。在這十一部車同場較勁的預賽裡，有八位駕駛無法跑完全程，三人丟了性命。

他開著法拉利轉進整備區。他熄火時，他的維修團隊和友人都圍上來道賀，但他什麼都聽不見。他的手指正因驚嚇和釋放過度緊張的情緒而顫抖。此刻的他只有一個念頭：把法拉利開回墨爾本，然後卸下車體的前端組件。方向盤轉向的安定度大有問題，雖然終究是讓他開完全程了。應該還有什麼零件變形或斷裂；跑至最後幾圈時，他的法拉利曾一度向左重扭。

他從友人們圍攏的身影間看到唐·哈里森於賽前將捷豹停靠在旁的倒置箱子、酒杯，和那兩瓶威士忌。「老天……」他這話並非特別對著誰講。「我現在可以和唐喝一杯了。」他下了車，拖著蹣跚的步履走向箱子。箱子上有瓶酒還接近全滿。他倒了一大杯只摻了點水的威士忌，然後看見山姆·貝禮站在吉普賽蓮花的旁邊。他又倒了杯酒，再穿過擁擠的人群將酒端上冠軍的面前。「我要以酒敬唐。」他說。「你最好也敬上一杯。」

年輕的駕駛接過杯子，順從地點點頭喝酒。「你後來怎麼又出現了？」他問。「你的車不是無法動彈了嗎？」

「我開進維修站換車輪。」他低聲地說。「我這車操控起來就像隻爛醉的豬。就像某台天殺的吉普賽蓮花。」

「我的車在駕馭上完全沒問題哦。」對方滿不在乎地說。「就是方向盤容易扭正。你待會兒要開回市區？」

「如果我的車還撐得了。」

「我想幹走唐的大卡車。反正他也不需要了。」

科學家盯著他瞧。「這倒是個辦法……」那位死去的駕駛用一輛老舊的大卡車運載他的捷豹，免得捷豹未上賽道，就先在來路上跑掉校準好的各項設定。這輛大卡車也在整備區裡，就停在離他們不遠的地方，且乏人看管。

「我手腳得快點。先搶先贏啊。」

約翰．歐斯朋吞下威士忌，再箭步回到車子那兒將這個辦法告訴他那群熱愛賽車的團隊。於是他們個個摩拳擦掌，齊心協力幫忙把法拉利推上搭著大卡車車廂的活動鋼梯，再用繩索捆牢。接著他東張西望，一副拿不定主意的樣子。一名正好從旁經過的場邊工作人員被他叫住了。「唐・哈里森的團隊在附近嗎？」

「他們應該都在車禍現場那邊。我知道唐・哈里森的老婆就在那兒。」

經山姆・貝禮一點，他才曉得還有開唐的大卡車將法拉利載離賽場這個辦法，畢竟他——還有他那台捷豹——已不再需要這輛大卡車了。不過，若這麼做會讓唐的維修團隊和他妻子失去回到鎮上的交通工具，就得另當別論。

他自整備區走向場中的乾草堆區，維修團隊裡的艾迪・布魯克斯也跟在他身邊。他看見一小群人冒雨站在那些被撞得面目全非的車旁，其中有位女人。他本打算找唐的維修團隊商量，但臉上無淚的哈里森太太改變了他的主意。他上前與她攀談。

「我是那部法拉利的駕駛。」他說。「很遺憾發生了這種事，哈里森太太。」

她低下頭。「你是最後才撞上來的。」她說。「這場車禍和你一點關係都沒有。」

「我知道，但我還是非常遺憾。」

「沒什麼好遺憾的。」她沉重地說。「他也算得償所願了吧。這種不病也不苟延殘喘的死法，一切都輕鬆了結。如果他上場前沒喝那些威士忌，或許就……我也不知道。總之，這就是他想要的啊。你是他哥兒們？」

「不是的。他在上場前請我喝一杯，但我沒喝。他那杯酒我剛剛才喝。」

「是嗎？嗯，好傢伙。唐要是地下有知，也會高興的。還有酒嗎？」

他猶豫了。「我從整備區過來的時候還有。山姆．貝禮喝了一點，我也喝了一點。也許那些傢伙已經解決那兩瓶威士忌了。」

她抬頭看著他。「那你到底要什麼？他那部車？他們說他的車已經徹底報銷了。」

他瞥了眼那輛已撞毀的捷豹。「可不是嘛。不，我是想開走他那輛大卡車，好把我的法拉利載回市區。我的方向盤出了大問題，得在大獎賽之前搞定。」

「你晉級了，對吧？唉，那大卡車是唐的沒錯，但他應該會覺得與其讓卡車載一堆廢鐵，還不如載送好模好樣的車子。好了，小兄弟，你開走吧。」

他有點驚訝。「我要到哪邊還車？」

「那車我是用不上了。就歸你吧。」

他想付點錢，卻又即刻打消了這個念頭；以貨幣易物的時代已經不存了。「太感謝妳了。」他說。「能開那部大卡車回去，對我會有截然不同的結果。」

「那就好。」她說。「去吧，去拿下大獎賽的冠軍。如果那兒有你需要的零件——」她朝著那輛盡毀的捷豹擺頭一點。「帶走就是了。」

「妳要怎麼回去？」他問。

「我？我會在這邊等，然後和唐一起坐上救護車。但他們說有一堆傷患等著就醫，所以救護車得先送他們過去。我們大概要到半夜才有辦法走。」

似乎沒有他幫得上忙的地方了。「我可以請幾個維修團隊的人跟我走一趟嗎？」

她點點頭，然後跟一位五十歲的微禿胖男子交談了幾句。他派兩名年輕人跟約翰回去。「這位是阿飛。他會跟我留在這兒把剩下的事處理好。」她神色黯然地說。「去吧，先生。去大展身手，拿下那場大獎賽。」

他站到一旁，在雨中和艾迪．布魯克斯說了些話。「這車輪胎的尺寸跟我們的一樣。車輪大小就不同了，但如果我們連輪輻也一起帶……滑坡那頭有輛被撞爛的瑪莎拉蒂，我們不妨也過去瞧瞧。我覺得那台車的前車零件應該有不少就是我們使用的那些……」

他們走回乍獲的大卡車，就著蒼茫暮色開進乾草堆區，接著便展開有那麼點類似盜墓的瀆屍行動：他們剝卸現場一部部車的遺骸，找尋任何可供法拉利所用的零件。他們收手之前，天已經黑了。最後，他們在雨中駛回墨爾本。

第八章

八月第一天，瑪麗．荷姆斯的院子開出了第一批黃水仙，不過就在當日，無線電電台帶著學術研究的客觀口吻播報阿得雷德和雪梨皆已出現了輻射病病例。她沒有特別為這則新聞發愁；這陣子的新聞，諸如薪資加給、罷工、戰事，都是叫人聞之心灰的噩耗，但聰明人自然不予理會。天氣一片晴朗，她種的第一批黃水仙開花了，埋在後面的水仙鱗莖也正含苞待放——這些才是當前的重要之事。「這些花一定會開得很美很美。」她對彼德幸福地說。「好多株都開花了。會不會有鱗莖一次就抽兩枝嫩芽啊？」

「不會吧。」他答道。「黃水仙應該不是這麼開的。我記得鱗莖會先裂成兩半，之後再長出另一顆鱗莖之類的。」

她點點頭。「原本的鱗莖到秋天就會枯死，我們就得挖出新長的小鱗莖，讓它們分著長。然後我們會有更多新鱗莖，可以讓它們沿著這裡長。再過個一兩年，我們的黃水仙一定會開得漂亮極了。」

她想了一下。「到時候也可以把幾株水仙移植到屋內啊。」

然而在如此美好一天裡，還是有令她焦心的事。珍妮佛正在冒第一顆乳牙；她的身體微微發燙，人也暴躁了起來。瑪麗買的《週歲寶寶》一書提到這些都是小兒長牙的正常現象，沒什麼好擔心的，但她仍然憂慮不已。「我的意思是——」她說。「寫這些書的人又不是無所不知，而且每個寶寶的情況都不盡相同吧？難道像她這樣一直哭、一直哭，也是正常的嗎？你看我們要不要請哈妻朗醫生過來一趟？」

「不需要吧。」彼德說。「她嬰兒餅乾不是咬得好好的？」

「她的身體很燙！我可憐的小乖乖。」她抱起嬰兒床上的珍妮佛，拍著伏在自己肩上的嬰兒背。小寶寶本就希望得到這樣的安撫，於是不再嚎啕大哭。彼德感受著漸漸漫開屋室的靜謐。「我想她沒事啦。」他說。「只是要人陪陪她而已。」過了一整個珍妮佛不停哭鬧，瑪麗則不斷下床哄她的折騰夜晚，他覺得自己就快受不了這種不得安寧的生活了。「親愛的——」他說。「真的很抱歉，我得去一趟海軍部了。我跟人約好十一點四十五分在第三海軍人員辦公處碰面。」

「那醫生呢？你不覺得該請哈婁朗醫生過來看看她嗎？」

「我是覺得不用麻煩人家了。書上說寶寶在長牙的時候可能會煩躁個一兩天，而珍妮佛已經鬧了三十六個小時啦。」天可明鑑，這孩子是真的鬧了這麼久啊——他想。

「可她或許是因為別的事情才哭成這樣——和長牙八竿子打不著的事情。癌症什麼的？她又沒辦法直接告訴我們到底哪裡痛⋯⋯」

「等我回來再說。」他答道。「我差不多四點到家，最晚五點。我們到時候再看看她的狀況。」

「好吧。」她應了一聲，心不甘情不願。

他拎起幾只油罐放進車內，然後開車上路——好在是逃出來了。其實他這天早上根本不必去海軍部，但過去打打招呼也不壞，是啊，如果辦公處裡還有人。蠍子號早已出乾船塢，也早已停回那艘航空母艦旁的老位置，如今正等著或許永遠等不到的任務派遣令。他可以去看看蠍子號，順便——只是順便——填裝他的油箱和油罐。

在這晴朗的早晨裡，第三海軍人員辦公處的裡裡外外只有一名皇家澳洲海軍婦女服務隊那位衣著端裝、戴著眼鏡，做事負責的抄寫員。她在等候梅森中校，並告訴彼德對方應該隨時會到，彼德便說他或許晚點再來。他下樓回到車上，準備開往威廉斯鎮。他將車停在航空母艦旁，然後提著油罐登上舷梯。當天值日的軍官朝他行禮。「早。」他對軍官說。「陶爾斯指揮官在附近嗎？」

「應該在下頭的蠍子號裡，長官。」

「我來拿點燃料。」

「瞭解了，長官。請將油罐放在這裡……車子油箱也需要加滿嗎？」

「嗯，麻煩你。」他繼續穿進寒冷、空蕩到蕩出回聲的無人航空母艦，再沿著步橋往下走進潛艦。當他站上蠍子號，杜威特．陶爾斯正好走上船橋甲板。彼德按規矩向他敬禮。「長官早。」他說。

「我來看看有什麼狀況，順便裝點燃料回去。」

「燃料還不少呢。」美國人說。「狀況倒是不多。現在應該不會有什麼狀況了，應該再也不會有啦。他們沒要你帶什麼消息給我？」

彼德搖搖頭。「我剛從海軍部過來。那邊似乎已經人去樓空了，只有一個皇家澳洲海軍婦女服務隊的隊員在。」

「那我的運氣比你好。我昨天在海軍部碰到一名上尉……看他那副樣子，應該是要往南跑。」

「都這種時候了，也跑不了多遠了吧。」他們倚著船橋的圍欄。

彼德瞥了艦長一眼。「你聽說阿得雷德和雪梨的情況了嗎？」

杜威特點點頭。「當然。一開始的幾個月慢慢變成幾個星期，如今我們也只能一天一天倒數了。他們算出日期了沒？」

「我還沒接到消息。我打算今天聯絡約翰．歐斯朋，問問他最新的情報。」

「他人不在辦公室。他一定正忙著整修那台車子。啊，他那場預賽真叫人大開眼界。」

彼德點點頭。「你會下圖拉丁看比賽嗎？正式的大獎賽，也是人類最後一場賽事了吧。一定會比得相當火熱。」

「嗯，不曉得欸。莫依拉不太喜歡那天的最後一場預賽。我想女人看事情的角度就是跟我們不一樣，拳擊或摔角那類的事。」他稍停一會兒。「你等等就要開回墨爾本？」

「對啊——還是你要我留下來幫忙處理些事情，長官？」

「不，不需要。我這邊沒什麼事要忙。你不介意的話，我想搭你的便車一起進城。我那位一等水兵艾德格到現在都還沒把車開過來；我猜他也逃去南方了。給我十分鐘好嗎？我先換掉這身制服，然後就和你一塊兒去墨爾本。」

四十分鐘後，他們在那條巷弄內的車庫裡和約翰．歐斯朋說話。那部法拉利的車頭被鏈動滑輪朝上吊得老高，車前零件和轉向系統的組件都被拆卸下來了。約翰穿著連身工作服和一位技師仔細調整法拉利的內裝。他先前就把車子清得一塵不染，所以雙手幾乎沒沾上什麼汙漬。「我們超幸運的，竟然能從那輛瑪莎拉蒂取走這麼多零件。」他一臉嚴肅地說。「懸吊系統的一支A臂彎得亂七八糟，不過鍛件還沒變形；我們得在上面鑽幾個孔再補上新的軸襯。假使我們必須加熱再扳正原本使用的那組，我才不想開去比賽呢。我是說，內裝零件都被修成這副慘狀，誰曉得車子上場後會出什麼事？」

「不過既然是這類的比賽，車子出什麼事都不奇怪吧？」杜威特說。「大獎賽是什麼時候？」

「我正為了這檔事跟他們爭執不下呢。」科學家說。「他們本來敲定十七號，就是兩週後的星期六，但我說太晚了。應該下週六就比賽，八月十號。」

「已經近在眼前了，是嗎？」

「嗯，我是這麼認為。畢竟坎培拉都出現明確的病例了。」

「這我可沒聽說。廣播報的是阿得雷德和雪梨吧？」

「廣播報的永遠是三天前的新聞。若非大禍臨頭、情非得已，他們才不想引發恐慌，讓大眾陷入一片愁雲慘霧啊。但今天阿爾伯里也發現疑似感染輻射病的患者了。」

「阿爾伯里？這地方不就只在我們北方兩百哩左右嗎？」

「是啊。所以我說兩週後的星期六才比，真的太晚了嘛。」

彼德問：「那你認為我們還有多少時間，約翰？」

科學家看了他一眼。「此刻的我已經染病了，你也是，我們都是。這扇門，這把扳手——輻射塵正漸漸沾附我們周遭的每件物品。我們呼吸的空氣，我們喝下的水，沙拉裡的萵苣，乃至培根、蛋。現在情況已經演變成個人耐受性的問題了。輻射耐受性較差的人應該兩週內就會出現輻射病的症狀吧。或是更早。」他暫停一下。「把大獎賽這種重要賽事延到兩個禮拜後的星期六才舉辦，實在是蠢到家了。我們下午要開一個大獎賽委員會的會議，我準備把話直接挑明了說。要是半數的駕駛在賽道上吐的吐、拉的拉，這算哪門子大獎賽？那只表示拿下冠軍的車手是全部駕駛中最能忍受輻射的傢伙而已吧？我說啊，我們可不是為了贏得這份殊榮才拚命的！」

「嗯，有道理。」杜威特說。他因為和莫依拉．戴維森約好共進午餐，便先一步離開了車庫。約翰．歐斯朋提議到田園俱樂部吃飯，然後雙手馬上往塊乾淨的破布一抹，再脫下身上的工作服、鎖上車庫，便和彼德開往城鎮彼端的俱樂部。

彼德在車行途中問他：「你叔公最近好嗎？」

「已經喝掉俱樂部一堆波特了吧，他和他那幫哥兒們。」科學家說。「可想而知，他的身子已經沒之前硬朗了。我們大概會看到他在那兒用餐；他現在幾乎天天都往俱樂部跑。能坐自己的車子往返當然有差囉。」

「他車子的汽油是打哪兒來的？」

「天曉得。陸軍那邊吧。現在大家取得燃料的門路不就那幾條嗎？」他停了一下。「我是認為他撐得下去，不過也很難說啦。他喝下的波特或許能讓他撐得比我們大多數的人都久。」

「波特？」

對方點點頭。「酒精啊。人體吸收酒精之後，似乎能增強對輻射的耐受力。你不知道嗎？」

「你是說，只要喝得醉醺醺的，就能熬得更久？」

「就能多熬幾天。按我道格拉斯叔公那種喝法，死於輻射病或酒精中毒就像擲銅板一樣，機率各半吧。我上禮拜本以為波特的贏面較大，不過昨天見到他老人家，氣色還不錯。」

他們停車，然後步入俱樂部，也瞧見道格拉斯．法勞德爵士。他因為風冷而坐進品酒花園的位子。爵士身旁的桌上放了杯雪利酒；他正與兩位老朋友閒話家常。他一看到這兩位年輕人便使盡氣力想要起身，又因約翰的請求而作罷。「我這把老骨頭不受用囉。」他說。「來來，拉張椅子來坐，也嚐嚐這支雪利。我們差不多喝掉五十支Amontillado啦。你壓一下那個鈴。」

約翰．歐斯朋照辦，接著和彼德各拉了張椅子坐下。「今天身體的狀況還好嗎，先生？」

「還好，還過得去。或許那位醫生說得是。他說我如果不改積習，沒幾個月就會蒙主寵召啦。沒錯，我就要進棺材了，但那位醫生也是，你也是呢。」他咯咯笑著。「聽說你跑去賽車，還贏了那場比賽？」

「我沒贏——我只拿到第二名。意思是我取得大獎賽的參賽資格了。」

「哎呀，何苦自尋死路呢？不過，無論你有沒有跑去賽車，下場鐵定都差不了多少。我聽人說輻射塵已經飄到開普敦那兒了。你說說，這話是真是假？」

爵士的姪孫點點頭。「確實如此，而且已經飄到開普敦好幾天了。倒是我們還能用無線電和當地保持聯絡。」

「所以開普敦比我們這邊還早受到輻射汙染？」

「沒錯。」

「意思是整個非洲都完蛋，或是快要完蛋了，才會輪到我們？」

約翰．歐斯朋咧嘴一笑。「很快就會輪到我們了。目前看來，整塊非洲可能在一週之內就會陣亡。」他稍停片刻。「我們掌握到的就只有輻射塵蔓延全球的速度似乎在這最後關頭加快了些。我們不太容易取得其他資訊，畢竟當某個地區的死亡人數高達一半以上，該地一切對外的聯繫通常都會斷掉，我們也就無法得知究竟發生了什麼事。一般來說，到了這個時候，水電等所有供眾設備都會切斷，食物也是。那剩下的另一半人口應該很快就撐不下去了……不過，就像我所說，我們直到最後都無法確切知道一切的經過。」

「嗯，這樣也好。」陸軍中將語氣堅決。「要不了多久，我們就能親身經驗了。」他緩口氣。「所以非洲就這樣沒啦。一戰之前，我還只是個陸軍中尉的時候，還曾在非洲度過一段美好時光呢。但我始終無法苟同那邊的種族隔離政策[註1]……這就表示我們會是最後死去的一批人？」

「也不盡然。」他的姪孫說。「我們這兒會是最後遭受輻射汙染的主要城市。現在布宜諾斯艾利斯和蒙特維多已經傳出輻射病的疫情，奧克蘭也發現一兩名輻射病患者了。我們死掉之後，塔斯曼尼亞和紐西蘭南島的居民或許還有兩個禮拜可活。最後死去的那批應該是火地島上的印第安人。」

「南極洲呢？」

科學家搖搖頭。「據我們所知，南極洲現在空無一人。」他笑了笑。「當然，這不代表地球上的所有生物將就此滅絕哦。不是的，千萬別這麼想。等到我們屍老骨枯，墨爾本這兒還有生物存在。」

註1　專指遍行於南非，唯有白人擁有政治上的絕對權力，繼而列法限制或剝除當地人民土地、身分，甚至婚姻等利益與自由的隔離政策。此制度一直到1994年曼德拉當選南非第一位黑人總統後才算真正廢止。

他們緊盯著他。「什麼生物？」彼德問。

他則衝著他們張嘴而笑。「兔子，我們研究後發現抵抗力最強的動物。」

中將從座位上拔起身，一臉慍怒。「你是想告訴我們那群兔崽子會活得比我們久嗎？」

「是的。會比我們多活個一年吧。兔子對環境的抵抗力是人類的兩倍。到了明年，牠們就會橫行整個澳洲，放肆啃食我們的囤糧。」

「你這話的意思就是那群該死的兔崽子終於要揚眉吐氣啦？我們全都死了，牠們卻還活蹦亂跳的？」

約翰．歐斯朋點點頭。「狗會活得比我們久，老鼠又會活得比狗更久，但沒兔子那麼能撐。我們瞭解到的是，兔子隨隨便便都活得比這兩種動物還久——牠們會是地球上最後的生物。」他稍事停頓。「當然，牠們終究還是難逃一死。到了明年年底，這個地方就真的是一片空城了。」

中將癱進他的座椅。「兔子！我們為了生存所做的努力，為了撂倒兔子而投注的精力——到頭來，竟是這種動物在最後的生存戰大獲全勝！」他轉向彼德。「快給我壓下你身邊的鈴。我要在進屋吃午餐前來杯白蘭地蘇打。聽了這種鬼話，我們最好全都來杯白蘭地蘇打。」

莫依拉．戴維森和杜威特在飯館一張靠角落的桌前坐下，並點了午餐。然後她說：「你在煩惱什麼，杜威特？」

他拾起一把叉子隨意揮動。「沒什麼。」

「告訴我。」

他抬起頭。「我還握有另一艘船艦的指揮權——正位於蒙特維多的美國海軍軍艦劍魚號。那些地區受輻射汙染的程度越來越嚴重了。我三天前用無線電聯絡了劍魚號的艦長，問他把船開過來這個辦法是否可行。」

「他怎麼說？」

「他說不大可行，因為有『陸親人士』——他是這麼稱呼的。他指的是那些當地女孩。看來他那邊的情況就跟我蠍子號一樣啊。他說只要出現不可抗的強制因素，就會試著把船開來這裡，不過那也就表示他得拋下半數的船員。」他揚起頭。「可是這樣就沒有飄洋過海的意義啦。」他告訴她。「他根本不會有足夠的人手操作劍魚號。」

「所以你要他待在那邊？」

他猶豫不答。「對。」片刻後，他終於說道。「我命他將劍魚號開出十二哩的領海界限，一旦駛達公海就潛入深水把船沉掉。」他看著那把叉子的尖齒。「我不知道這麼做到底對不對。」他說。「我只是覺得海軍部會希望我下達這種命令，而不是讓劍魚號這種配備各類裝置的軍艦漫無目的地漂向別的國家──縱使別的國家已經變成無人之境了。」他瞄了她一眼。「所以現在美國海軍軍備的實力又削減啦。」他說。「從兩艘船艦減為一艘。」

他倆沉默了一會兒，然後她問：「你也打算這麼處置蠍子號嗎？」

「應該吧。我其實很想把蠍子號開回美國，但這是行不通的。正如他所說，我們有太多陸親人士。」

他們的午餐上桌。「杜威特──」她在侍者離開之後說。「我有個想法。」

「什麼想法，親愛的？」

「他們今年會提早開放鱒魚的漁場，下週六就開放了。我在想，不曉得你願不願意帶我上山度個週末？」她淡淡一笑。「上山釣魚，杜威特──就只是釣魚。沒有別的目的。這個時候的杰米遜谷很美。」

他遲疑了一下。「約翰・歐斯朋認為他們會在那天舉行大獎賽。」

她點點頭。「我想也是。你比較想看大獎賽？」

他搖搖頭。「妳呢？」

「不想。我不想再看到有人死掉了。一兩週之後的那幅景象就夠我們看了吧。」

「我也這麼覺得。我不想看大獎賽；約翰說不定會當場喪命，我不想親眼目睹。我比較想去釣魚。」他看看她，剛好對上她的視線。「我只擔心一件事，親愛的。要是我們上山釣魚會讓妳受到傷害，我就不想去了。」

「我不會受傷啊。」她說。「不會受到你說的那種傷害。」

他望向賓朋滿座的飯館。「我就快要回家了。」他說。「我離開美國這麼久，如今這段旅程也即將告終。妳知道我的狀況。我家鄉有我深愛的老婆，我也不曾在這離家的兩年間背叛過她。我不希望在這種時候，在這最後幾天前功盡棄。」

「我知道。」她回答。「我一直都知道。」她靜靜坐著。過了一會兒，她說：「對我而言，杜威特，你始終有種良善的影響。要不是你出現，真不曉得我這段人生會有多荒腔走板。我想人在餓得要死的時候，看到半條麵包就會撲上去了。聊勝於無嘛。」

他皺起眉頭。「親愛的，我不懂妳的意思。」

「那不重要。我也不願在將死的一週或十天前匆忙展開一段放浪不羈的風流情事啊。我也有一套道德標準——終於有了。」

他對她微微一笑。「我們可以試試小杜威特的新釣竿……」

「我已經料到你會想這麼做了。我家有支小型的毛鉤釣竿可以帶去，但我對釣魚不怎麼在行。」

「妳有毛鉤和漸縮線嗎？」

「我們管那兒叫『拋投線』。我不太清楚。我回家後得看看能搜出什麼東西。」

「我們得開車上山對吧？那地方有多遠？」

「大概得備妥能讓我們跑個五百哩的汽油。不過，這你就別擔心了。我問過爹地能不能讓我開走那台Customline；他前陣子才把車開出牧場上路跑了一段，乾草棚裡的草堆下也還有他囤了將近一百加侖的汽油。」

他又笑了笑。「妳想得真周到。對了，住宿要怎麼辦？」

「就住那間旅舍吧。」她說。「只是一間簡樸的郊外小旅店，但我覺得它最理想。我是可以去借度假小屋，不過我們就得把休息時間全都耗在清掃上了；那小屋有兩年沒住過人了吧。我再打電話跟旅舍訂房。訂兩間。」她說。

「好。那我得追追我那一等水兵艾德格的下落了，也問問能否在他未陪同的情況下用車。我不是很確定他們准不准我自己開車。」

「那已經不算什麼要緊的大問題了吧？我的意思是，都這種時候了，你大可拿了車直接開走啊。」

他搖搖頭。「我不想這麼做。」

「可是，杜威特，有何不可呢？別誤會，你拿不拿車我都無所謂——反正我們可以開Customline去。但如果那部雪佛蘭本來就是海軍部派給你用的車子，你當然能光明正大地開走它吧？我們兩個禮拜之後就死了啊，就再也不會有人開那部車子了。」

「我知道……」他說。「我只是希望自己直到最後一刻都能安守本分、好好做事。只要有命令，我就遵守。一直以來，親愛的，我受的就是這種訓練，現在也不會打破這項原則。如果一名軍官為了和女孩子上山度週末而開走公務車算是違規之舉，我就不會去做，就像我蠍子號上絕對禁酒，即使我們只剩最後五分鐘。」他笑笑。

「就是這麼回事。所以，讓我再請妳喝一杯吧。」

「那我想我們是非得開那台Customline上山不可了。你的規矩還真多——幸虧我不是在你手下做事的水兵。不了，我不喝。謝啦，杜威特。我下午還得參加第一回的考試。」

「第一回的考試？」

她點點頭。「我得努力記下一分鐘五十個字的口述內容，再把記下的那些打成稿子。只要速記和打字的部分各出現三個錯誤就無法通過考試。難度很高。」

「好像真的很難。妳就要成為一個優秀的速記打字員啦。」

她莞爾一笑。「一分鐘五十個字的水準還差得遠呢。一分鐘一百二十個字才夠格成為一名優秀的速記打字員。」她抬起頭。「我希望有天能去美國看看你。」她說。「我想見見雪倫——如果她願意見我。」

「她會想見見妳的。」他說。「依我看，她現在已經對妳抱有某種感激之情了吧。」

她淺淺笑了。「難說哦。女人一提到男人就會變得怪怪的……如果我要去秘斯蒂克，那邊有速記打字學校讓我完成課程嗎？」

他想了一會兒。「秘斯蒂克本地沒有。」他說。「新倫敦倒有很多不錯的商學院。那地方離秘斯蒂克大概只有十五哩。」

「我還是在那邊待一個下午就好。」她思考著。「我想看看海倫踩著那支跳跳棒蹦來蹦去的樣子，然後就直接回來。這樣比較好。」

「親愛的，妳就這麼回去的話，雪倫會很失望哦。她會希望妳留下來。」

「那只是你的想法。如果沒有足夠的證據，你是無法說服我的。」

他說：「說不定到了那個時候，事情會有不同的發展。」

她緩緩點著頭。「或許吧。希望如此。反正一切很快就會見真章啦。」她瞟了一眼腕錶。「我得走了，杜威特，不然就遲進考場了。」她拾起手套和包包。「還有，我會跟爹地說我們想借走他那台Customline和大約三十加侖的汽油。」

他遲疑了片刻。「我去找找我那台雪佛蘭。不好把妳爸的車開走這麼多天啦，還用掉他那麼多汽油。」

「他又用不到。」她說。「他這兩個禮拜都有開車出門，但實際上應該只開過兩次而已。他要趁現在還有時間趕緊完成他那一大堆牧場改造工程。」

「他現在在忙什麼？」

「沿著樹木打下的那圍籬笆——五十英畝那塊地。他這會兒正為了架設新籬笆而忙著挖洞。那籬笆大概有二十測鏈[註2]長。算一算，他得挖近百個籬笆洞。」

「我威廉斯鎮那邊已經沒什麼事要忙了。如果他同意，我可以上哈卡威幫忙。」

她點點頭。「我會轉告他。晚上打給你——大概八點？」

「好。」他說。他送她走出飯館門口。「祝妳考運亨通。」

他當天下午沒有別的安排了。莫依拉離開後，他便獨自杵在飯館外的街上，不知道接下來要做什麼好。對他而言，這種無所事事的狀態太罕見，而他厭惡這種狀態。威廉斯鎮那邊已完全沒有需要他處理的事；那艘航空母艦作廢了，他的蠍子號則是幾乎要作廢。雖然尚未接獲命令，但他知道他的船再也不會出海，原因之一就是南美和南非已相繼淪為輻射汙染區，他們能航向的目的地自然是屈

註2 為英制的長度單位，一測鏈約20.12公尺。

指可數。只剩下紐西蘭可去了。他讓半數的船員分兩批輪休，一次休一週。至於另半數的船員，他只留了十人左右待在潛艦裡負責器械保養和清潔的職務，其他人則予以日休的上岸假。如今已不再有等著他批閱的訊號單傳送過來，他按週簽發軍需徵用單的例行工作也淪為徒具形式的作業流程——造船廠那邊會未經書面確認便逕自支援他們欠缺的備用品。他嘴上不說，但心裡很清楚蠍子號的海上生涯已然告終，一如他自己的海軍人生，他那沒有替代方案的海軍人生。

他本想去田園俱樂部晃晃，但還是算了吧，他到那邊之後仍是閒得發慌。他轉身走向這座城鎮的機動車買賣街區，走向約翰·歐斯朋正忙著微調法拉利的地方。約翰那裡或許有他感興趣的事情可做。他必須及時趕回威廉斯鎮接莫依拉那通大概八點打來的電話；這就是他當天的下一個安排。到了隔天，他應該就能上哈卡威幫她父親挖籬笆洞了。他很期待這份勞動筋骨的忙活。

他在步往市區的途中經過一間運動用品店，於是走進店家買毛鉤和拋投線。「不好意思哩，先生。」男人說。「店裡沒有拋投線或毛鉤了。如果你會綁線，我這兒倒還有一些魚鉤。釣季就要開始囉，所以這幾天店裡的存貨幾乎都賣光了，之後也不會進貨啦。嗯哼，正如我跟家裡那口子說的，這結果還算稱心。在一切結束之前，我們能清就清，把存貨減到最低。要是那些會計知道了，準會樂得笑呵呵呢，但我想他們現在也沒那個心思管這種事了吧。可真奇了，這世事的變化。」

他繼續往市中心走。機動車買賣街區的商店櫥窗裡依然放著待售的車、待售的引擎割草機，只是櫥窗髒汙不堪，店家大門緊鎖，門內的貨物則已蒙灰披塵。眼下，這些街道髒兮兮的，隨處可見廢紙和腐敗的菜葉。顯然清道夫已有好幾天沒掃街了。路面電車一如既往穿街而過，但這座城市一反既往地髒亂，還開始發臭。美國人想到尚屬醞釀階段的東方之城。天灰濛濛地下著小雨，有一兩個地方的路邊排水溝堰塞不通，積堵的水因而氾出路面，漫溢成池。

他走進那條小巷，走進敞著門的車庫。約翰．歐斯朋正埋著頭做事，另有兩人也在車庫裡，而其中一個就是彼德．荷姆斯。脫去軍裝外套的他洗著浸泡在如今比汞價更高的煤油中，那些千奇百怪、難以名之的法拉利零件。車庫裡洋溢著一股忙碌的活潑氣氛，讓杜威特頓時備感溫馨。

「我就覺得你可能會回來。」科學家說。「想活動一下嗎？」

「求之不得。」杜威特說。「這座城市真叫我頭大。有我使得上力的地方嗎？」

「有。幫比爾．亞當斯把新輪胎安上你看到的每一個輪圈。」他指指一堆全新的賽車用輪胎，而輪圈似乎散落在整間車庫裡。

杜威特感激地脫下外套。「你這兒好多輪圈。」

「十一顆吧，我想。我們拆了那輛瑪莎拉蒂的車輪——裡頭的輪圈就是我們用的那款。我要手邊的輪圈全都裝配新的輪胎。比爾是固特異的員工，清楚整套裝配流程，不過他一個人忙不過來。」

美國人捲起衣袖，並轉向彼德。「你也被叫來幫忙了呢。」

海軍軍官點點頭。「不過我只能再待一下。珍妮佛在長牙，而且已經連哭兩天了。我跟瑪麗說今天得北上報到，還為此道了歉。我答應她最晚五點到家。」

杜威特笑了笑。「你留她一個人在家顧寶寶。」

彼德點點頭。「所以我買了把草耙和一瓶驅風水[註3]給她啊。但我還是得在五點之前回到家。」

註3　可為幼兒整腸健胃、消脹氣或治腹痛的口服藥。

他半小時後離開車庫，坐上自己的小車駛向弗茅斯，也準時回到那間單層公寓。瑪麗待在客廳裡，整間屋子靜悄得不可思議。「珍妮佛怎麼樣了？」他問。

她豎起一指壓在唇上。「睡著了。」她小聲說。「我餵她吃過東西之後她就開始睏了，到現在還在睡呢。」

他走向臥房，她也跟了上去。「你別吵醒她。」她輕聲細語地提醒。

「打死我也不會。」他輕聲細語地回話。他低頭瞧著睡得香甜的嬰孩。「這可不是癌症病人的睡相啊。」他論道。

他們輕輕關上臥房的門，再回到客廳。他拿出準備好的禮物。「家裡已經有驅風水了——」她說。「多得很呢，她現在也不需要喝這種東西啦。你這禮物晚了差不多三個月囉，不過這把草耙買得正是時候，我們就缺個工具來掃草坪上的落葉和枝條。我昨天才彎腰撿了一下，背都快斷了。」

他們調了小杯烈酒喝。過沒多久，她說：「彼德，既然我們有油，為什麼不買台引擎割草機啊？」

「那種東西太貴了。」他出言反對，幾乎不假思索。

「現在物價如何已經沒那麼重要啦，不是嗎？再說夏天就快到了，有台引擎割草機會輕鬆不少哦。我們家的確沒什麼草可修，但用手動割草機推起來也相當辛苦欸，你又說不定還會出海。如果家裡有台小小的引擎割草機，我就可以自己開來整理草坪。電動的也不錯。桃樂絲．海因斯就有台電動割草機，而且發動起來一點都不麻煩。」

「她也至少有三次割草割到那部機器的電線，然後每次都差點觸電而死吧。」

「操作的時候小心一點，就不會發生那種事了嘛。要是我們家也有那種機器就好了。」

她活在由夢想打造的虛幻世界裡，也唯有如此，她才得以認清現實。他沒看出這點，不過他就愛這樣的她，無論如何都愛。那種東西買回家之後大概只能擺著，但既然她會因此感到開心，那就夠了。「下回我北上進城，再看看那些店家還有沒有賣割草機好了。」他說。「我知道引擎割草機的存貨還不少，但不曉得找不找得到電動式的。」他想了一下。「恐怕都賣光了吧。前陣子沒汽油，大家要買也只能買電動式的。」

她說：「那就買引擎式的啊。小小台就行了，彼德。就是你可以教我如何發動的那種。」

他點點頭。「那不難發動，不騙妳。」

「我們還需要添個東西。」她說。「庭園椅。你知道啊，就整個冬天擱在戶外也沒關係，然後天氣一放晴就能坐人的那種椅子。我之前就想哦，如果我們在野莓樹旁邊那個遮蔭角落放張庭園椅，不是很有情調嗎？到了夏天，這張庭園椅就能大大派上用場了。或許一整年都很好用。」

他點點頭。「聽起來不錯。」到了夏天，這張庭園椅也絕對派不上用場的。但無妨，隨她去吧。該怎麼把庭園椅載回家倒是個問題。用他那輛迷你莫利斯載送的話，就只能把椅子捆在車頂，不過這樣又可能刮花車漆，除非他用什麼東西紮紮實實地墊在那張庭園椅下面。「我們先去買引擎割草機。庭園椅等我們看過了再決定。」

隔天他開車帶她上墨爾本挑引擎割草機；珍妮佛也和他們一塊兒出門，就坐在固定於後座的嬰兒車裡。瑪麗已經好幾個禮拜沒進城，如今看見這城鎮的樣貌著實嚇了一跳，也覺得難過。「彼德……」她說。「墨爾本怎麼了？這裡到處是垃圾，而且臭氣沖天。」

「我想是因為清道夫不再打掃了吧。」他評論道。

「可是，為什麼啊？為什麼清道夫不打掃了？發生什麼事了嗎？罷工？」

「所有的節奏都慢下來了。」他說。「妳看，我不也沒去工作嗎？」

「不一樣啊。」她說。「你是海軍的人欸。」他放聲大笑。「不是啦，我的意思是你得出海啊，而且一去可能就是好幾個月，然後你回家、你休假。但清道夫又不一樣。清道夫就是要天天打掃啊——這至少是他們的本分吧。」

他無法為她進一步闡釋箇中原因，只能繼續開往大型五金行。店內只有幾位客人，店員人數更是少得可以。他們讓小珍妮佛留在車上，然後走向園藝部，又花了點時間找店員。「引擎割草機？」他問。「在下一廳哦，穿過那道拱門就是了。那邊有好幾台引擎割草機，去瞧瞧有沒有中意的吧。」

他們去瞧了，也挑到一台十二吋的小型割草機。彼德看了看價標後，便提著這台割草機去找剛才的店員。「我要這台。」他說。

「行。」男人回答。「好個小而巧的割草機呢，這個。」他咧著嘴笑，還不忘挖苦。「夠你割上一輩子了。」

「四十七鎊十便士。」彼德說。「你們收支票嗎？」

「就是橘子皮也收啊，我管他那麼多。」男人回答。「我們晚上就要關門大吉了。」

海軍軍官走向一張桌子，然後伏桌開立支票；瑪麗一個人和那位男店員講話。「你們為什麼要關門？」她問。「大家不是還會過來買東西嗎？」

他發出輕慢的笑聲。「哦——的確還有人會上門買東西，雖然店裡已經沒啥好賣的了。但我才不要在這裡留到最後一刻咧，其他員工也這麼想啊。我們幾個昨天商量過了，之後也告訴管理部門我們的決定。反正只剩下兩個禮拜左右啦。他們晚上就會結束營業。」

彼德走回來，並將開好的支票交給店員。「可以了。」男人說。「倒是銀行也沒職員上班，不知道這張支票進不進得了他們的戶頭。還是開張收據給你吧，免得明年他們追著你的屁股跑……」他草草開了收據，便轉而招呼其他客人。

瑪麗渾身發抖。「彼德，我們離開這裡，趕快回家好不好？這裡好恐怖哦，又臭。」

「妳不想吃過午飯再回去？」他本以為這趟短程出遊會讓她心情大好。

她搖搖頭。「我現在寧可回家。回家吃啦。」

他們一語不發地駛離城市，往南開回那座明亮濱海小鎮，他們的家。直到走進他們山丘上的公寓，她才終於恢復一點自若的神色。這兒有她熟悉而充滿親切感的物品、她引以為傲的整潔、她細心照料的小院子，還有俯瞰海灣時，那片清澈開闊的景色。這兒是她安心的所在。

他們吃過午餐後，在清洗碗碟之前抽根菸。此時她說：「我覺得我這輩子都不想去墨爾本了，彼德。」

他露出笑臉。「髒兮兮的，是嗎？」

「太可怕了。」她忿忿地說。「店家都倒了，街上又髒得發臭。那樣子就好像世界末日已經降臨了啊。」

「確實也不遠啦，妳知道。」他說。

一時之間，她沉默了。「我知道。你一直都把這件事掛在嘴邊。」她抬起頭看著他的眼。「我們還有多少時間，彼德？」

「大概兩週吧。」他說。「這並不表示人在那個瞬間就會全軍覆沒，懂吧？我們會開始生病，但每個人發病的時間或有不同。有的人抵抗力比較強，有的比較弱。」

「但每個人都會染上這種病，對吧？」她低落地問。「我是說最後。」

他點點頭。「最後，每個人都會染上這種病。」

「所以到底會有多大的差別？我指的是每個人開始生病的時間。」

他搖搖頭。「這我就不清楚了。我猜三週之內，大家都會得病。」

「是從今天開始的三週，還是我們這兒出現第一號病例之後的三週？」

「我的意思是出現首位病例之後的三週。」他說。「但我真的不太清楚。」他暫停一下。「可能有人患的是輕微的輻射病，沒多久就恢復了。」他說。「可是再過個十天十四天，這人就會二度染病。」

她說：「所以我跟你不一定會同時發病？還有珍妮佛？但是我們

——我們之中的任何一個，隨時都可能開始生病？」

他點點頭。「就是這麼回事。大限將至，我們只能概括承受，畢竟死亡向來是我們不得不面對的問題。我們先前都避而不談，是因為覺得自己還年輕。珍妮佛可能隨時會走，或許是我們三人裡最早離開的一個，不過也可能是我先妳一步。但不管誰先誰後，都沒什麼好叫人驚訝的。」

「大概吧。」她說。「真希望這種事一天就結束掉。」

他牽起她的手。「很有可能啊。」他說。「但——我們運氣不會太差的。」他親吻她。「洗碗吧。」然後，他的視線落在那台新購的割草機上。「我們下午可以修修草坪欸。」

「草坪還很濕。」她悲傷地說。「會鏽了割草機的。」

「那我們就把機器搬到客廳的爐火前烤乾啊。」他接著保證：「我不會任割草機生鏽的。」

杜威特．陶爾斯到哈卡威與戴維森一家共度週末。這幾天來，他忙著搭建籬笆，從日出辛苦到日落。他藉繁重的體力勞動放鬆紓壓，同時也看出牧場主人的悒悒不快。有人將兔子對輻射的耐受力一事告訴他了。他並不擔心兔子，畢竟哈卡威素無兔子作亂，但事關他那群肉牛的生死，因此他亟欲知道其他毛皮動物的相對免疫力，卻苦尋不到答案。

一天傍晚，他向美國人傾吐自己的煩惱。「我從沒料到這檔事兒。」他說。「我的意思是，我本以為那群黑安格斯會和我們同時歸西，不過目前看來，牠們似乎能再活久一點。但久一點是多久？我無從得知。顯然沒人做過這類研究啊。當然啦，牛還是得餵；我現在都讓牠們吃乾草和青貯飼料，也準備好夠牠們一路吃到九月底的分量了——按每年的平均需求來算，一頭牛一天大概吃掉半捆乾草。我後來發現這才是養出黑安格斯精實肉質的不二法門。但是，唉，如果我們都死光了，還能指望誰餵養牠們呢？這真是天大的難題唷。」

「直接打開乾草棚呢？讓牠們餓了就自己進棚吃草？」

「我想過這法子，但牠們是解不開成捆的乾草的。即使解開了，這群牛也很可能在上面亂踩，糟蹋了絕大部分的草料。」他稍停一會兒。「我成天都為了思考是否果真沒有能跟定時鬧鐘和電子柵欄並行的辦法而大傷腦筋……可是無論我怎麼想，這都意味必須把一個月的乾草量放進露天圍場任其風吹雨打。傷腦筋哦，傷腦筋……」

他站起身。「幫你倒杯威士忌吧。」

「感謝——一小杯就好。」美國人回到乾草的問題上。「這無疑是個難題啊。現在又無法登報請益，參考其他牧場的解決方式。」

他在戴維森家待到星期二早晨才返回威廉斯鎮。而在造船廠，他曾下達的命令與規範正逐一崩解，儘管他的執行官和水手長已竭力維護。兩名船員收假未歸，一名船員在吉朗當街鬥毆致死的消息也傳了回來，不過尚待證實。還有十一名船員醉醺醺地回船報到，如今正等著他裁判，但他真的不知怎麼處置才算得當。現在船上既沒活兒能罰他們做，又只剩下約莫兩週的時間——禁假似乎不是懲戒的辦法。他先讓那批準備受罰的船員待在航空母艦的禁閉室裡，一方面等他們酒醒，一方面等自己理出個頭緒。然後，他把他們叫上船艉甲板區列隊站好。

「魚與熊掌不可兼得。」他告訴他們。「我們所有人——包括你們和我，都已經時日無多了。你們今天站在這裡，就是美國海軍軍艦蠍子號的一分子，就是美國海軍碩果僅存的作業船艦的船員。你們要嘛以船員的身分留下，要嘛接受非榮譽退伍的處分。」

他停了一下。「從現在起，任何以醉態登船或未準時收假者，隔天一律以除役處分。而我說的除役，就是非榮譽退伍，而且立刻生效。我會當場扒掉你身上的軍服，把你這個只剩一條短褲的平民百姓丟出造船廠的大門。你要在威廉斯鎮受凍也好、爛掉也好，我美國海軍懶得管你。都給我聽清楚了沒？自己好好想想。解散。」

他隔天果真勒退一名船員的軍役。對方被趕出造船廠的大門，全身家當就只有還穿著的汗衫與內褲。自此之後，杜威特沒再蹚過這類麻煩事。

他週五一早就搭著一等水兵駕駛的雪佛蘭出造船廠，開向市區伊麗莎白街尾那間巷內車庫。如他所料，約翰．歐斯朋還窩在裡頭調整他的法拉利。這台車終於能安全上路了；其閃閃發光、蓄勢待發之姿彷彿立刻就能上場比賽。杜威特說：「那個，我順道過來看看，也得跟你打聲招呼。不好意思，明天無法到場親睹你拿下優勝的風采了。我有別的安排。我們要上山釣魚。」

科學家點點頭。「莫依拉有跟我說。多釣一點啊。我想除了參賽者和醫護人員，應該沒什麼人會在這種時候特地跑去觀賽吧。」

「我倒覺得會有不少觀眾呢，畢竟是大獎賽啊。」

「但對很多人來說，這或許是最後一個無病無痛的黃金週末了。大家都有自己的事要做。」

「彼德．荷姆斯——他會去嗎？」

約翰．歐斯朋搖搖頭。「他會在家整整院子。」他躊躇片刻。「我不該參賽的，真的不該。」

「你沒有院子要整啊。」

科學家擠出一絲苦笑。「是沒有，但我上有老母，老母還養了條哈巴狗。她最近才意識到她的小明會比自己晚死好幾個月，現在正為了小明的將來擔心得茶不思、飯不想……」他稍作停頓。「歹年冬哦。還好這個歹年冬就要結束了。」

「還是一樣，月底嗎？」

「我們大多數人應該不到月底就嗝屁了。」他又低聲說了什麼，然後補上一句：「那種話你聽聽就好，別傳出去。至於我個人的死期，應該就是明天下午了。」

「希望不是。」美國人說。「我有點希望你能抱回獎杯呢。」科學家用鍾愛的眼神看向那部賽車。「我的寶貝絕對有那個速度。」他說。「如果它有個像樣的駕駛，摘冠就有如探囊取物啊。是我拖累了它。」

「我會為你祈禱的。」

「好啊。也幫我帶條魚回來。」

美國人走出巷子，再走回車子，不知道自己日後還見不見得到科學家。他對駕駛一等水兵說：「好了，載我到戴維森先生的牧場吧。在哈卡威啊，就柏威克附近，你之前送我去過一次。」

他坐進後座。當車駛入郊區，他摸著那把小型釣竿，看著他們在冬日的灰白天色下路過的條條街道、棟棟房屋。很快，或許不到一個月，這個地方就會杳無人跡，唯有被惠賜短暫緩刑令的貓狗會於此地出沒。很快，貓狗也將消失，然後幾度夏、幾度冬，這些街道和房屋又得以聞見這兩種生物。再過不久，輻射也會如推移的時序般消失散盡。就鈷那約莫五年的半衰期來看，這些街道和房屋最晚二十年後就又是宜行宜居的處所了——不，說不定更早就能恢復。人類會遭受及時的抹滅，而世界會因此潔淨，留待更有智慧的生命繁衍安存。啊，這麼說來，整件事似乎有幾分道理。

他在十點左右抵達哈卡威。那輛福特Customline停在屋舍前的庭園，後車廂裡滿是油罐。莫依拉已把自己那只小型手提箱和大堆釣具都放進了後座，就等杜威特前來碰頭。「我建議午餐之前出發，路上再吃點三明治。」她說。「現在天很快就黑了。」

「正合我意。」他說。「妳準備了三明治？」

她點點頭。「還有啤酒。」

「妳真的想得太周到啦。」他轉向牧場主人。「總覺得就這麼開走你的車，好像有點自私……」他說。「不然，我們也可以開我那台雪佛蘭上山。」

戴維森先生搖搖頭。「我們昨天去了墨爾本，我想我們以後也不會去了。那地方真叫人難過。」

美國人點點頭。「墨爾本變髒了。」

「是啊。沒關係，你們開福特去吧。油還很多，讓你們用光也好。我應該再也用不到那些油了，牧場裡有太多事要忙。」

杜威特將行李搬上福特，再命一等水兵開雪佛蘭回造船廠。「我不覺得他會老老實實回去。」他看著漸行漸遠的雪佛蘭，若有所思地說。「不過做做樣子，對我們都好。」

他們正準備坐上那部福特時，莫依拉說：「你開。」

「不、不。」他回答。「還是妳開吧。我不知道路，還可能因為開錯邊而逆向誤撞什麼東西。」

「我兩年沒開了哦。」她說。「你要賭命，我也沒意見。」他倆上車後，她先是一番摸索，才終於打進一檔，將車駛離車道。

她很高興能再度開車，非常高興。她從催快的車速中產生一種無所拘束的感覺，一種從日常生活的種種設限裡脫困而出的感覺。他們循小路穿過錯落著民宿民房的丹頓農山區，快到達莉莉戴爾時，便停在潺潺溪流邊用午餐。此時的天色已變得清朗。湛藍的天空飄著朵朵白雲，還透現陽光。

他們邊吃三明治邊如專家一般探究眼前的小溪。「水挺濁的。」杜威特說。「我想現在還不到釣鱒魚的時候。」

「應該吧。」女孩說。「爹地說這個時候的水太濁，不是毛鉤釣的最佳時機。他說旋轉誘餌就很好用了，但還是建議我先在河邊晃晃，看能不能找到小蟲，再掛上魚鉤點水垂釣。」

美國人朗聲大笑。「我得說這種做法的確有幾分用處——如果妳意在釣魚。我還是會用旋轉誘餌，至少先用一陣子。我想看看這支釣竿有多大本事。」

「我就想釣到一條魚。」女孩稍稍流露期待的心情。「就算上鉤的只是我們得放生的小鱒魚。我想試試蟲釣，除非杰米遜谷的水比這邊清澈得多。」

「開始融雪啦，高山上的水或許會比較清澈。」

她轉頭看他。「魚也會活得比我們久嗎？像狗那樣？」

他搖搖頭。「我不知道，親愛的。」

他們上車駛向沃伯頓，然後沿著穿行林間的蜿蜒長路登上高地，於兩個小時之後抵達馬特洛克的至高點。只見此處雪遍路面，也覆及周圍林木繁盛的山。眼下這個白雪靄靄的世界感覺天寒地凍、滿目荒涼。他們下山開進伍茲角小鎮的山谷，再上山走完另一處分水嶺，接著展開二十哩的路程通過古爾本秀美綿延的幽谷，恰在日落之前開進杰米遜谷，到達他們下榻的旅舍。

美國人發現這間旅舍含括多棟雜散在土地上的獨層木造建築。這些樓房有點搖搖欲墜的樣子，有些還是從該省墾荒時期保留至今的高齡老屋。他很慶幸他們事先訂了房，因為此時旅舍已經被釣客擠得水泄不通了。如今，停在旅舍外的車輛比繁榮安定之時的數量還多，旅舍內的酒吧生意也興隆得很。他們好不容易找到旅舍的女主人，而她一臉喜孜孜、笑盈盈地領著兩位住房客人走進他們狹小簡陋，要什麼缺什麼的房間。她說：「我真高興你們這些釣客又大駕光臨啦！兩位絕對想不到我這旅舍在過去兩年是什麼光景——只招待過一夥上山騎馬的遊客，真是冷清！不過現在這地方就像昔日般熱鬧呢。你們有帶毛巾嗎？喔喔，那我看能不能找條毛巾給你。但我們大客滿啦。」然後她春風滿面地抽腿跑開。

美國人望著女主人的背影。「好吧——」他說。「至少她挺享受的。走，親愛的，我請妳喝一杯。」

他倆走進擁擠的吧間。在這方天地裡，木板釘成的天花板往下凹陷，壁爐爐架內的柴火燒著烈焰，還有幾套鍍鉻桌椅和一群聒噪不休的賓客。

「我去幫妳點個什麼，親愛的？」

「白蘭地。」人聲鼎沸，她只好用吼的。「畢竟我們今晚在這兒只有一件事可做，杜威特。」

他笑了笑，然後擠進挨肩擦背的人潮到吧檯點單。幾分鐘後，他才兩手各端一杯白蘭地與威士忌艱難地走回莫依拉身邊。他們四下張望、尋找座位，終於看見一張桌前坐了兩個身穿短袖，正認真理著釣具的男人。他們察覺有人走上前來，便抬起頭點頭示意。「要去釣明天的早餐囉。」其中一人說。

「兩位準備早起？」杜威特問。

另一名男子看了杜威特一眼。「是要晚睡。漁場會在半夜開放。」

他大感興趣。「你們半夜就會出發嗎？」

「外頭沒下雪的話。那是釣魚的最佳時機啊。」他執起一支加綁小鉤的巨型白色毛鉤。「這就是我的傢伙。釣鱒魚的致勝奇鉤。我都吊個一兩塊夾鉛再讓鉤子下沉，然後大幅平移釣竿。這招很好用，屢試不爽。」

「我也有妙招。」他的同伴說。「我用的是小青蛙。你先抓好小青蛙，大概凌晨兩點再到已經相好的池邊用鉤子恰恰穿過牠背上的皮，再拋鉤讓牠下水去游……我都是這麼釣鱒魚的。你們晚上會去嗎？」

杜威特先是看了看女孩，然後微微一笑。「應該不會。」他說。「我們還不到你們那個段數啦，日釣就好了。我們只是玩票性質。」

另一位點點頭。「我之前也是這樣。只要能看著鳥，看著河川，看著映在湖面細波上的太陽，我才不在乎釣到什麼東西呢。我偶爾還是會這樣釣魚。但後來我上山到這邊夜釣，不認真就不行了。」他瞧瞧美國人。「湖灣下方的池裡有條奇大無比的鱒魚，我這兩年總想盡辦法要釣走牠。前年的時候，這魚上鉤了，誰知道牠老大非但吃掉我的青蛙，還吞了我一大截釣線，然後咬斷線溜之大吉。去年的某個傍晚，牠又咬住我吊了類似青蟲那種魚餌的鉤子，而且再度扯斷我的釣線——全新的 O.X. 尼龍線哦。這條大怪魚有十二磅，都快重一盎司了。老子這回就算每晚不睡覺，到死也要釣走牠。」

美國人靠向身後的莫依拉，問：「妳想在半夜兩點出去夜釣嗎？」

她則是一陣大笑。「我想睡覺啊。你想去就去吧。」

他搖搖頭。「我不是那麼熱衷的釣客。」

「只是個嗜酒的釣客。」她說。「至於該誰殺進那片人海去拿酒，就擲銅板決定。」

「我去幫妳點。」他說。

她搖搖頭。「你就好好坐著，聽聽人家的釣魚心得吧。我去拿酒來。」

她捧著空杯穿過人山人海到吧檯點酒，隨後便回到他們火爐邊的桌子。杜威特禮貌地站起身，不自覺敞開了身上的運動夾克。她將酒杯送進他手中，並以責備的口吻說道：「你的套頭毛衣掉了一顆扣子！」

他縮起下巴一看。「哦，對。我們上山的路上掉的。」

「那顆扣子還在嗎？」

他點點頭。「就掉在車子的腳踏墊上。我撿起來了。」
「你最好晚上就把扣子和毛衣都交給我。我會幫你縫好。」
「沒關係啦。」他說。
「當然有關係。」她溫柔地笑。「我不能讓你一身破爛回去見雪倫。」
「親愛的，她不會介意的……」
「她不會我會。晚上拿給我，我明早就還給你。」
晚上十一點左右，他拿著毛衣和扣子到她的房門口。他們幾乎整個晚上都泡在擁擠的吧間喝酒抽菸，邊滿心期待隔天的日釣活動，邊討論該湖釣還是溪釣。最後他們因為無船可乘，便決定到杰米遜河試試手氣。女孩接過衣服，對他說：「謝謝你帶我上山，杜威特。我今晚很愉快，明天也會是開開心心的一天。」
站在門口的他對這話疑信參半。「親愛的，妳真的這麼想嗎？

妳不會因此受到傷害？」

她笑了出來。「我不會因此受到傷害，杜威特。我一直都知道你已經結婚啦。去睡吧。毛衣我明早還給你。」

「好、好。」他轉身，聽著吧間仍傳出不絕於耳的嘈雜人聲和斷斷續續的曲子。「他們玩得好高興哦。」他說。「真不敢相信過了這週末，這種愉快的氣氛就會蕩然無存了。」

「總有辦法的。」她說。「比如移居到別顆星球之類的。總而言之，我們明天就快快樂樂地釣魚吧。他們說明天天氣會很好。」

他笑了笑。「妳想那顆星球會下雨嗎？」

「我不知道。」她回答。「但我們很快就會知道。」

「總得下些雨，否則星球上的溪河都會乾掉。」他若有所思地說。「然後星球上的人就沒魚可釣了……」他再轉身，準備回房。

「晚安，莫依拉。總而言之，我們明天就痛痛快快地釣魚吧。」

她關上房門，抱著他的套頭毛衣杵在門後好一陣子。杜威特沒變，仍是一心掛記遠在康乃迪克的妻小的已婚男子；他心裡永遠不會有她。如果她有更多時間，或許就能改變目前這段關係，但怎麼說都得持續好幾年的努力不懈。五年吧，至少五年——她想——他對雪倫、小杜威特和海倫的記憶才會開始轉淡，他才可能真心接納她，她也才可能與他共組一個家，讓他再度成為幸福的已婚男子。可是她哪來的五年？五天還差不多吧。一滴淚珠滾至她的鼻翼，她躁急地抬手一抹。自憐是多麼愚蠢，還是她晚上喝太多了？這又暗又窄的房裡只有一盞十五瓦的燈泡高懸在天花板上，她根本無法就著如此昏黃的光線縫補扣子。她迅速脫掉衣服，套了睡衣就躺上床，和那件套頭毛衣共枕而眠。良久之後，她終於入睡。

隔天他倆吃完早餐便到距離旅舍不遠的杰米遜河釣魚。河川正處於高水位，渾濁得難以見底。她生手生腳地將一串毛鉤浸入湍急的水裡，但效果不彰，杜威特則在十點多時用那支直柄式小型釣竿拉起了一條兩磅重的鱒魚。她馬上執起網竿幫他撈魚，也叫他繼續釣，不過已經知曉這組釣具堅穩耐拉的他更想讓她釣到魚。接近中午時，昨晚和他們在吧間共桌的其中一名釣客走下河岸觀察水流；他不是來釣魚的。這人停下腳步和他們說話。

「這魚不錯哦。」他看著杜威特釣到的魚。「是用毛鉤釣的？」

美國人搖搖頭。「旋轉誘餌。不過我們現在正用毛鉤釣魚。你們昨晚釣得順利嗎？」

「我釣到五條。」男人答道。「最大的可能有六磅。我差不多凌晨三點就打起瞌睡，只好收線回旅舍。才剛睡醒而已哩。你們用毛鉤很難釣啦，這水不對。」他取出一只塑膠盒，再伸進食指挖了又挖。「來吧，試試這個。」

他給他們一片約莫六便士銀幣大小，飾了一根鉤子的迷你電鍍匙形誘餌。「用這個在池裡水流已經不急的地方釣釣看。在這種天候下，應該有魚上鉤。」

他們道了聲謝，杜威特便幫她將匙形誘餌綁在拋投線上。起初她甩不動竿子，只感覺那魚竿的尾端彷彿掛著千斤鉛塊沉入她腳邊的水中。不過她沒多久就抓到甩竿的竅門，總算將誘餌拋進池水頂部的激流。她又試了五、六次，終於將鉤子甩入正確的水域，然後忽然之間，她的釣線被拽了一下，接著釣竿隨之彎曲，捲線器也因為快速放線而嘶嘶作響。她倒抽一口氣，說：「我想我釣到魚了，杜威特。」

「沒錯，妳釣到魚了。」他說。「親愛的，把魚竿拉直。妳手往下收一點點。」上鉤的鱒魚躍出水面。「好欸，大條的。」他說。「妳慢慢收線，不過魚始終在掙扎的話，放線也沒關係。妳輕鬆點，牠就只能任妳宰割了。」

過了五分鐘，站在岸邊的她將終於精疲力竭的鱒魚拉至腳旁。他隨即上前罩網，再舉起石頭猛力一敲。他們好奇地觀察這條被擊斃的鱒魚。「一磅半吧。」他說。「或許還要再重一些。」他仔細從鱒魚口中抽出那一小片匙形誘餌。「好了，再來一條吧。」

「牠沒你釣到的那麼大啦。」她說，但心中滿是驕傲。

「下一條就會了。再試試看。」然而現在已將近午餐時間，所以她決定下午再繼續。他們意氣風發地提著戰利品走回旅舍，並在午餐前喝著啤酒，與在場的垂釣客談論各自的漁獲。

他們下午兩三點回到早上釣魚的河段，然後她又釣到一條鱒魚，而且重達兩磅。杜威特釣到兩條較小的魚，其中一隻就放生了。接近傍晚時，他們準備回旅舍前先在河邊歇歇腿，因為當天的日釣活動感到疲憊卻酣暢，卻滿足。他倆倚著一塊大圓石而坐，抽著菸欣賞眼前即將沒入山後的最後一束霞光，釣到的魚就躺在他們腳邊。

天漸漸冷了，但他們還不願離開這條潺潺流水。

她突然想到一件事。「杜威特——」她說。「都這個時候了，大獎賽已經閉幕了吧？」

他瞪大眼睛看著她。「哇哇，糟糕！我本來打算聽廣播的。我完全忘了這件事。」

「我也是。」她說。他們沉默了一會兒，然後她開口說道：「如果我們記得收聽就好了。我覺得我們這樣有點自私。」

「但親愛的，不管結果如何，我們都無能為力啊。」

「是沒錯，但——我不知道。我好希望約翰平安無事。」

「七點會播報新聞。」他說。「我們到時候可以收聽廣播。」

「我想知道比賽結果。」她說。她看著四周偶盪漣漪的平靜湖水、狹長的暗影、金燦的餘暉。「這地方好美。」她說。「你相信、真的相信我們再也見不到這幅美景了嗎？」

「我就要回家了。」他低聲說。「這個國家很棒，我一直都很喜歡這裡，只是這裡並非我的祖國，所以我要回到自己的地方去找我自己的同胞。我真的很喜歡澳洲，但同時也為終於能回家，回到我康乃迪克的家而無比欣慰。」他面對她。「我相信自己是再也見不到這幅美景了，因為我要回家了。」

「你會跟雪倫提起我嗎？」她問。

「當然會。」他說。「或許她早就知道妳這號人物啦。」

她盯著腳邊的鵝卵石。「那你會說什麼？」

「很多啊。」他輕聲答道。「我會說妳把原本可能是段不堪回首的過往變成美好的時光。我會說妳自始至終都曉得這麼做不會得到任何報償，卻仍願意付出。我會說因為妳，回到她身邊的我才會是最初的我，而不是一個成天買醉的酒鬼。我會說妳讓我全心堅守對她的愛情，和妳為此做出的犧牲。」

坐在石頭上的她站起身來。「我們回旅舍吧。」她說。「她要是信你說的任何一點，你就該偷笑了。」

他也站了起來。「我不覺得欸。」他說。「我認為她全都會相信，因為句句屬實。」

他們提著魚走回旅舍，梳洗後再到吧間碰頭。他們先喝過一杯才去用茶點，而且吃得並不悠哉，因為還得趕在電台播報新聞前打開收音機。七點一到，新聞便開始播報，而且大多是賽事的相關報導。他們繃緊神經坐著聽播報員說：

『本日於圖拉丁舉辦的澳洲大獎賽由駕駛法拉利的約翰．歐斯朋先生奪冠。第二名是……』

女孩驚呼一聲。「噢杜威特，他贏了！」他們靠向收音機，想聽得更清楚。

『然而本屆大獎賽發生太多起傷亡慘重的事故，令人深感遺憾。

十八位參賽者中只有三人完成八十圈的比賽；六人發生車禍後當場喪命，更有許多身負重傷的駕駛被送往醫院。優勝的車手約翰．歐斯朋先生以謹慎的開法跑完比賽的前半圈數，展開第四十圈時猶落後位居第一的山姆．貝禮足足三圈。隨後，貝禮先生在名為滑坡的障礙區轉彎時發生撞擊，法拉利遂開始加速追趕。到了第六十圈，法拉利已領先其他參賽車輛，此時場上的總車數只剩下五部；在後來的圈數裡，亦無任何駕駛逼車威脅歐斯朋先生的名次。歐斯朋先生於第六十五圈以97.83的單圈車速創下賽場紀錄，斐然成就驚豔四座。之後歐斯朋先生應維修團隊傳來的訊號開始減速，最後以全程89.61之平均車速完結這場比賽。約翰．歐斯朋先生為C.S.I.R.O.的高級職員；毫無汽車製造業相關背景的他以業餘選手身分參加本屆大獎賽。』

他們就寢前，站在旅舍的迴廊間看了一會兒群山漆黑的稜線、綴滿星點的夜空。「我好替約翰高興。他終於如願以償了。」女孩說。「我的意思是，賽車不是他的夙願嗎？他的人生也算功德圓滿了。」

她身邊的美國人點點頭。「我想在此時此刻，我們每個人都功德圓滿了。」

「我懂你的意思。時間不多了。杜威特，我想明天回家。我們在山上度過美好的一天，魚也釣了幾條，但我還有好多事得做，還有好多事得在這麼短的時間內做完。」

「沒問題，親愛的。」他說。「我剛也在想這件事。不過，妳也高興我們總算上山釣魚了嗎？」

她點點頭。「非常高興，杜威特，我一整天都過得好愉快。我也不懂自己怎麼會這麼快樂——應該不只是因為釣到魚了吧。這感覺就跟約翰現在的心情一樣——彷彿我也獲得優勝了。可我不曉得自己參加的究竟是什麼比賽。」

他微微一笑。「就別抽絲剝繭、自我分析了。」他說。「坦然接受那樣的感覺，然後心存感激就好。我今天也過得非常愉快。不過我同意妳說的，我們明天是該回去了。山下應該快出大事了。」

「不好的那種？」她問。

他在她身旁的黑暗裡點著頭。「我不想壞了妳旅途的興致，所以遲遲沒告訴妳。」他說。「昨天我們出發前，約翰就告訴我墨爾本在星期四晚上已經出現好幾個輻射病病例。我想現在一定有更多人發病了。」

第九章

彼德・荷姆斯星期二上午開著小車上墨爾本。杜威特・陶爾斯事前打了通電話到家裡，和他約了十點四十五分在第一海軍人員辦公處的候見室碰面。瑪麗・荷姆斯非常擔心，因為無線電廣播才在早上首度發布城裡出現輻射病患者的消息，彼德卻偏得在這個時候北上。「要小心哦，彼德。」她說。「我的意思是小心被感染啊。你真的非去不可嗎？」

他不忍心再次告訴她，其實這致命的傳染病就在他們身邊，就在他們這溫馨小巧的單層公寓之中。她不會也不願懂的。「我得過去一趟。」他回答。「我不會在那邊待太久。事情一辦完我就回來。」

「別留在那邊吃午餐哦。」她說。「我相信我們這裡比較安全。」

「我會直接回家。」他說。

她靈機一動。「我知道了啦——」她說。「我之前咳個不停的時候，我們不是買了福馬林止咳錠嗎？你帶著那個藥，三不五時就含一顆。這種藥錠什麼傳染病都能克，什麼菌都能殺。」

如果他隨身攜帶止咳錠，她應該會安心一點。「這方法不錯。」他說。

北上途中，他不免凝神思索。現在的情況已由一天一天變成一小時一小時地倒數了。他不知道此行拜會第一海軍人員有何目的，但肯定與他海軍軍職的最後委派不無關係。或許他下午再走同一條路回家時，這段役期已如他即將迎來的生命狀態一樣，結束了。

他停好車，步入海軍部。這棟辦公大樓裡幾乎空無一人。他上樓走到候見室，接著便看見已到場等待的杜威特．陶爾斯——就他一個。艦長一身軍裝筆挺，精神奕奕地向他打了招呼：「嗨，老弟。」

彼德回答：「早安，長官。」他看看四周，發現祕書的辦公桌上了鎖，整間候見室也空空蕩蕩的。「多倫斯少校還沒到嗎？」

「據我所知是還沒。我想他今天休假吧。」

中將的辦公室門開了。大衛．哈特曼爵士板著一臉的嚴峻憔悴站在門後，那神情已非彼德印象中的紅撲撲笑臉。「兩位請進吧。我祕書今天休息。」

他們踏進辦公室，再依中將指示坐上辦公桌前的座位。「我不確定接下來要報告的事是否與荷姆斯少校的職務相關，不過部分內容或許涉及和造船廠聯絡協調等工作。請問長官，要讓他先到外面等嗎？」

「沒這個必要。」中將回答。「現在多一事不如少一事，就讓他留下吧。指揮官，你想說的是？」

杜威特遲疑片刻，斟酌說法。「我現在大概就是美國海軍的高級參謀長官了。」他說。「會爬到這個位置我始料未及，但這已是既成事實。長官，如果我有造次或言詞失當的地方，請務必原諒。我想說的是，我要拿回蠍子號的指揮權。」

中將緩緩點了點頭。「我瞭解了，指揮官。你是打算離開澳洲領海，還是想以外賓的身分留下？」

「我要把我的船開出澳洲領海。」指揮官說。「我還沒決定什麼時候出海，不過很可能是這個週末之前。」

中將點點頭，接著轉向彼德。「交代造船廠妥善處理蠍子號食糧儲備和拖引入水等事宜。」他吩咐。「皇家澳洲海軍會在設備上全力支援陶爾斯指揮官。」

「好的，長官。」

美國人說：「至於軍餉，我就真的不知道該怎麼開口了。請見諒，長官，我沒受過這方面的訓練。」

上將似笑非笑地回答：「即使你有這方面的訓練，也不見得能解決我們多少問題，指揮官。我想，就比照往例來辦吧。我們會估算一切核簽過的訂單和徵用明細，然後將資料送到你們位於坎培拉的大使館，再由海軍專員呈交華盛頓結算。所以，你就不用操這方面的心了。」

杜威特說：「換句話說，我接下來只需要解纜出航就好？」

「沒錯。你之後還會開回澳洲領海嗎？」

美國人搖了搖頭。「報告長官，不會。我要把船開進巴斯海峽沉掉。」

彼德早料到杜威特有此打算，但直到真正圍桌商榷的此時此刻才驚覺事態已迫在眉睫，而杜威特終究攤牌了。可是這種做法能成立嗎？他一度想詢問杜威特是否需要加派一艘可載送船員回來的拖船跟著潛艦駛出領海，不過隨即打消了念頭。如果這群美國海軍想搭拖船回澳洲多活個一兩天，他們會親自要求，但他不認為他們會這麼做。落葉既無法歸根，那麼比起在異鄉嘔吐腹瀉身亡，沉入海底還算死得其所。

中將說：「換作是我，恐怕也會做出同樣的決定……好吧，最後且容我感謝你這段時間以來的協助，指揮官。也祝你好運。出海前若有任何需要，請儘管開口——或是直接取走吧。」話說至此，他的臉陡然痛苦地抽動；他伸手向前緊握住桌上的鉛筆。一會兒後，他的表情放鬆一些了。他從座位上站起。「抱歉。」他說。「恕我失陪一下。」

他匆匆走出辦公室，並順手帶上身後的門。他突然離席時，蠍子號的艦長和聯絡官也站了起來，而他們現在仍站著，並向對方使了個眼色。「來了。」美國人說。

彼德壓低嗓門說：「你想祕書是因為這樣才休假的？」

「我覺得是。」

他們繼續站了一兩分鐘，但只是靜靜看著窗外。「關於食糧……」彼德開口。「蠍子號上的存量應該所剩無幾了。執行官晚點就會列出你們需要的食材嗎，長官？」

杜威特搖搖頭。「我們什麼都不需要。」他說。「我只會把船駛出港灣，就在領海界限的外圍。」

聯絡官接著詢問先前放在心上的問題。「要不要我安排一艘拖船跟你們走，之後再送船員回來？」

而杜威特答道：「沒這個必要。」

他們又一語不發地站了十分鐘，然後中將終於回來了。「不好意思，讓兩位久等了。」面如死灰的中將說。「我這幾天有點不舒服……」他沒有坐回座位，而是站在辦公桌邊說話。「這一大段同舟共濟的日子終於在今天劃下了句點，艦長。」他說。「我們英國人一向樂於和美國人合作，在海事上更是如此。對於你們多次的協助，我們不勝感激，而作為回報，我相信敝國在海上的閱歷也讓你們受惠不少。是結束的時候了。」他站著思考了一會兒，然後伸出手來，也露出微笑。「我現在能做的，就是跟你道聲再會。」

杜威特握住中將的手。「很榮幸為您效勞，長官。」他說。「請容我代表蠍子號全體船員向您致謝，當然，也包括我自己。」

他們離開第一海軍人員辦公處，往下走出冷冷清清的樓層。到達庭園後，彼德說：「所以現在呢，長官？需要我跑一趟造船廠嗎？」

艦長搖搖頭。「我想，你就當自己已經卸任好了。」他說。「以後也不需要跑造船廠啦。」

「如果還有我幫得上忙的地方，我很樂意北上。」

「不、不。如果我有需要你幫忙的地方，我會打電話到你家。你如今的職責就是好好顧家啊，老弟。」

於是，他倆的袍澤關係也宣告結束。「你們什麼時候啟程？」彼德問。

「我還沒決定好確切的日期。」美國人說。「從今天早上開始，我就已經有七名船員發病了。我想再觀察個一兩天，或許星期六才會出海。」

「同行的船員多嗎？」

「十個。加我十一個。」

彼德看了看他。「你還好嗎，到目前為止？」

杜威特微微一笑。「我之前都覺得沒事，但現在也不敢嘴硬了。我待會兒還是別吃午餐的好。」他略停半刻。「你身體怎麼樣？」

「我很好。瑪麗也好——應該吧。」

杜威特轉身走向車子。「回去吧，快回到她身邊。這邊已經沒你的事了。」

「我們還會見面嗎，長官？」

「我看是不會。」艦長說。「我就要回家啦，回到我康乃迪克秘斯蒂克的老家。我很高興。」

如今，多說或多做什麼都顯得無謂。他倆握了握手，然後坐上各自的車，開往各自的方向。

在馬爾文某幢舊式磚砌雙層樓房裡，約翰．歐斯朋正守在他母親的床邊。他的身體狀況還好，不過床上這位上了年紀的女士從星期天早上，也就是他抱走大獎賽冠軍的隔日便開始生病。星期一時，他費了好些工夫才總算為她請到醫生，但醫生應診後卻說自己也無能為力，之後也不再登門診視。固定每天上門的女幫傭已經好一段時間沒出現了，現在都由科學家為生病的母親打理一切飲食起居。

科學家在一旁站了十五分鐘之久，床上的老婦人才終於睜開雙眼。「約翰……」她說。「我這病就是大家之前都在講的那個，對不對？」

「我想是的，媽媽。」他輕柔地說。「我也會得這種病。」

「漢米爾頓醫生有說這就是那個病嗎？我記不得了。」

「他就是這麼告訴我的，媽媽。他之後應該不會再來了。他說他自己也患了這種病。」

接著是一段長長的靜默。「約翰，那我多久會死呢？」

「我不知道。」他說。「或許是一個禮拜之後。」

「多荒謬啊……」老婦人說。「還要等這麼久。」

她再度闔眼。他捧著臉盆走進浴室清洗乾淨後，再提回母親的臥房。她打開眼睛。「小明呢？」她問。

「我放牠到外頭的院子裡跑一跑。」他說。「小明很想活動活動的樣子。」

「我真的覺得好對不起牠。」她喃喃道著。「到時候我們誰都不在了，牠會多麼孤單啊。」

「牠不會有事的啦，媽媽。」做兒子的說，儘管他對自己的話實在沒幾分把握。「明還有這麼多狗兄狗弟作伴啊。」

她沒有巴著這個話題不放，倒是告訴他：「我覺得舒服多了，親愛的。你去做你自己的事吧。」

他考慮了一會兒。「我是該進辦公室看看。」他說。「大概中午就回來了。妳午餐想吃什麼？」

她又閉上眼睛。「還有牛奶嗎？」

「冰箱裡還有一品脫。」他答道。「我再去找找，有看到就買些回來。不過可能不大好找呢。我昨天上街就沒看到。」

「應該給明餵點牛奶。」她說。「牛奶對牠好。食物櫃裡應該有三罐兔肉罐頭。到了晚餐時間就開一罐給牠吃吧，剩下的兩罐就放進冰箱冰著。牠好愛吃兔肉。別花時間去買我的午餐了，你回來之後再說。我要是有食慾，再幫我泡點玉米粉來喝就好。」

「妳一個人在家真的沒問題嗎？」他問。

「真的真的。」她說。她伸出臂膀。「出門前先來親一個。」

他吻了她蒼老而無生氣的臉頰，然後她躺回床上，慈愛地看著他。

他走出家門，朝辦公室的方向去。該處已空無一人，但他桌上有份輻射感染的每日報告，上頭還壓了一張字條。是他祕書寫給他的。她說她病得很重，應該不會再進辦公室。她也謝謝他一直以來的關照、恭喜他贏得大獎賽的優勝，並說非常享受為他奔忙的那段時日。

他將字條放在一邊，然後拿起報告。報告上寫著墨爾本似乎已有半數的人口感染了輻射病。塔斯曼尼亞的荷伯特匯報了七件輻射病病例，紐西蘭的基督城也出現了三名患者。這份報告——或許是他人生在世讀到的最後一份報告，比往常的篇幅短少太多太多。

科學家走進一間間寂無人聲的辦公室，隨處揀起文件瀏覽。他現階段的人生即將收尾，之後的各個階段也是。他沒有在辦公室裡待太久；一想到母親，他的心情就變得沉重。他離開辦公室，搭上路面電車回家。路面電車仍會開進街道，只是班次減少，因此總是滿載著乘客。科學家搭乘的這輛路面電車有駕駛，但無車掌。這下，坐車付費的日子也結束了。他和駕駛交談，而對方說：「小哥我告訴你，我他媽就是要開這輛路面電車，開到我病了為止。然後我會把車開回基尤的機房再回家。那裡就是我的家，懂吧？我開了三十七年的路面電車，風雨都擋不了我了，現在也當然不會棄車於不顧。」

待路面電車駛進馬爾文的街道，他便下車開始找牛奶。但結果並不從人所願。店家內頂多有專為嬰兒預留的乳品。他兩手空空回家見母親。

他踏進家門，解開了院子裡栓哈巴狗的鎖鏈。他覺得母親會想看看明。他上樓往母親的臥房去，哈巴狗則在他前頭一蹦一蹦地上階梯。

臥房裡的母親閉著眼平躺在乾乾淨淨、平平整整的床上。他挨近床邊輕觸母親的手，但她再也不會醒了。她床頭櫃上擺了一杯水、一張留了鉛筆字跡的紙條、一只開了口的紅色小紙盒，而紙盒旁就是那罐空空的小玻璃瓶。原來母親已經領過藥了。

他拾起紙條，讀著：

我的好兒子：

要你把人生最後幾天全都賠進我殘存的日子，這實在太荒謬了，何況我自己都覺得活得好辛苦。別特地為我辦什麼後事。你關上門，讓我繼續躺在我的床上、待在我的房間就好，讓我的東西陪著我就好。這樣就夠了。

至於小明，你覺得怎麼好就怎麼辦吧。我對牠有千分、萬分的歉意，無奈我什麼都不能為牠做。

我真的好開心你贏了那場比賽。

給我最深愛的寶貝

媽媽

幾滴淚水順著他的雙頰滑落，只有幾滴。媽媽一向是對的，從他幼年到成年都是，她這次下的決定也是。他離開母親的臥房，走進樓下的客廳。他認真思考著。他自己是還沒有想吐的感覺，但這種狀態應該只能再維持個幾小時吧。哈巴狗跟在他身後。他坐下並把明抱上自己的大腿，撓撓牠毛茸茸的耳朵。

然後他站了起來。他將小狗拴在院子裡，再走到街角的藥房。

他很驚訝這個時候還有人站櫃檯。櫃檯後的小姐遞給他一只紅色紙盒。「這藥很搶手哦。」小姐笑著說。「大家都來領藥，我們藥房還挺有人氣的。」

他報以微笑。「真希望裡頭的藥錠塗了巧克力糖衣。」

「我也這麼希望欸。」她說。「可是他們應該不會耍這種噱頭。我到時候要配冰淇淋汽水吞藥。」

他又笑了笑，然後離開櫃檯。他走回家，和院子裡的哈巴狗一起進屋，再到廚房料理牠的晚餐。他打開一個兔肉罐頭，把肉塊送進烤箱加熱一下後，再拌進四顆寧眠他[註1]的膠囊。他將這份晚餐放在小狗眼前，看著牠狼吞又虎嚥，然後幫牠鋪好睡籃，讓牠能在爐灶前睡得舒適安穩。

他走到廊間打電話到俱樂部訂了一個禮拜的單人房，接下來便進自己的房間打包。

半小時後，他下樓回到廚房。哈巴狗撐著重重的眼皮趴在自己的籃子裡。科學家仔細閱讀紙盒上的說明文字，並為牠施打藥劑。針頭刺入皮下時，明幾乎一動也不動。

小狗死了，他也安心了。他抱著狗籃上樓，將籃子就地放在母親的床邊。

然後他離開了這間屋子。

荷姆斯家的星期二晚上過得一點都不平靜。小寶寶大概從凌晨兩點開始哭鬧，而且幾乎就這麼不眠不休地哭到天亮。這對年輕的父母當然就得不眠不休地安撫她。約莫七點，小寶寶吐了。

註1　Nembutal為藥物的商品名稱，內含戊巴比妥，常作為催眠、麻醉或協助安樂死的藥物。

外頭又冷又雨。做父母的在灰暗的房間裡屢屢相覷；他們已經累壞了，身體也很不舒服。瑪麗說：「彼德——這該不會就是那個病吧？」

「我不知道。」他回答。「但也不無可能。現在似乎每個人都染病了。」

她指了指額頭，欲振乏力。「我還以為這裡離市區那麼遠，我們一定會沒事的。」

事到如今，他已經無話可安慰她，只好說：「要不要喝杯茶？我可以去煮水。」

她再度走到嬰兒床邊看看裡頭的小寶寶。她一時沒有答話，於是他又問了一次：「想喝點茶嗎？」

讓他喝喝茶也好——她想。他幾乎整晚都沒闔眼。她勉力擠出微笑。「好啊，我想喝。」

他走進廚房煮水。她先前就覺得很不舒服，現在則是開始想吐。很合理啊，她一個晚上沒睡了，還因為珍妮佛的狀況心急如焚。正好彼德在廚房裡忙，她可以趁機悄悄溜進浴室。她嘔吐已經是家常便飯，但在這個節骨眼嘔吐，可能會讓他誤以為是其他原因而擔心不已。

廚房裡有股食物腐壞的餿臭，至少聞起來是。彼德．荷姆斯將水壺湊上水龍頭盛水，再插進熱水器的接頭。他扳起開關，而當代表正在滾水的指示燈亮起，他才如釋重負。這幾天應該就會斷電；到那個時候，他們的麻煩就真的大了。

廚房悶得令人窒息，於是他推開窗戶透透氣。他先是一陣躁熱，身體又突然發冷，然後他知道自己要吐了。他輕手輕腳地走到浴室，但浴室門已上鎖。顯然瑪麗正在用廁所。沒必要驚動她。他溜出後門，冒雨蹲在車庫後面的隱蔽角落嘔吐。

他在屋外待了一陣子。再進屋時，他臉色發白、全身發抖，但感覺恢復了一點。水開了。他沖好茶，再將兩個茶杯放上托盤端進他們的臥室。瑪麗也在房裡，正彎著身子觀察嬰兒床裡的寶寶。他說：「茶泡好了。」

她不轉身；她怕彼德會從她臉上瞧出一些端倪。她說：「喔喔，謝啦。先幫我倒一杯，我待會兒就喝。」她不覺得自己能喝茶，但讓他喝吧，他喝了會舒服點。

他倒好茶後就坐在床邊啜飲他自己那杯。他的胃似乎因這暖燙茶水而略感舒緩，於是他馬上說：「親愛的，來喝茶吧。再不喝就涼了。」

她勉強自己拿茶來喝；說不定，她也能勉強自己喝下幾口。她偷偷瞄了他一眼，卻發現他的浴袍被雨打濕一大片。她嚷著：「彼德，你衣服都濕了！你跑到外面哦？」

他看看袖子。他都忘記有這回事了。「我得出去一下。」

「出去幹嘛？」

他瞞不下去了。「我剛吐過。」他說。「但我想不是什麼大不了的問題。」

「噢，彼德！我剛也吐了。」

他們默默看著彼此。一會兒後，她悵然若失地說：「一定是昨晚的鹹派。你吃的時候有沒有覺得味道怪怪的？」

他搖搖頭。「我覺得很正常啊。何況珍妮佛也沒吃鹹派。」

她說：「彼德……你想我們是不是染病了？」

他握住她的手。「大家都會得這種病。」他說。「我們也無法倖免。」

「對。」她若有所思地說。「對，我想我們是逃不了。」她抬起頭，看著他的眼睛。「一切都結束了，對不對？我是說，我們的病情會越來越嚴重，然後就死了？」

「我想這種病就是這樣。」他說，然後對她笑了笑。「我沒有親身體驗過，不過若依他們所說，正是如此。」

她走出臥房，進了客廳。他躊躇半刻後還是決定跟過去，接著就發現她站在落地窗邊看著外面的院子，她深愛的，如今卻盡是冬天那種淒冷、任風吹掃的灰色院子。「真可惜我們終究沒買到庭園椅。」她沒來由說了這麼一句。「就是擺在那邊也好。擺在那一小塊牆邊就夠美了。」

「我今天可以試著幫妳做一張。」他說。

她轉向他。「你都生病了欸。」

「我晚點會看看身體狀況。」他說。「與其坐在那邊哀歎悲涼，不如起來做點什麼。」

她露出笑容。「我現在覺得好多了。你吃得下早餐嗎？」

「嗯，不知道欸……」他答道。「感覺是還沒恢復到吃得下食物。有什麼吃的？」

「我們還有三品脫的牛奶。」她說。「現在還買得到牛奶嗎？」

「應該買得到。我可以開車去買。」

「那要不要吃點玉米片？包裝上不是說玉米片富含葡萄糖嗎？生病的時候就該補充葡萄糖，對不對？」

他點點頭。「我想先沖個澡。」他說。「或許沖過澡後會舒服一點。」

於是彼德進浴室沖澡，而當他回到臥房，她正在廚房弄早餐。叫他驚訝的是，他竟然聽見她在唱歌，一首問著是誰擦亮太陽[註2]的

註2 〈誰把太陽擦亮了？〉（Who's Been Polishing the Sun?）是英國詞曲家諾威爾．蓋（Noel Gay，1898–1954）於1934年的作品。副歌歌詞包括「誰把太陽擦亮了／天空終於撥雲見日了／一定是因為他們發現我有多喜歡／這眼前的一切」。

可愛、輕快歌曲。他踏進廚房。「妳心情不錯哦。」他說。

她走向他。「我心中那塊大石頭終於能放下啦。」她告訴他，他也才看出她是邊唱邊掉淚。他不解其故，但他拭去她的淚水，將她擁進懷裡。

「我本來擔心得不得了……」她抽抽噎噎地說。「不過現在沒事了，一切都會沒事的。」

絕對會有事，不得了的大事啊——他想，不過沒說出口。「妳本來在擔心什麼？」他輕聲細語地問。

「大家會在不同的時間生病。」她說。「他們都這麼說。還有人可能會比別人晚了整整兩個禮拜才發病。也許我會最先生病，然後就得離你而去了，或是珍妮佛，也或許是你第一個生病，然後不得不拋下我們。好恐怖，我好害怕……」

她抬頭望著他，破涕為笑。「不過現在我們一家三口都生病了，在同一天生病。真是太幸運了，對不對？」

週五時，彼德・荷姆斯開著小車北上墨爾本，顯然是決定去買庭園椅了。他一路狂飆，畢竟不放心離家太久。他也想去找約翰．歐斯朋，而且要儘快找到他。彼德先到那條巷弄裡的車庫看看，但車庫門是鎖著的；他再跑到C.S.I.R.O.的辦公室找人。最後，他終於在田園俱樂部的客房裡找到約翰，而他一副病懨懨的樣子，看起來十分虛弱。

彼德說：「抱歉打擾你休息，約翰。你覺得怎麼樣？」

「我中標啦。」科學家說。「病了兩天了。你還沒事哦？」

「我就是來找你商量這件事的。」彼德說。「我們的家庭醫生死了，應該吧——總之他現在無法解答我的問題。約翰，我跟你說，我和瑪麗都在星期二開始上吐下瀉。她情況挺嚴重的。可是星期四的時候，就是昨天，我的病情有了起色。我沒告訴她這件事。我覺得自己現在精神超好，肚子也超餓的。我來墨爾本的路上還在一家簡餐店吃了早飯——有培根、炒蛋，一些配菜什麼的，可是現在還是好餓。我想自己就快痊癒了。所以……會有這種事嗎？」

科學家搖搖頭。「那只是暫時。你會康復，但幾天後就會再度染病。」

「幾天後？那是多久？」

「了不起十天吧，然後一切又會重新來過。我不認為會有二度康復這種事。告訴我，瑪麗的情況很糟嗎？」

「她是不太舒服。我等一下就得趕回家陪她。」

「她人在床上吧？」

彼德搖搖頭。「我早上載她下山到弗茅斯買樟腦丸。」

「買什麼？」

「樟腦丸。萘啦，你知道的。」他猶豫了一會兒。「那是她想做的事。」他說。「我讓她留在家裡收拾我們的衣服，免得被蛀蟲咬壞。她說她可以利用發作的空檔整理，她是真的想整理。」他回到特地前來打聽的問題上。「約翰，所以我應該能恢復健康，但七到十天之後就必死無疑了，對吧？」

「毫無指望啊，老哥。」科學家說。「這鬼玩意兒所向披靡，沒人敵得過。」

「嗯，那我心裡有個譜了。」彼德說。「癡心妄想也是白費力氣。約翰，有什麼需要我幫忙的嗎？我待會兒就要飆回家陪瑪麗了。」

科學家搖搖頭。「我就快玩完啦。我還剩一兩件事得在今天處理好，然後，我想我會自行了斷。」

彼德知道他上有長輩得顧。「你母親還好嗎？」

「她死了。」科學家一語帶過。「我現在都住這裡。」

彼德點點頭。他一直掛記著瑪麗。「我得走了。」他說。「祝你好運，老哥。」

科學家虛弱地笑了一笑。「後會有期。」他回答。

海軍軍官離開後，他下了床貼著過道走。半個鐘頭之後，他愈加虛弱地回到床邊。他的嘴因為這汙穢的身軀憎惡地癟著。有什麼得做的，都務必在今天之內解決。他明天就會虛弱得無法動彈了。

他仔細穿好衣服，然後下樓。他望望品酒花園，看見裡頭的爐柵燒著柴火，他的叔公則獨自坐著，身邊放了杯雪利酒。爵士將視線往上一掃，接著說：「早啊，約翰。昨晚睡得怎麼樣？」

科學家答得簡潔：「很差。我的病越來越重了。」

老先生昂起緋紅的臉關切。「親愛的孩子，聽到你這麼說我真的好難過。大家好像都生病了。你知道嗎？我現在得親自進廚房料理自己的早餐……你能想像嗎？在這偌大的俱樂部裡自己做早餐吃的感覺！」

自從替他打理馬其頓那座宅院的姊妹去世以來，他已經住了三天的俱樂部。「不過我的大門管理員柯林斯來了，他會為我們弄點午餐。你今兒個要留在俱樂部吃午飯嗎？」

約翰．歐斯朋知道自己哪個地方的午餐都嚥不下口。「抱歉，叔公，今天不行。我得出去辦點事。」

「是嗎？真可惜。我本以為你會留下來吃飯，還指望你幫我們喝掉一些波特呢。我們已經喝到最後一箱啦——大概剩下五十支吧。把酒喝光之時，應該就是我們上西天的日子囉。」

「你自己的身體怎麼樣，叔公？」

「好得不得了啊，孩子，好得不得了。昨夜吃過晚飯是有點頭昏眼花，但我說真的，那應該是勃艮第的緣故。我想勃艮第不太適合跟其他種類的葡萄酒混著喝哦。以前在法國啊，勃艮第都是先倒進一品脫的白鑞壺或是等量的法式容器才給人喝的，而且整個晚上都不能碰別的酒。不過我後來回到這裡安靜享用一杯只摻了一小塊冰的白蘭地蘇打，喝完上樓時就覺得舒坦多啦。沒錯，我昨晚睡得好極了。」

科學家真想知道這因酒精而提升的免疫機能究竟能延遲多久輻射病的發病時間。據他個人瞭解，科學界還不曾觸及這項研究主題。如今他眼前就有一個活生生的案例，可惜已無人能著手研究了。

「抱歉不能留下來吃中飯。」他說。「晚上見。或許吧。」

「我會待在這兒，孩子，就待在這兒。湯姆．佛德雲頓昨天有來俱樂部用晚餐，他說今天早上還會過來，但我到現在都沒見到他的人。希望他不是病了。」

約翰．歐斯朋步出俱樂部，魂不守舍地走向栽滿路樹的街道。那輛法拉利正等著他，不能再拖了，他一定要過去看看，然後就可以好好休息了。他經過一家敞著門的藥妝店。遲疑片刻後，他走進店裡，而裡頭乏人看管，形如廢棄。店內中間的地板上擱著一件已拆封的裝貨箱，箱內滿是那些紅色小盒。櫃檯放置各式咳嗽藥和口紅的中間也參差疊起一堆紅色藥盒。他拿了一只放進口袋，再繼續前行。

他滑開車庫的拉門，就看見法拉利正如他當初所停放，穩穩地朝著門口站在車庫正中央，彷彿隨時都能盡速奔馳。他的車明明歷經大獎賽的洗禮，車身卻毫無刮痕，車況也宛如剛下貨櫃一般無可挑剔。它始終是他輝煌的珍藏，比賽結束後更是披冠戴譽的名車。他現在是病得無法駕馭它了，或許日後也沒機會開著它到處跑，但又覺得若能觸摸它、操控它、為它裝修整頓，這膏肓之疾又何足掛齒。他將夾克往釘鉤一吊，立刻開始作業。

首先，他得用千斤頂托高車輪，也得在A臂下方疊上幾塊磚，輪胎才能維持離地狀態。移動並操作笨重的千斤頂以及搬運磚塊的粗活令他腸胃又是一陣翻攪。車庫裡沒有廁所，車庫的後頭倒有個髒兮兮的院落，雜七雜八堆放了老舊到遭人遺忘的廢車那發黑又油膩的破爛。他走向院落，完事後又立刻走進車庫，但此時的他比之前更虛弱，也因此更堅信非在這天完成這件事不可。

他才托高車輪，翻攪的感覺又再度襲上。他轉開一只活栓排放冷卻系統裝置裡的水，然後儘快趕到車庫外的院落。不要緊的，接下來的工作並不需要使上多大的氣力。他拆掉電瓶上正負兩極的樁頭，再於接頭處抹上油脂，取出點火系統裡的六顆火星塞為汽缸加油潤滑，然後裝回火星塞，徒手旋緊。

他靠著法拉利歇息喘氣。好了，他可以不用擔心這台法拉利了。

忽然之間，那劇烈的痙攣發作，他只得又到院落裡去。當他回到車庫，已是黃昏時候。天色正在轉暗，而他為摯愛的法拉利所做的防鏽處理也大功告成，但他執意留下。他真的不願走開，也害怕走進俱樂部前又得發作輻射病那骯髒的病症。

這將是他最後一次坐進駕駛座、摸摸車裡的操控裝置了。他的防撞安全帽和護目鏡就在座位上；他戴起安全帽，然後往下按壓，讓帽裡貼緊頭部，再將護目鏡掛在頦下的脖子上。他爬進駕駛座，對著方向盤調整坐姿。

這位子真好坐，遠比俱樂部裡的所有座位都來得舒適。他手下的方向盤好握得不得了，圍著大型轉速表而設置的三組小小刻度盤則是他的知交。這部車已經為他贏得大賽，把他推到生命的頂峰。人生至此，夫復何求？

他取出口袋裡的紅色紙盒，倒出小玻璃瓶內的兩顆藥錠，再隨手把盒子扔向車外。沒什麼好死撐活撐的了；這就是他理想的結束方式。

那兩顆藥錠被送進他的嘴裡。他奮力一吞。

彼德．荷姆斯離開俱樂部後，便驅車前往他們先前到伊麗莎白街購買引擎割草機的大型五金行。沒有人承租這個店面，店裡也沒有任何店員，但有人打破了大門，也就有人開始堂而皇之地走進店內自取所需，致使部分貨物已經被洗劫一空。店內光線昏暗，因為總電源早就被切斷了。園藝部在二樓；他上樓，憑印象找到了庭園椅。他選定一張較為輕巧，還附贈一組分離式坐墊的庭園椅。坐墊的色彩鮮豔，他覺得瑪麗應該會喜歡，這塊墊子也能暫時當作緩衝墊讓他鋪在車頂。他先使勁將座椅拖下兩段階梯，再拉到店外的人行道上，然後走回去拿坐墊和捆綁用的繩子。他在其中一個櫃檯找到一捆曬衣繩。走出五金行後，他把座椅扛上迷你莫利斯的車頂，接著繞上一圈圈曬衣繩將座椅和車頂車頭牢牢綁好。他要回家了。

他還是飢餓無比，而且感覺活力充沛。關於自己的復原，他一個字都沒跟瑪麗提過，現在當然也不打算說。她是如此堅信他們一家三口終能共進退、同生死，他的坦誠以告只會加劇她的不安。返家途中，他在早上用餐的簡餐店停了一會兒。店主人是對似乎仍身強體健，且渾身散發著啤酒味的夫妻檔。中餐的主菜是香烤牛肉；彼德吃了兩大盤，還加點一客分量十足的熱烘果醬捲。他吃飽之後，又請店家做了一套重量級的牛肉三明治。他可以把三明治藏在車尾的置物箱裡，瑪麗應該不會發現；到了傍晚，他就能背著她溜到車上靜靜充飢果腹。

午後不久，他回到他們小小的單層公寓。他還未卸下車頂那組庭園椅就直接進屋了。瑪麗只著襯衣襯褲躺在床上，身上蓋了一件羽絨被；他們的家感覺寒冷而潮濕。他在她身邊坐下。「妳還好嗎？」他問。

「好不舒服。」她回答。「彼德，我好擔心珍妮佛。不管我餵什麼她都不吃，可是她一直又拉又吐的……」她接著細述一點珍妮佛的病況。

他走向嬰兒床，看看床上的嬰孩。這孩子消瘦又衰弱，而瑪麗也是。他想她們兩個已是命在旦夕了。

她問：「彼德——你身體還好嗎？」

「不怎麼好。」他說。「我上墨爾本的途中吐了兩次，又在回來的路上吐了一次。要說腹瀉，那就是狂拉不止。」

她將手搭上他的臂膀。「你不該跑這麼遠的……」

他低頭看著她，然後微微一笑。「至少我幫妳買了一張庭園椅。」

她的臉龐稍微有了生氣。「真的嗎？那庭園椅呢？」

「還在車上。」他說。「妳躺好來，別著涼了。我去點爐火讓房子溫暖一些，再把車頂的庭園椅卸下來。妳到時候就會看到啦。」

「不能躺啊。」她有氣無力地說。「我得幫珍妮佛換尿布。」

「我來就好。我會先幫她換尿布。」他說，接著輕輕扶著她躺下。「躺好來，別受涼了。」

一小時後，他們客廳的壁爐燒著熾烈的火，那組庭園椅也安放在她中意的牆邊位置。她走到落地窗前瞧瞧那張鋪了鮮豔坐墊的庭園椅。「好美哦。」她說。「那個角落就是缺這麼一張庭園椅。能坐在那張椅子上一定很棒，尤其是在夏天的傍晚時分……」冬午將盡，天飄起了細雨。「彼德，我已經看過庭園椅了。你可以把坐墊收進迴廊嗎？或是收進屋內讓它陰乾？這樣比較好。我想好好保養椅墊，這樣我們夏天就可以用了。」

他收了坐墊，再和她將嬰兒床推進溫暖許多的房間。她說：「彼德，你想吃點什麼嗎？如果你能喝牛奶，家裡還有不少哦。」

他搖搖頭。「我沒辦法進食。」他說。「妳呢？」

她搖搖頭。

「如果我幫妳調杯熱白蘭地檸檬呢？」他提議。「妳能喝幾口嗎？」

她想了想。「可以喝喝看。」她披上自己的浴袍。「我好冷……」

爐柵內的火燒得正旺。「我去外頭抱點柴薪進來。」他說。「晚點就幫妳調熱的喝。」他走到夜色漸濃的屋外搬柴堆，並趁機打開後車廂，吃掉那一套三式的牛肉三明治。他隨後提著一籃柴薪回到客廳，而瑪麗正守在嬰兒床旁。「你去好久哦。」她說。「幹嘛在外面待這麼久啊？」

「出了一點狀況。」他告訴她。「一定又是鹹派害的。」

她的表情頓時柔和不少。「可憐的彼德。我們一家三口都出狀況了……」她俯向嬰兒床摸摸小寶寶的額頭。珍妮佛紋絲不動地躺著，怕是連哭的力氣都沒有。「彼德，我想珍妮佛就快死了……」

彼德勾住她的肩。「我也快死了。」他低聲說。「妳也是啊。我們三個人都沒有多少時間了。喝點熱的吧，我把熱水壺端來了。」

他牽著她離開嬰兒床邊，湊近他添柴後燒出的溫暖烈火。她坐在爐火前，並接過他擠了一小顆檸檬的熱水兌白蘭地，兩眼空洞地盯著火光啜飲；幾口熱飲入喉後，她覺得舒服了點。他也幫自己調了一杯，然後陪她靜靜坐上好幾分鐘。

接著她說：「彼德，為什麼這種事會發生在我們身上？是因為俄國和中國打起來了嗎？」

他點點頭。「大概就是這麼回事。」他說。「不過還有其他原因在推波助瀾。最先發動毀滅性轟炸的是美國、英國和俄國，不過整場戰爭的始作俑者是阿爾巴尼亞。」

「可是我們，遠在澳洲的我們和這場戰爭毫無關係啊，不是嗎？」

「我們在道義上是支持英國的。」他向她解釋。「話是這麼說啦，但我們應該也來不及提供英國其他形式的援助。整場戰爭不到一個月就結束了。」

「難道沒有人阻止得了這場戰爭？」

「不知道欸……我想有些蠢事是任誰出面都擋不下來的。」他說。「我的意思是，如果有一兩百萬的人都相信拿鈷彈炸鄰國才能保住自己國家的顏面，那我們誰也沒辦法一個個去攔住他們吧。我們只能把希望寄託在教育上，讓那些人從自己愚昧的行當中學取教訓。」

「但彼德，這種事是做不到的吧？我是說，那些人早就不是學生啦。」

「報紙啊。」他說。「報紙多少能產生效果。不過我們沒這麼做，沒有一個國家的人願意這麼做，因為我們全都蠢得要命。我們愛看報紙上海灘女郎的照片還有頭條新聞裡泯滅人心的攻擊事件，而全世界沒有半個政府認為應該遏止這種讀報習慣。要是我們當時看得夠遠，或許有些事情早就靠報紙解決了。」

她無法通盤理解他的論點。「還好我們現在沒報紙可讀了。」她說。「少了報紙，這世界也美好多了。」

她不自主地抽搐，他便趕緊扶她進浴室。他在她用廁所的時候回到客廳，站在嬰兒床邊看著自己的孩子。珍妮佛的狀況很糟，他卻只能袖手旁觀。他覺得這孩子恐怕是撐不過今天晚上了。瑪麗的狀況也很糟，但還沒珍妮佛那麼嚴重。這個家裡唯一健康的就是他，而他得小心行事，免得露出破綻。

他想到瑪麗死後的生活，並為此驚恐不已。他勢必得離開這間公寓，然後在他多出的、屈指可數的日子裡，他將無處可去、無事可做。接著他想到，如果蠍子號到時候還在威廉斯鎮，他或許能跟杜威特．陶爾斯一起出海，或許能在海中，在他跑了一輩子的海中迎來終局。可是何必呢？他不想多活幾天，然後重新領受體內新陳代謝造成的那種異常感。他想待在家人身邊。

浴室傳來她的呼喚；他過去看看她，並扶她回到先前烤出的烈火邊。她很冷，身子也不停發抖。他又幫她調了杯熱水兌白蘭地，還將羽絨被披上她的肩頭。她坐在地上，為了止住難以止住的冷顫而雙手握杯。

不一會兒，她說：「彼德，珍妮佛怎麼樣了？」

他起身走向嬰兒床，再回到她身旁。「現在是沒什麼動靜。」他說。「我想她的狀況跟之前差不多吧。」

「你呢？你覺得怎麼樣？」她問。

「很不舒服。」他說。他在她身邊彎下腰來，牽起她的手。「我覺得妳的狀況比我嚴重。」他告訴她，畢竟這種事應該和她商量。「我想我大概能比妳多撐個一兩天，就一兩天。或許是因為我身體本來就比較強壯。」

她緩緩地點頭，然後說：「我們三個是沒有活命的機會了，對嗎？我們三個都沒有？」

他搖搖頭。「親愛的，這種病是好不了的。」

她說：「我不認為我明天還有那個力氣能爬進浴室。親愛的彼德，我想今天晚上就走，帶著珍妮佛一起走。你會不會覺得我很殘忍？」

他吻了她。「我認為妳非常明智。」他說。「我也會跟妳們一起走。」

她氣若游絲地說：「可你不像我們病得這麼重啊。」

「明天就會了。」他說。「沒必要拖時間。」

她緊握他的手。「我們該怎麼做，彼德？」

他思考了一會兒。「我先去裝幾個要放在床上的熱水袋。」他說。「然後妳穿上乾淨的睡衣躺好來、蓋好被子。我會把珍妮佛推進房裡。接下來，我就去鎖緊門窗，再端杯熱的給妳喝，然後我們躺在床上一起吞藥，一起離開。」

「記得扳下總電源的開關哦。」她說。「我的意思是，免得有老鼠咬斷電纜，害我們家起火。」

「好，我會關總電源。」他說。

她抬頭望著他，眼裡溢滿淚水。「你願意送珍妮佛上路嗎？」

他捋過她的頭髮。「妳別擔心。」他溫柔地說。「都交給我。」

他裝填熱水袋，把熱水袋放在他們的床上，也順手理了床，讓床看起來整潔舒適。接著他扶著她回到臥室，再進廚房煮他人生最後一壺水。而等待水開的時候，他又不厭其詳地閱讀印在那三只紅色紙盒上的說明文字。

他將剛煮沸的滾水倒進保溫壺，再將保溫壺齊整地放進盛了兩只玻璃杯、白蘭地、半顆檸檬的托盤，端進他們的臥室。然後他將嬰兒床推進房，停在床邊。瑪麗已經躺在床上，看起來乾淨清爽；他將嬰兒床推向她時，她虛弱地坐起身。

他說：「要我把她抱過來嗎？」他覺得她可能會想抱抱小寶寶。

她搖搖頭。「她病得太重了。」她坐著看了一會兒她嬰兒床內的孩子，然後委頓地躺回床上。「我寧願想著她在我們三個都還健康時那原本的模樣。幫她打針吧，彼德，然後我們就結束這一切。」

她說得對——他想。俐落點好，別一副悲悲戚戚的樣子比較好。

他將藥劑打進寶寶的手臂，然後脫去身上的衣服、換穿乾淨的睡衣，再關掉他們單層公寓裡的電燈，只留床頭那一盞。他點起準備在停電時拿來應急的蠟燭，讓蠟燭立在床頭櫃上之後就去關掉總電源。

他上床坐在瑪麗身邊，調好熱飲，也取出紅色紙盒中的藥錠。

「我的婚姻生活既幸福又美滿……」她輕聲地說。「彼德，謝謝你為我做的一切。」

他將她挪到自己身邊一吻。「我也很幸福。」他說。「來，我們解脫吧。」

他們把藥錠送進嘴裡，然後配酒服下。

這天晚上，杜威特．陶爾斯撥了通電話到哈卡威的莫依拉．戴維森家。他撥號時突然懷疑電話是否打得通，若能打通，電話那頭又是否會傳來應答的人聲。不過此時的自動電話仍能正常運作，而莫依拉幾乎第一時間就接起了他的電話。

「唔……」他說。「我才在想，不知道有沒有人會來接電話的說。親愛的，妳那邊怎麼樣？」

「很糟。」她說。「我想媽咪和爹地就快熬不住了。」

「妳呢？」

「我也差不多了吧，杜威特。你好嗎？」

「老樣子吧。」他說。「親愛的，得暫時說聲再見了。我們明早要將蠍子號開出海沉掉。」

「你不會回來了？」她問。

「不會，親愛的。我們都不會回來。這是我們最後一項任務，然後就能功成身退。」他稍事停頓。「我打來謝謝妳這六個月的陪伴。」他說。「有妳在的日子，對我意義非凡。」

「這段時間對我來說也別具意義。」她說。「杜威特，如果時間上來得及，我能過去送送你嗎？」

他猶豫了一會兒。「當然。」他說。「不過我們不能拖延出發的時間。我那些船員現在就很虛弱了，到了明天，他們的病情只會更加嚴重。」

「你們什麼時候走？」

「八點解纜出航。」他說。「等到天色全亮，我們就會啟程。」

她告訴他：「我會去送你。」

他托她帶些話給她的父母，交代完便掛上電話。她走進父母的臥房。兩老正躺在自己那張對床上，都病得比她厲害。她替杜威特傳了話，也把自己的打算告訴了他們。「我會在晚餐前回來。」她說。

她母親說：「妳是該跑一趟，當面跟他說聲再見的，寶貝兒。他畢竟是妳那麼重要的良朋益友。不過如果妳回家之後發現我們不在了，要體諒我們哦。」

她走到母親的床邊坐下。「已經這麼嚴重了嗎，媽咪？」

「恐怕是的，孩子，而且今天妳爹地的狀況比我還糟。但我們已經把東西都備妥了——若真到了只剩一口氣的時候。」

躺在另一張對床上的父親疲弱地說：「外頭在下雨嗎？」

「現在沒有，爹地。」

「妳去打開牛舍裡的柵門好嗎，莫依拉？其他的門都開了，但不幫這群黑安格斯開這道門，牠們就走不出牛舍，也到不了乾草棚。」

「我等等就去，爹地。還有我幫得上忙的地方嗎？」

他閉上眼睛。「代我問候杜威特。我真希望他能跟妳結婚。」

「我也希望。」她說。「誰叫他不是那種三兩天就出軌的男人呢。」

她走進屋外的黝黝黑夜，打開了那道柵門，也確認過牛舍的其他門都已大開；那群牛隻一轉眼就跑了個沒影兒。她回到屋內向父親報告這件事，而他看起來寬心不少。他們沒有其他需求了。她親親他們，和他們道了晚安，然後回臥房躺在床上，還將小鬧鐘調到五點，免得自己睡著了。

她幾乎徹夜未眠。她整個晚上跑了四次廁所，還喝掉半瓶白蘭地——如今似乎就屬白蘭地是她食之能嚥的東西。鬧鐘響了；她起床沖個熱水澡，感覺精神提振了不少，再換上好幾個月前與杜威特初次見面時穿的那套大紅襯衫寬長褲。她特別仔細地化著妝，然後穿好大衣。她輕輕打開父母臥室的門，接著用手指遮住手電筒透出的光線往裡頭一看。父親好像睡著了，醒著的母親則躺在床上朝她微微一笑。兩位老人家也和他們的女兒一樣在夜裡上床下床了好幾回。她輕踩著腳步進房親了她媽咪一下，再走出房間，輕柔地拉上身後的門。

她先去食品儲藏間拿了一支未開瓶的白蘭地才離開屋子，然後坐進車內發動引擎，駛上通往墨爾本的公路。她在天空開始翻白的灰色清晨接近奧克雷，停在荒涼的路上連灌好幾口酒之後，才繼續開車。

她開過寂寥的城市，再沿著景色單調的產業道路抵達威廉斯鎮，於七點十五分左右到達造船廠。只見造船廠門戶大開，附近也毫無守備的警衛人員，於是莫依拉直接開進碼頭，而碼頭旁就停著那艘航空母艦。那艦上沒有哨兵站舷梯，也沒有上前盤查的值日軍官。她登上雪梨號，試圖回想杜威特當初帶她參觀潛艦時行走的路線，接著馬上碰到一名美籍水兵。他告訴她船的鋼製左舵有架下接潛艦的舷梯，也為她指引左舵的方向。

她叫住一個正準備走下潛艦的男子。「你可以請陶爾斯艦長上來跟我說幾句話嗎？」她說。

「沒問題，女士。」男子答道。「我會立刻轉告。」不久後，杜威特出現了。他登上舷梯，朝她走來。

他看起來病得一塌糊塗，他的船員也是啊——她暗忖。他不顧還有船員在場，直接牽起了她的手。「謝謝妳專程過來送我。」他說。「親愛的，妳家裡還好嗎？」

「非常不好。」她說。「爹地和媽咪很快就會撒手而去，我應該也是吧。我們的死期到了，就是今天。」她猶豫了半刻，然後說：「杜威特，我想問個問題。」

「什麼問題，親愛的？」

「我可以跟你們一起上蠍子號嗎？」她停頓了一會兒，再接著說：「哈卡威那兒已經沒有回去的必要了。爹地說我大可把Customline停在街上，拋下車子也沒關係。他以後也不會開到那輛車了。我可以跟你們走嗎？」

他站在原地沉默了老半天，她也就明白他會給出什麼答案——不行。「早上有四個船員問了我同樣的問題……」他說。「而我也同樣回絕了他們的請求，因為山姆大叔會不高興的。我既然用美國海軍那一套來管理這艘艦艇，就會貫徹到底。親愛的，我不能帶妳出海。我們每個人都得獨自面對這個終局。」

「好，沒關係。」她沒精打采地說，然後抬起頭望著他。「你那些禮物都帶齊了吧？」

「當然啊。」他說。「都帶齊了，託妳的福。」

「記得跟雪倫提起我。」她說。「我們之間沒什麼是不可告人的。」

他摸摸她的手臂。「我們第一次見面那天，妳就是穿這套衣服。」

她露出淺笑。「讓他一刻不得閒——別讓他有時間東想西想，否則他可能會哭出來。我表現得不錯吧，杜威特？」

「令人刮目相看。」他說。他擁抱她、親吻她，而有那麼短暫的一瞬，她也緊緊抱住他。

然後她鬆開雙手。「我們都別這樣拖泥帶水、難分難捨了。」她說。「該說的都說啦。你們什麼時候動身？」

「快了。」他說。「我們大概五分鐘之後就會解纜出航。」

「你們幾點沉船？」她問。

他盤算了一下。「這邊離港灣三十哩，加上領海的十二哩……總共四十二海里。我不會浪費一分一秒的。我想我們出海之後，再過兩個鐘頭又十分鐘就是蠍子號沉船的時候。」

她慢慢點著頭。「我會想著你。」然後她說：「去吧，杜威特。或許我們有天會在康乃迪克再見。」

他拉近她想再和她吻別，但她拒絕了。「別這樣——去吧。」她在心底念著：「不然到時候哭出來的就是我了。」他緩緩點了頭，並且說：「一切謝謝了。」他轉身走下舷梯，步入潛艦。

這個時候，有兩三個女人和她一起站在舷梯的梯首。顯然航空母艦上已經沒有值勤人員，也不會有人來收整舷梯了。她看著杜威特從潛艦內部登上船橋掌舵，看著舷梯相對低矮的一端漸漸離開船身，看著各條纜繩解單。她看著艉纜和倒纜被解開，再看著杜威特對傳聲管講話，看著螺旋槳緩緩向前推進，而艉纜終於完全旋開時，船艉下方也打出了一圈圈的水渦。灰暗的天空開始滴下小雨。船的艏纜和倒纜也完全解開了；船員們忙著收捲纜繩，然後砰地一聲關閉主甲板上方的艙門。此時，蠍子號正緩緩後退，以航空母艦為圓心劃了一個大弧。這些船員因紛紛進入船艙而難見其蹤，只有一人和杜威特繼續待在船橋上。杜威特舉起手向她敬禮，而她噙著淚舉手回敬，蠍子號便擺盪著低矮的船身繞向彼方的蓋利布蘭德角，消失在晦暗的天幕裡。

她和那幾位女人一起轉身離開航空母艦的鋼製左舵。「已經沒有活下去的理由了。」她說。

其中一個女人回答：「我說親愛的，妳現在也不需要那種東西啦。」

她淺淺一笑，再看看腕錶。八點零三分。當指針差不多走到十點十分，杜威特就會踏上歸鄉之途，回到他如此深愛的康乃迪克小村莊。她自己的家現在是沒什麼好留戀的了；就算她回到哈卡威，也只會發現那個地方空有牛群和徒增傷感的回憶。杜威特礙於海軍紀律而無法帶她走，這她可以諒解，不過在他上路之際，她還是可以在附近守著他，就在離他約莫十二哩的附近守著他。若她到時候咧著一張嘴從他身邊出現，他說不定會帶她同行，那她就能親眼瞧瞧海倫踩著跳跳棒蹦來蹦去的模樣了。

她趕緊穿過這艘死氣沉沉的航空母艦裡一個又一個昏暗、空蕩的洞穴，然後找到舷梯，循著舷梯往下回到碼頭，回到她那台大車上。汽車油箱裡還有很多油；她前一天才搜出藏在乾草堆下的油罐為車加滿油的。她上車，打開包包；那只紅色盒子還在。她拔掉白蘭地的瓶塞猛吞一大口未摻水的烈酒。很不錯啊這東西，她離家到現在還不需要跑廁所呢。她發動車子，然後在碼頭附近迴轉駛出造船廠，開進條條小路、座座郊區，接上通往吉朗的快速道路。

一上快速道路，莫依拉，這個未戴防撞安全帽又一身鮮紅卻面無血色的女子，便帶著些許醉意催下油門，以每小時七十哩的疾速奔馳著大車，在暢行無阻的路面朝吉朗而駛。她行經萊沃頓那佔地廣袤的航空站，路過威勒比的實驗農地，然後飆離快速道路，開進荒無人跡的南下公路。她到達科瑞歐前身體突然一陣痙攣，迫使她停車跑進路邊的矮叢。十五分鐘後，她再走出矮叢時一臉蒼白如紙，於是又拿起白蘭地狂飲了起來。

她繼續趕路，行車速度就和先前一樣快。她開過位於左側的文法學校，開過破敗不堪的科瑞歐工業區，再開過吉朗那座參天的大教堂。教堂雄偉的塔樓正因某種儀式的進行而響徹著鐘聲。她進入市區後特別減速慢行，但除了靠邊停放的廢棄車輛之外，這一路上可說是空空如也。她只看到三個人，三個都是男人。

接著她離開吉朗，開往十四哩外的巴望頭和海灣。當她路經一處洪災氾濫的廣場，感覺自己的氣力也正在流失，但目的地已近在咫尺了。一刻鐘之後，她向右轉進這個小鎮的主要道路；那是一條馬拉巴栗夾道的大街。她在路的盡頭左轉，就此轉出臨海高爾夫球場和度假小屋這個她在童年時期度過無數歡樂時光，現在卻只能再看最後一眼的記憶之所。大約九點四十分時，她在一座橋前右轉，然後通過無人的旅行拖車露營地，再爬坡開入海角。而今，她的眼前是片洶湧灰海；不時拍著從南方翻騰而來的波波捲浪掃上她腳下的岩灘。

灰濛濛的天接著灰濛濛的海，而海面無船。就在這個時候，遠處的雲層在東邊驟然變色，往下方的海域劈出一道電光。她停在得以飽覽整片灰海的馬路中央，然後下車喝了口白蘭地，眺著地平線搜索那艘潛艦的蹤影。當她轉身望向隆斯戴爾角上的燈塔和菲利普港灣的港口，也瞧見一塊低矮的灰影從僅僅五哩之外現身。他們正從雪梨角航向南方。

她無法看得十分清楚，但她知道杜威特就在船橋上引領蠍子號完成最後的出海任務。她知道他既看不見她，也不曉得她正看著他，但仍朝他揮了揮手。然後她走回車上。由南極地區颳來的勁風冰寒刺骨，她身體又極度不適；同樣要看，她坐在車內也看得見，還可以遮風禦寒。

她抓著膝上的酒瓶，怔怔望著那塊低矮的灰影往前航向地平線的薄霧之中。要結束了。一切都將走到盡頭。

轉眼間，她已看不見那艘潛艦。蠍子號被薄霧吞沒了。她瞟瞟手上的小腕錶：十點零一分。她在這最後幾分鐘歸依自己童年的信仰；人在這種時候確實是該做做這種事──她想。她吐著淡淡的酒氣低聲念起主禱文。

然後她取出包包裡的紅色紙盒，並打開小玻璃瓶，握著那兩顆藥錠。又一陣劇烈的痙攣襲上，而她無力地笑了笑。「換我來治治你這該死的東西了。」她說。

她拔掉酒瓶瓶塞。十點十分了。她懇切地說：「杜威特，如果你已經上路，就等等我吧。」

說完之後，她就坐在大車的方向盤後將兩顆藥錠丟入嘴裡，再灌進滿口的白蘭地吞下。

攝影　陳藝堂

賞析

賞析一

我們曾經如此幸福

——陳育萱（小說家）

亞里斯多德在《詩學》中，為悲劇宣說了最深刻的定義：「透過憐憫（eleos）和恐懼（phobos）達到情感的淨化（catharsis）。」內佛．舒特寫於二十世紀的《世界就是這樣結束的》即是充分展現此一特質的小說作品。

小說背景設定於第三次世界大戰，從那不勒斯吃下第一枚阿爾巴尼亞發射的炸彈後，整個北半球捲入互遣轟炸機、互投核彈的慘況，短短不到半年，南半球的澳洲與少數駐紮於澳洲的美國海軍，成為世界上最後一批還活著的人。然而，他們的存活時限極短，一旦輻射塵隨季風從北半球飄到南半球，就會因輻射病而死。

讀者並不陌生小說中末日場景的設定，甚至觀之熟爛。一九六〇年代，美蘇冷戰格局確立，歷經過那個時代的內佛．舒特寫下人類世界終結，加拿大小說家瑪格麗特．愛特伍也推出末世三部曲。有趣的是每位作家搭建的末日場景截然不同，可同樣都能誘發讀者想像的恐懼，又擊落讀者的想像慣性。內佛．舒特在小說一開頭就提供再日常不過，一家人躺在床上迎接破曉的安謐情境，畫面中的人物是皇家澳洲海軍少校彼德．荷姆斯與太太瑪麗、女兒小珍妮佛。彼德所做所想，使我們聯想到普通家庭裡的丈夫。然而，讀者很快就從他的角度認知到不同，那是個已開始鬧紙荒，國民只能仰賴無線電廣播收聽新聞的時機。軍隊縮編，燃料短缺，各項物資需費千辛萬苦才能取得，而彼德即將接下聯絡官一職，在美國海軍潛艦艦長杜威特．陶爾斯指揮下，進行蠍子號的航行任務。世界毀滅前，操作潛艦這般得以避開空氣中強烈輻射，冒著風險深入北半球進行實況探查的科技產物，唯獨這批軍官能夠執行。

小說主線自始以蠍子號出航與歸返，引出其他角色，讓讀者跟著角色迎向死亡之旅。

除了以嚴肅的軍事用語和知識加深戰爭劫後世界的可信度，這本小說的時間設定亦有效營造步步進逼的威脅感。若拉開更長的存活時間，書中角色足以選擇更多，但內佛．舒特偏偏讓讀者已知，一切都將發生。無論再往哪逃，人體都會漸漸感到噁心、嘔吐、痙攣。輻射病發病症狀與霍亂很像，只是結局不同；沒有例外，此次必死無疑。

所以精彩之處也在於，內佛．舒特將集中細膩描寫主要的五個角色如何應對剩餘人生。過程中，角色的每個選擇均是人性表現，例如：讀者慢慢會了解到杜威特堅守原則和愛家的信念，到死前一刻都是。他願意敞開心胸聆聽，與莫依拉相知相惜，卻不背叛妻兒。與之相較，他的下屬自知來日無多，索性放膽狂歡，對比之下，讀者不自覺拉近與杜威特的距離，因為他既是一位引領讀者一窺受輻射高度污染的要角，且透過他與周遭人物互動，方以理解為何有船員選擇跳船，有船員偷偷帶回一本來自北半球的雜誌。不過，我們同樣難以討厭那些荒唐度日者，因為這亦是人之常情。透過這般交織映照，泡在俱樂部狂波特酒的公爵，沉醉白蘭地也迷戀杜威特的莫依拉，瘋賽車的科學家約翰．歐斯朋，均如莫依拉所言，「所有人接二連三染上古怪的癖嗜，而這些怪癖與因應時代而生的失心瘋僅只一線之隔」。

直至死亡前一刻，小說家筆下人物並沒有走上犯罪失序，反而以極普通的方式盡情燦爛，瑪麗認真種植黃水仙，莫依拉學打字。

唯恐自己一去不返的彼德去藥局領了死亡藥，仍記得替妻子買了庭院椅。歐斯朋在賽車比賽中奪冠，莫依拉得知後感慨——「這感覺就跟約翰現在的心情一樣——彷彿我也獲得優勝了。可我不曉得自己參加的究竟是什麼比賽。」這份喟嘆也屬於讀者，原來日常蘊藏太多可喜。死前領悟這些，墜入死亡的方式就愈能呼應T．S．艾略特〈空心人〉（The Hollow Men）詩句——「在這最終的會晤點／我們一同探索／且互不交談／齊聚在這翻漲之河的灘上……／世界就是這樣結束的／世界就是這樣結束的／世界就是這樣結束的／非以一聲轟天巨響，而是黯然抽泣。」這份殘酷來自大量日常細節的反向滲透。透過前幾章建構起的熟悉感，故事越接近尾聲，屬於日常的崩塌就越具反噬威力。

況且角色間對話不僅僅出現名字，內佛．舒特刻意安排輪番出現特徵、國籍，像是杜威特、美國人、艦長。這提醒讀者人物在社會結構中的狀態，或者我們據以聯想，那樣的世界裡存在著遠多於他聚焦描寫的平凡人，他們未被描寫，卻也煎熬著。憑藉以上，成功建構起讀者的認同感。認同發生，我們恍然領悟，為之心痛傷悲的理由並不宏大，而是這些細節。

想必讀者永難忘懷這段小說結尾，蠍子號一如往昔駛出岸邊，艦長表示，再過兩個鐘頭又十分鐘就是蠍子號沉船之時。on the beach為海軍術語，卸任退休，這次提前到來的是艦長永恆的退休。莫依拉則瞟瞟手上小腕錶：十點零一分，最後幾分鐘歸依自己童年的信仰後，她也揮別了世界。

小說是這麼安排人物分毫不差地迎接憐憫與恐懼的歷程，迎向人類世的滅亡，但掩卷的我們再度變得細膩又敏銳。如同埃斯庫羅斯（Aeschylus）所言：「透過受苦而起智慧。」。《世界就是這樣結束的》示以苦難，我們便從這些角色身上獲得對人性超越的理解與昇華。

賞析二

返回日常

——吳俞萱（詩人）

二〇一四年底，谷涵寄來《世界就是這樣結束的》，我在長途的車上從頭讀到最後幾頁，無法節制地大哭起來，淚水糊著眼睛讀完最後一個字。放下小說，看著整個車廂的陌生人，好希望他們趕快回到自己最想回去的地方，回到親愛的人身邊，好好道別。

那天，在讀完小說的絕望感之中，我頂著紅鼻子去看國美館的「返常」雙年展，想著這些藝術終將無人再見……。小說的威力太強，我完全活進了那個寂靜的末日回不來，對眼前的一切都有一種別離的不忍。這本小說最魔幻的地方就是令所有人在死亡的陰影之中返回日常，明白了真正的救贖與真正的末日都在這日常的人情聚散之間。

然而世界不會這樣結束。現實終會伸出手來，闔上我們的書本，扭動我們的頭顱，要我們正視眼前的自己一刻也沒有脫離死亡的陰影。尋常的生活底下，湧動末日的血脈。中午時分，騎了機車在台東找尋一間還沒關門的早餐店。在高溫的街道上繞了許久，意興闌珊地揮霍時間。想起愛人昨晚悠悠地說，「生活沒有別的，就是無心，無長，無目的。」我問，什麼是無長？他說，無所謂成長，就是自然發展出來了。

自然發展出來的，不也無情？我還在想，愛人就停下了車。我們走進早餐店，坐下。在點單上塗塗改改，做出沒有更好也沒有更壞的決定。我隨意翻看桌上油汙滿佈的報紙，看見小女孩的臉。她就這樣死了，不會再長大了。這是自然發展出來的嗎？世界就是這樣，有人死了而我們繼續活著，繼續輕慢地討論生活。我靜靜掉淚，愛人遞來衛生紙。我們吞吐的每一口空氣，變得沉重。我的活，有了負罪的羞愧，我並沒有撐出一個足夠美好的世界，來盛裝那些幼小稚嫩的生命。

末日根本無關自己的存活，而是活在一個無力扭轉的情境之中，無法有心，無法拯救任何生命免於苦難。我一點也不想落入有限的哀愁之中，一點也不想揮別殘酷的現實躲進小說裡去，一點也不想哀嘆，世界就是這樣。真正的末日就是每一個人活在同一個世界而告別每一個他人。如果我還冀望生命，那是因為我相信我和小女孩曾經活在同一個世界。她離開了，而我還繼承著這個世界的未來。我不想築高圍牆，隔離人心。還不想放棄去愛，還想溫柔耐心，對待身邊每一個仍在長成的大人和小孩，等待他們把每一個經驗，細膩地佔領起來，尋常而堅決地，珍惜我們相連的血脈。

附錄一

走過故事終局，他們想說

「對戰爭（尤其是核武）的無力以及一切即將覆巢傾敗的不安，或許就是讓這本書劃破時空限制，成為讀者和閱聽者可以共感的原因。我甚至想過——這本書會不會成為對現代人的未來似假非假的模擬預演呢？我衷心希望不會。」

——本書譯者 **陳婉容**

「這個末日沒有上演英雄拯救地球的戲碼，而我們還沒來得及好好愛，世界就結束了。這種無力反抗的結局，很浪漫也很悲哀，你我都好渺小。明明世界還在轉動，卻一點聲音也沒有，當我翻到最後一頁，我的心也變得好安靜。」

——全方位藝人 **夏宇童**

「原來末日可以不灑狗血，可以沒有爆炸殭屍或者外星人，純粹美得像一個沉靜的黃昏。而讀著讀著，我有時會覺得，唯一能夠拯救世界的，也許正是故事中那樣一個末日。」

——小說家　劉芷妤

「內佛．舒特刻畫了人類面對殘酷戰爭所造成的末世圖像，在每一個看似有選擇、其實毫無選擇的生命時間流逝中，世界就這樣結束了；這是一部既殘酷又溫柔、既日常又無常的末世科幻傑作，發人深省，是兼具未來性與文學性的好書。」

——中原大學通識教育中心副教授　向鴻全

「無論多遠的事，最終都與我們有關。追索澳洲對北半球、對中國的警戒心緒，兼具細密的科學、軍事描寫，與末日倒數下不慌不亂的溫柔人情。全球同命時代，內佛．舒特小說更顯看似曖曖，實則難藏之光。」

——元智大學通識教學部助理教授　陳巍仁

「你可以不在乎，但我不知道那你還在乎什麼。」——詩人導演　盧建彰

「在世界末日之前，我們總以為只要活著，就擁有愛與希望；也只能在世界末日之前，我們才能看見，人類深信不疑的愛與希望，俱為霎時虛妄。」——詩人　潘家欣

「孔老夫子的話或許應該倒過來講：『不知死，焉知生』，唯有意識到萬物終有時，才能深刻體會生之珍貴。也因此《世界就是這樣結束的》必是經典，以死亡反覆提醒著人們甚麼才是真正的活。」——一人出版社社長　劉霽

Podcast專書討論：
《逗點學校》

有人說現在的美中關係是新的冷戰，但冷戰到底是什麼？許多年長者兒時最大的恐懼，就是冷戰所引起的世界末日……二戰所留下的原爆蕈狀雲陰影，如何持續在我們的心靈扎根？歷史老師翁稷安理性分析冷戰與1950年代的末日恐懼！

持續更新！
更多延伸閱讀！

讀完《世界就是這樣結束的》，很想知道其他人的讀後感想嗎？請登錄逗點網站的書本頁面（逗點官網》書本》世界就是這樣結束的），本書的書評、企劃，持續新增收錄中。閱讀，沒有句點，歡迎加入我們的行列。

附錄二

延伸閱讀

《世界就是這樣結束的》
小說氣氛歌單 @KKBOX

背景音樂在這裡！
音樂策展人dato陪你邊讀邊聽。

Podcast專書討論：
《閱讀夏LaLa》

在COVID-19席捲全世界的大疫年代——截至2021年12月底，全球已累計有2.76億人染疫，且造成了近537萬人離世——《世界就是這樣結束的》的情節，在氛圍與感受上與我們所處的境況，是十分接近與貼合的。夏宇童、陳夏民與你討論世界末日的積極意義！

在世界結束之前，
在城市防空洞相見吧。

只是光影 獨立咖啡廳

1F咖啡廳 2F展覽室

每週二、週三公休

地點：桃園市桃園區新民街43巷底

攝影：陳柏宇，只是光影提供。

言寺80

世界就是這樣結束的

作　　者　內佛・舒特
翻　　譯　陳婉容
總 編 輯　陳夏民
執行編輯　陳夏民、曾谷涵
封面設計　萬亞雰
內文排版　林峰毅
協　　力　張曜
出　　版　逗點文創結社
地　　址　330桃園市中央街11巷4-1號
網　　站　www.commabooks.com.tw
電　　話　03-3359366
傳　　真　03-3359303
製　　版　軒承彩色印刷製版有限公司
印　　刷　通南彩色印刷有限公司
裝　　訂　智盛裝訂股份有限公司

總 經 銷　知己圖書股份有限公司
台北公司　106台北市大安區辛亥路一段30號9樓
電　　話　02-23672044
傳　　真　02-23635741
台中公司　台中市407工業區30路1號
電　　話　04-23595819
傳　　真　04-23597123
ISBN　9789869966184
初版一刷　二〇一四年七月
初版二刷　二〇二二年一月
定　　價　新台幣380元

於是此刻我得繼續進行表演
鞭子畫破空氣的聲響
讓人們專注在空圈子裡

但獅子的吼聲
又讓他們望向黑暗

——〈獅子〉，節錄自王志元《惡意的郵差》

國家圖書館出版品
預行編目(CIP)資料

世界就是這樣結束的/
內佛.舒特作；陳婉容譯.
二版. 桃園市：逗點文創結社，2022.1
640面；10.5×14.5公分. （言寺；80）
譯自：On the beach
ISBN 978-986-99661-8-4(平裝)
873.57　　　110019833